킬에이저

KILL-AGER

킬에이저

신아인 장편소설

한끼
Hān kc

✳ 목차

1

인터뷰

주차장은 바늘 하나 꽂을 틈 없을 만큼 꽉 차 있었다. 해수는 운 좋게 얻어걸린 자리에 차를 대고는 잔뜩 인상을 찌푸렸다. 아슬아슬한 옆 차와의 간격 때문은 아니었다.

나 연애 필요 없어.

해수는 아들 도윤의 책상에서 발견한 쪽지를 떠올리다 이내 고개를 저었다. 사랑 따위 필요 없다는 단정한 거절은 수줍게 고백을 전한 도윤의 메모에 대한 답장이었다. 한마디로 도윤의 고백을 상대가 거절한 것이었다. 전학하자마자 고백이라니. 해수는 아들의 엉뚱함에 기가 찼다. 이성에게 고백을 할 만큼 커버린 도윤이 새삼 낯설었고, 그런 아이를 차버린 얼굴 모를 계집아이에게 분한 마음이 드는 것도 사실이었다. 하지만 신경을 곤두서게 하는 원인은 따로 있었다.

사랑 고백은 흔하지만 그에 대한 반응 또한 다르지 않다. '좋아해' 혹은 '사귀자'가 일반적인 구애의 언어라면 '고마워'나 '미안해'는 두 사람의 관계를 운명 짓는 보편적인 반응이다. 그런데 필요 없다니. 그 아이에게 연애는 효용가치가 없다는 뜻일까?

소시오패스들은 세상의 모든 관계를 가치로 결정한다. 쓸모가 있는지 없는지를 기준으로 주위 사람들을 친구로, 연인으로, 혹은 가족으로 엮거나 사업 관계로 옭아매어 본인의 용도에 맞게 써먹는 것이다. 그렇다면 그 아이는 연애가 아닌 다른 쓸모를 찾는 것일까? 아니다. 이건 너무 지나친 망상이다. 망할 직업병.

해수는 허튼 생각을 몰아내려 약을 입안에 털어 넣었다. 병원에서 처방받은 안정제였다. 확실히 그녀는 과민했다. 몰아치는 일도, 이혼으로 인한 생활의 변화도 스트레스의 원인이었다. 하긴, 오늘의 일정도 신경을 곤두서게 하는 데 한몫을 톡톡히 했다.

"지난 5년간 전 국민을 공포로 몰아넣었던 가위손 살인 사건의 범인이 밝혀져 이목이 집중되고 있습니다. 세간을 떠들썩하게 했던 연쇄살인 사건의 범인은 놀랍게도 이미 살인죄로 소년원에 복역 중이던 열아홉 살 정 모 군으로 밝혀져 충격을 주고 있습니다."

해수는 때마침 흘러나오는 라디오 뉴스를 꺼버리고 차에서 내렸다. 소년범 전문 프로파일러로 유명한 그녀였지만 이번 사건만큼은 중압감이 대단했다. 일명 가위손 살인은 피해자가 여덟 명이나 되는 강력 사건인 데다 범인이 미성년자라는 점에서 매우 충격적인 사건이었다. 더군다나 지금 범인은 미성년자지만 범행을 저질렀을 당시에는 촉법소년이었다. 아직 미숙한 상태의 아이이기 때문에 법적 책임을 사회가 함께 진다는 그 나이, 저지른 죄의 무게와 상관없이 헐거운 책임으로 피해자의 가슴을 멍들인 그 나이에 그토록 무참히 사람들을 죽여왔다는 말이다. 덕분에 범인이 밝혀진 순간 사람들은 다시 소년법 개정을 논하며 갑론을박했고, 사건과 관련된 사소한 것들도 뜻하지 않은 논쟁으로 이어지며 과열돼갔다. 하지만 해수의 부담은 다른 데 있었다. 뜨거워진 관심을 어떻게 자신에게 유리하게 돌릴지에 대한 고민이었다. 지금의 이슈를 최대한 이용해야 한다. 그래야, 그녀가 원하는 걸 가질 수 있었다.

접견실 문을 열자 가위손 살인 사건의 장본인이 그녀를 기다리고 있었다. 엽기적 살인마라고 하기에는 빈약하고 창백한 안색의 소년이었다. 해수가 들어서자 아이는 뱀의 눈으로 그녀를 노려봤다. 해수는 아까와 달리 편안하고 여유로운 표정으로 아이를 쳐다봤다. 개인적 욕심에 저울질하다가도 일하는 순간만큼은 각성제라도 삼킨 듯 맑은 정신이 되는 건 프로의 근성이었다.

"왜 그랬니?"

해수는 상대를 자극하지 않고 부드럽게 물었다. 그러자 소년범이 관찰자의 눈으로 해수를 쏘아봤다. 해수는 굳게 닫힌 아이의 마음을 열기 위해 준비해둔 물병을 건넸다. 그러자 아이는 여유를 부리며 물을 쭉 들이켰다. 기세를 잡아보겠다는 심산이었다.

"알면, 뭐가 달라지나?"

"입을 다문다고 달라질 것도 없지."

"그래서?"

"너, 주목받고 싶어 했잖아. 그래서 털어놓은 거 아냐?"

"관심은 이미 넘치도록 받고 있어. 내 목적은 이미 이뤘다고."

"하지만 금방 식겠지."

해수는 단정적으로 소년의 말을 잘랐다. 확실한 펀치였는지 소년의 눈썹이 저도 모르게 무너져 내렸다. 해수는 기세를 놓치지 않고 상대를 몰아갔다.

"지금은 라면 냄비처럼 달달 끓겠지. 하지만 며칠 지나면 모든 게 원래대로 돌아갈 거야. 찾아오는 가족도 없고, 친구도 없고, 세끼 밥 넣어주는 교도관 빼고는 널 찾는 사람은 아무도 없겠지."

"닥쳐."

"왜 죽였니?"

단도직입적인 질문에 소년은 다시 한번 움찔했다. 유효한 기습이었다.

"왜 그랬어?"

해수는 여세를 몰아 재차 물었다.

"그걸 말해서 내가 얻을 수 있는 게 뭔데?"

소년은 반사적으로 방어전을 펼쳤다. 그 나이다운 허세였다. 그러나 한풀 꺾인 모양새였다. 해수는 알 수 있었다. 사실은 소년이, 열네 살의 나이에 사람을 죽인 이후 몸뚱이만 커버린 아이가, 자신의 마음을 건드려주길 기다리고 있다는 것을.

"약속할게. 왜 그랬는지 털어놓으면, 너 찾아올게. 한 달에 한 번씩. 매월 셋째 주 금요일 점심때마다."

해수는 측은한 마음을 숨기지 않고 소년을 바라봤다. 도윤과 비슷한 또래의 소년이었다. 해수는 찰나의 순간, 자신의 유년 시절을 떠올리고는 질끈 눈을 감았다. 해묵은 상처가 어제의 일인 듯 새삼스레 쿡 찔러오는 탓이었다.

"웃기네. 당신이 뭔데? 그쪽이 외주면 감동이라도 해야 하나?"

소년이 마지막 허세를 부리는 사이, 해수는 조용히 가방에서 가위를 꺼내 탁자 위에 올려놓았다. 순간 소년은 차갑게 빛나는 가위를 보며 뜨겁게 흘러내리던 핏물을 떠올렸다. 그러다 가위손 살인마라는 제 별명을 떠올리며 실소를 터뜨렸다. 웃음과 울음의 경계를 넘나드는 괴이한 소리가 공간에 가득 찼다. 갑작스러운 상황에 교도관이 아연실색해 달려왔지만 해수는 손으로 그를 저지하며 여세를 몰아갔다.

"너, 이걸로 참 많은 사람을 죽였지. 하지만 니가 원하는 건 결국 얻지 못했어."

"개소리 집어치워. 그러니까 뭘 어쩌자고!"

궁지에 몰린 소년이 악을 썼다.

"나, 이미 죗값 치르고 있어! 아니, 태어날 때부터 이미 짓지도 않은 죗값까지 싹 다 치르고 있어! 그런데 나한테 왜 이래? 왜 이러는데?"

소년은 격앙되어 소리쳤다. 분노 가득한 그의 눈동자에 물기가 차올랐다. 하지만 해수는 눈 하나 깜빡하지 않았다.

"원하는 걸 줄게."

승부수를 던진 해수는 교도관이 미처 말릴 틈도 없이 가위를 집어 들었다. 사각거리는 가위 소리와 함께 그녀의 긴 머리카락이 뭉텅 잘려 나갔다. 상황에 압도된 소년의 얼굴이 파랗게 질렸다. 하지만 해수는 차분한 얼굴로 손에 쥔 머리카락을 고무줄로 묶어 소년에게 건넸다. 그는 영문을 몰라 그녀를 바라봤다.

"받아."

소년이 얼떨떨한 표정으로 머리카락을 받아 쥐자 그녀는 말을 보탰다.

"네 엄마를 만났어. 너 낳아주신, 친엄마."

"그딴 거 없어."

엄마라는 단어에 소년의 눈빛이 흔들렸다.

"엄마가 그러시더라. 넌, 정말 착한 아가였다고. 죽어라 울다가도 엄마 머리카락만 만지면 천사같이 잘도 자는 아가였다고. 아무것도 바라지도, 조르지도 않는 그런 아가였다고."

"씨발. 쪽팔리게."

흐느낌 같은 욕설과 함께 상대의 어깨가 무너졌다.

"15년 동안, 엄마 없이 크느라 많이 힘들었지?"

해수는 소년에게 진심 어린 위로를 건넸다. 엄마 없는 유년기가 어떤 것인지 해수는 너무나 잘 알았다. 비록 그녀의 엄마가 아직 건강하게 생존해 있음에도.

"15년만, 네가 혼자 컸던 딱 그 시간만큼만 엄마가 돼줄게."

그렇게 어르는 사이 소년은 해수의 머리카락을 제 엄마의 그것인 양 손에 꼭 쥔 채 울음을 쏟아냈다. 드디어 무너졌구나. 그래, 너도 사실은 사랑받고 싶은 아이였지. 그녀는 가만히 속말을 되뇌며 그를 다독였다.

———◆———

해수는 잘려 나간 한쪽 머리를 단정하게 빗고는 건물을 나섰다. 그러자 동시에 기자들의 카메라 플래시가 경쟁적으로 터지기 시작했다. 가위손 살인 사건에 대한 세간의 관심이 얼마나 뜨거운지를 보여주는 풍경이었다.

"최성진이 범행을 시인했다는 게 사실입니까?"

"네. 사실입니다."

"몇 명이나 죽였다고 합니까?"

"본인은 여덟 명이라고 주장하지만, 사실관계는 조사 중입니다."

"공범이 있습니까?"

"현재까진 없는 것으로 확인됩니다."

해수는 쏟아지는 질문에 짧게 답하고는 노련하게 상황을 정리했다.

"범인은 언론에 발표된 바와 같이 가위손 연쇄살인 사건의 범행일체를 인정했습니다. 구체적인 인과관계와 프로파일링 결과는 경찰청 보도자료로 발표하겠습니다."

해수는 나중을 기약하며 인파를 뚫고 나갔다. 하지만 쉽게 먹잇감을 놓아줄 족속들이 아니었다. 범인의 상태, 범행 수법, 추가 범행 여부 같은 굵직한 질문부터 소년의 신상이나 가십거리 등 셀 수없이 많은 물음표가 그녀의 발목을 잡고 늘어졌다. 이미 신상이 공개되어 그의 불행한 일생은 현미경으로 들여다봐도 새로울 게 없을 만큼 상세하게 노출됐지만 사람들은 더 많은 자극을 원했다. 이를테면 구체적인 살인의 방식이나 살인자의 심리 같은 소비하기 좋은 콘텐츠를 말이다. 물론 해수는 그 이상 입을 열지 않았다. 하나의 물음표에 답을 주면 다음 물음표가 달라붙게 마련이니까. 그러나 흔한 단 하나의 질문에 해수는 걸음을 멈췄다.

"범행 동기는 뭡니까?"

범행 동기. 낭만적인 궁금증은 아니다. 그렇지만 누군가가 그 아이의 마음을 궁금해한다는 사실이 해수에겐 묘한 위안이 되었다. 그녀는 그제야 깨달았다. 아까부터 마음속에 일렁이던 연민이 사실은 소년이 아니라 그녀 자신을 향한 것이었음을. 새삼스러운 깨달음에 해수는 쓴웃음을 뱉었다. 범행 동기는 결국 그거였지.

"엄마."

"네?"

너무 작게 중얼거린 탓인지, 아니면 생각지도 못한 답이었는지 기자가 당황한 얼굴로 되물었다. 해수는 사회적 미소와 함께 또박또박 대답을 돌려줬다.

"엄마라고 하네요."

"엄마."

스피커 너머로 도윤의 목소리가 들려오는 사이, 해수는 깜빡이를 켜며 경적을 울려댔다. 저렇게 한가한 속도로 길을 가로막고 있는 운전자는 통장의 잔고가 얼마나 될까? 1분을 10분처럼 늘려서 소비할 만큼 빵빵한 잔액을 가지고 있는 걸까? 설마. 저렇게 느려터진 성격이면 일 처리 또한 답답하기 짝이 없을 텐데.

"몇 시에 와?"

조급한 해수와 달리 도윤은 한가한 말투였다. 보나 마나 책가방 던져놓고 침대에서 뒹굴뒹굴하고 있을 터였다.

"글쎄. 인터뷰하고 술 좀 마시고 하면 얼굴 못 볼 수도 있을 것 같은데."

"아, 알겠어."

"왜?"

"그냥."

"할머니한테 맛있는 거 해달라고 해."

미운 놈이어도 내 새끼다. 공부를 못해도, 여자에게 차였어도, 여전히 해수에게는 챙겨줘야 할 아가이고 보듬어야 할 자식이었다.

"알았어."

"교복 맡긴 거 찾아놓고."

"어."

뱉어놓고 보니 오늘이 새 교복 나오는 날이다. 그녀가 이혼 후 제일 먼저 한 일은 대치동으로 이사한 것이었다. 당연히 학군을 염두에 둔 이사였다. 전남편 민석과 가장 많이 부딪쳤던 교육 문제는 이혼과 함께 해결돼버린 셈이었다. 엄마의 도움 역시 선택에 중요한 몫을 했다. 경자는 40여 년간 대치동에서 건강원을 운영해온 터줏대감이었다. 그러니 적어도 도윤의 문제와 관련해서는 어떤 식으로든 도움을 받을 수 있을 터였다. 비록 그녀와는 영 맞지 않는 엄마였지만. 오늘만 해도 그랬다. 당장 해수는 인터뷰를 앞두고 있었고, 도윤은 할머니의 도움이 필요했던 것이다.

"저희 ANA에서 선정한 올해 가장 주목받는 한국의 여성 리더 10인에 선정되셨습니다. 기쁘시죠?"

방송국에서 해당 사실을 알려온 건 가위손 살인 사건이 보도된 직후 10여 분 만의 일이었다. 당연히 특종을 노리고 급조된 상이었지만 해수에게도 나쁘지 않은 일이었다. 이런 이슈들은 그녀의 목적을 달성하는 데 유용한 자원이 되어줄 것이었다.

"네, 감사한 일입니다. 하지만 여성 리더 10인이라는 타이틀이 한편으로는 씁쓸하네요. 왜 항상 여성이 두각을 드러내는 일에 관해서만 특별한 의미를 두는지 한 번쯤 생각해볼 만한 지점입니다."

해수는 페미니스트가 아니었다. 오히려 중립 혹은 남성 중심의 사회에 적당히 편승해 자기 살 궁리를 하는 편에 가깝다고 할 수 있었다. 하지만 이런 기회를 놓치는 건 바보 같은 짓이었다. 기회가 있을 때마다 특정 집단을 자기편으로 돌려놓는 건 해수의 생존 본능 중 하나였다.

"본격적으로 질문드리겠습니다. 강해수 경정님의 이력이 굉장히 특이하다고 들었습니다. 어떤 이력을 지니셨는지 말씀 부탁드릴게요."

"특별한 점은 없습니다. 다만 경찰대 출신이 아니라 인류학을 전공한 것 때문에 나온 이야기 같아요."

해수는 미소와 함께 쓴웃음을 삼켰다. 경찰대 출신 인사들이 요직을 차지하고 있다는 측면에서 보자면, 아무리 명문 대학 출신이라지만 일반 대학에서 인류학을 전공한 그녀의 이력은 특이점이 아니라 약점이었다.

"가위손 살인 사건이 한창 이슈인데요, 특별히 최성진에게 관심을 두신 이유가 있을까요?"

"청소년 범죄가 날이 갈수록 지능적이고 잔혹해지고 있다는 점, 잘 아실 거라 생각합니다. 하지만 미성년자의 경우, 아시는 바와 같이 성인에 비해 처벌이 가볍기 때문에 이를 두고 여러 가지 의견이 엇갈리는 상황입니다. 저는 프로파일러로서 이런 법적인 부분에 직접적으로 관여할 수는 없지만, 소년범들에 대한 지속적인 연구를 통해 법이 막지 못하는 청소년 범죄를 상당 부분 예방할 수 있다고 생각합니다. 소년범의 경우 성인이 된 후 재범률이 상당히 높기 때문에, 장기적으로는 이런 연구가 전체 범죄율을 떨어뜨리는 효과가 있을 거라 기대하고 있고요."

"경정님이 생각하시는 프로파일러라는 직업이 갖는 의미는 뭘까요?"

"쉽게 말하면, 프로파일러는 통역사죠."

"통역사요?"

"흔히 자신의 잘못을 깨닫지 못하는 사이코패스나, 자신의 잘못을 알면서도 계획적으로 이용하는 소시오패스의 경우, 보통 사람들로서는 도저히 이해할 수 없는 도덕적 기준으로 움직이죠. 그렇기 때문에 우리와 같은 언어를 쓰고 있음에도, 대부분 그들의 의도를 이해하지 못해 피해를 입는 경우가 많습니다."

나 연애 필요 없어.

왜 지금 그 쪽지가 떠오르는 걸까. 사춘기 남자아이의 수줍은 고백 따위는 쓸모없다 선을 긋던 그 단정한 글씨체가 말이다. 아들이 거절당했다는 사실이 그토록 분했던 걸까. 일하는 순간에 사적인 감정이 올라오다니. 해수는 잡념을 떨치고 다시 인터뷰에 집중했다.

"범죄자들의 사고체계를 분석해 선량한 보통 사람들의 기준에 맞게 해석해내는 게 프로파일러의 역할이라고 생각합니다. 그런 점에서 프로파일러는 범죄자의 언어를 평범한 사람들에게 전달하는 통역사 역할을 하는 셈이죠."

이름이 뭐였더라. 단정하고 각진 거절의 글자 위에 남자아이 특유의 성긴 글씨체로 써 내려간 그 이름. 태은아. 이태은. 맞아. 그래, 그 이름이었다. 이태은.

"아무 데나 버리면 안 되는데."

풍선껌을 한껏 부풀린 태은이 주위를 두리번거렸다. 쓰레기를 함부로 버리는 건 용납할 수 없는 일이었다. 더군다나 씹던 껌을 남이 밟게 뱉을 순 없는 일이었다. 하지만 휴지통 대신 눈에 들어온 건 벽면에 가득한 선거 포스터였다. 명문고등학교의 학생회장을 뽑는 선거 포스터.

태은은 건조한 눈빛으로 포스터에 인쇄된 준우와 은비의 사진을 뜯어보았다. 명문고등학교는 팀워크를 중시하는 학교의 교육 이념을 반영하기 위해 회장과 부회장이 한 팀이 되어 학생회를 이끌어가도록 지도하고 있었고, 진즉부터 교내 커플로 유명한 두 사람은 보란 듯이 애정을 과시하며 팀을 이뤄 나온 것이었다.

연인의 사진 아래 적혀 있는 경쟁자의 공약을 훑어보던 태은은 포스터 한 귀퉁이를 부욱 찢었다. 두툼하고 반질반질한 것이 껌 종이로 쓰기에 제격이었다. 씹던 껌을 종이에 퉤 뱉은 태은이 주먹을 쥐었다. 순간 기분이 좋아진 태은은 껌 종이를 구겨 쥐고 다시 두리번거렸다. 그러다 앞서 걷는 학생이 멘 가방을 보고 눈빛을 반짝였다. 지퍼가 열려 있었다. 태은은 자연스럽게 상대를 지나치며 열린 가방 안으로 껌 종이를 투척했다. 완벽한 골인이었다. 태은은 말끔한 기분으로 걸음을 옮겼다. 그녀의 손에는 자신의 학생회장 출마를 알리는 홍보 포스터가 쥐어져 있었다.

태은은 은조를 만나러 본관 옥상으로 올라가던 참이었다. 준우와 은비가 이인삼각을 이룬다면 태은은 은조와 함께였다. 회장 후보로는 태은이, 부회장 후보로는 은조가 출마하는 것이었다.

이사장의 딸이자 명문고등학교의 여왕벌인 은조는 예쁜 얼굴과 화려한 배경 덕분에 압도적인 팬덤을 형성하고 있었다. 성적 또한 태은과 견줄 정도는 아니지만 1.5등급 내외로 유지하고 있는 모범생이니, 이렇다 할 공약도 없이 알량한 인기에 기대는 준우와 은비 따위에 비할 바가 아니었다. 해보나 마나 승리는 내 것이라는 생각에 태은은 저도 모르게 웃음이 나왔다. 준우와 은비는 결국 씹던 껌과 다를 바 없는 신세가 될 터였다.

그러나 오래지 않아 태은의 기분은 완전히 구겨졌다. 느닷없는 은조의 선언 때문이었다.

"미안. 갑자기 시시해졌어."

은조는 돌연 출마 포기를 통보했다. 갑작스러운 파트너의 변덕에 태은은 실소를 뱉었다. 무책임한 아이들은 대개 허세로 자신의 행동을 포장하곤 했다. 은조 역시 예외는 아니었다.

"왜 웃어?"

"시시해졌다니 웃기잖아. 웹툰 대사도 아니고."

태은은 노골적으로 경멸의 눈빛을 보냈다. 무책임한 인간은 질색이었다.

"그래. 약속을 깬 건 나니까 비웃음 한 번쯤은 눈감아줄게. 아무튼 이태은, 혼자 수고해라."

은조는 끝까지 제멋대로 굴며 도도한 뒤통수를 보였다. 태은은 그 머리채를 잡아채고 싶은 기분을 억누르며 소리쳤다.

"서!"

낮은 목소리였지만 그 기세가 얼마나 대단했던지 은조가 저도 모르게 걸음을 멈췄다. 태은은 은조와의 거리를 좁히며 속내를 떠보았다.

"뭔가를 버릴 땐 싫어져서가 아니라 더 좋은 게 생겨서 그러는 법이지. 아니야?"

"역시, 전교 1등이네."

"저쪽에서 사퇴하래? 조건이 뭔데?"

태은은 더 나은 카드를 내놓겠다고 다짐하며 물음을 던졌다. 그러자 귀에 익은 목소리가 두 사람 사이에 끼어들었다.

"네가 들어줄 수 없는 거."

준우였다. 그러면 그렇지. 은조는 준우의 당선을 위해 사퇴한다는 거다. 그 대가가 과연 뭘까. 태은이 준우의 꿍꿍이를 가늠하는 사이, 그는 이제 한 팀이라는 걸 과시하며 은조와 나란히 섰다. 회심의 미소와 함께. 더 이상의 대화는 의미 없었다. 태은은 손에 쥐고 있던 포스터를 거침없이 찢어버렸다. 은조와 자신이 나란히 웃는 사진이 담긴 포스터였다. 태은은 은조의 사진을 야무지게 찢은 뒤 옥상 아래로 던져버렸다. 순간 은조의 표정이 일그러졌다.

"나랑 한 약속, 한 번만 더 어기면 그땐 사진이 아니라 널 찢어서 던져버릴 거야. 난 약속을 어기는 사람은 절대 용서하지 않아. 이 말, 절대 잊지 마."

태은의 어조는 차분했지만 기세만큼은 당장 그 자리에서 목숨값이라도 받아낼 것처럼 독기가 서려 있었다. 불행인지 다행인지 은조는 태은이 얼마나 칼을 갈고 있는지 알아채지 못했지만 자신에게 함부로 했다는 이유만으로 약이 올라 방방 뛰었다. 이제껏 은조에게 함부로 하는 사람은 아무도 없었다. 더군다나 이 학교에서 말이다. 기분이 상한 은조는 쓴웃음을 뱉는 준우에게 시비를 걸었다.

"웃음이 나와 지금? 아, 열받아. 어떻게 갚지?"

은조의 말에 준우는 능글맞은 웃음을 지어 보였다.

"갚을 방법이야 많지. 모르나 본데 쟤, 약점이 많거든."

그 말이 맞았다. 준우는 확실히 태은의 약점을 쥐고 있었다.

"그래? 뭔데?"

안달이 난 은조가 준우를 재촉했다.

"이기면… 이기면, 그때 넘길게."

준우는 야릇한 미소를 흘리며 멀어지는 태은의 뒤통수를 바라봤다. 저 뒤통수 속이 지금쯤 얼마나 복잡할까 싶었다.

과연 준우의 짐작은 틀리지 않았다. 은조가 사퇴 선언을 한 지 고작 5분밖에 지나지 않았지만 태은은 벌써부터 대책을 세우느라 빠르게 머리를 굴리고 있었다. 하지만 이런 유의 돌발상황에 대처하려면 좋은 머리 외에 다른 것이 필요했다. 그것은 연륜. 태은의 나이에는 가질 수 없는 덕목이었다.

이제 누구를 포섭해야 할까. 조급하게 머리를 굴릴수록 오히려 막막했다. 항상 그랬다. 혼자는 자신 있었지만 누군가와 짝을 이루는 일은 늘 골치가 아팠다. 기본적으로 또래 중에 태은의 눈에 차는 아이는 거의 없었다. 은조만 하더라도 태은이 상당 부분 양보하고 감내하며 결정한 상대였다. 제멋대로인 성격 정도는 받아줄 수 있을 거라 자신했는데 결국 그게 화근이었다.

그러나 따지고 보면 태은이 원하는 조건은 간단했다. 내신 1등급 이내의 성적, 활발한 교내외 활동. 이 두 가지만 충족한다면 누구와도 함께할 준비가 되어 있었다. 그러나 3등급을 겨우 턱걸이한 준우가 심지어 자신의 여자친구까지 끼워넣으며 입후보하자 태은은 자존심이 상했다. 이렇게 하찮은 선거가 되다니. 덩달아 수준이 떨어지는 느낌이었다. 더군다나 이해할 수 없는 건 아이들의 태도였다. 그토록 자질이 떨어지는 후보임에도 잘난 얼굴과 뛰어난 운동 실력에 홀려 지지를 선언하는 상황이니 말이다. 학생들을 대표

하는 회장을 뽑는데 그깟 인기가 뭐라고. 태은은 다시 심기가 불편해졌다.

그러다 문득, 농구장을 종횡무진 누비고 있는 한 남학생에게 시선이 꽂혔다. 딱히 보고 싶은 마음이 있어서는 아니었다. 다만 그 아이가 골을 넣을 때마다 여자아이들이 돌고래처럼 비명을 질러대니 저절로 시선이 갈 수밖에 없었다.

"난 김도윤이라고 해."

태은은 3점 슛을 꽂아 넣은 아이의 이름을 떠올리며 쓴웃음을 지었다. 이제 막 자기 이름을 소개하는 주제에 좋아한다고 고백까지 해왔던 아이. 이 또래의 남자아이들이란 본능에 충실한 육식동물과 다를 바 없는데 도대체 뭐가 좋다고 저렇게 난리인 걸까.

태은은 새삼스러운 호기심이 발동해 가만히 도윤을 관찰했다. 그러고 보니 훤칠한 키와 단단한 몸, 그에 어울리지 않는 여리고 앳된 얼굴이 객관적인 매력을 입증하기에 충분했다. 저런 외모라면 확실히 쓸모가 있을지도 모른다. 저토록 환호하며 비명을 질러대는 여자아이들을 보면 말이다. 태은은 돌고래 샤우팅에 이맛살을 찌푸리며 자리를 떠났다.

"어이쿠! 강 교수님 행차하셨어요?"

만배의 너스레에 해수가 싱긋 웃었다. 청장은 해수를 종종 교수라 불렀다. 그녀의 목표가 경찰대학 범죄학 교수임을 익히 아는 까닭이었다. 장난의 느낌도 있지만 본질적으로는 격려의 의미가 더 컸다. 경찰청장과 경정. 쉽게 닿을 수 없는 수직적 거리에도 불구하고 사소한 인연으로 안부를 주고받던 두 사람은 이따금 사담을 나누며 친분을 키웠다. 해수에게는 신분 상승이라는 목표가, 만배에게는 소심한 일탈이라는 개인적 욕망이 충족되는 관계였다. 청장은 대한민국의 흔한 기러기 아빠였고, 해수는 불륜 같은 건 실행하지 못하는 소심한 가장에게 정신적 연애의 대상이 되어주는 예쁘장한 이혼녀였다.

"하여간 우리 강 교수 스타야, 스타. ANA 방송국이 선정한 올해 가장 주목받는 여성 리더! 대단해. 아주 대단해."

해수가 멋쩍게 웃자 청장은 한층 더 흥을 올렸다.

"민망하게 왜 그러세요. 한 잔 받으세요."

해수는 사회적 미소로 만배의 너스레에 응수했다. 호탕한 인상과 달리 그는 술을 즐기는 편이 아니었다. 그런 청장이 술자리를 제안하는 날은 어김없이 큼직한 사건이 따라붙었다. 더군다나 오늘 그가 이끈 주점은 가격대가 꽤 높은 곳이었다. 술과 안주의 단가도 높지만 무엇보다 이곳의 가치를 확실히 증명해주는 건 비밀스러운 공간이었다. 개별 룸으로만 운영되는 데다 그 사이가 멀찍이 떨어져 있어 비밀스러운 이야기를 나누기에는 더없이 적합했다. 해수는 이곳에 딱 두 번 온 적이 있었다. 그때마다 그녀의 인생을 쥐고 흔들었던 대단한 제안이 오갔고, 해수는 결코 그 기회를 놓치는 법이 없었다.

"하여간 우리 강 경정 대단해. 일이면 일, 술이면 술, 미모면 미모! 내가 당할 수가 없어."

술이 오른 청장은 수컷임을 잊지 않았는지 새삼 해수의 외모를 치켜세우는 데 열을 올렸다. 신경이 거슬리는 언사였지만 이 정도쯤은 웃으며 넘겨줄 수 있었다. 야망의 크기 때문이기도 했지만 만배에 대한 최소한의 믿음은 있었다. 결코 바닥을 드러내지 않을 사람이라는 믿음 말이다. 마음속에서는 말랑말랑한 감정이 간질거릴지언정 행동으로는 절대 옮기지 못할 소심한 위인이었다.

"내가 비밀 얘기 하나 해줄까?"

입이 근질거렸는지 만배는 대화가 무르익기도 전에 본론을 꺼냈다.

"뭔데요?"

해수는 다음 술잔을 홀짝이며 대수롭지 않은 양 가볍게 응수했다.

"이번에 범죄학과 교수 자리 공석 된 거 알고 있지?"

물론 알고 있었다. 그녀의 관심사임을 떠나서라도 추문으로 쫓겨난 노교수에 관한 얘기라면 귀를 닫고 있어도 저절로 흘러들어올 수밖에 없는 주제였으니까.

"알고 있죠."

"그 자리, 내가 강 경정 추천했어."

"설마요. 농담이시죠?"

놀라운 일이었지만 해수는 내색 없이 가볍게 반문했다.

"잘해봐. 부교수 건너뛰고 바로 가는 자리야. 무슨 의미인지 알지?"

"네, 그럼요."

해수는 달아오른 얼굴로 감사를 전했다. 갑자기 취기가 확 오르며 놀라움과 기쁨, 그리고 감사함이 교차했다.

"머리카락 잘라내고 정교수 자리 거머쥐게 생겼으니, 하여간 강교수, 역시 브레인이야."

"청장님 덕분이에요. 정말 감사합니다."

"그럼, 우리 강해수의 빛나는 미래를 위해, 건배."

"건배."

몇 번이나 잔을 부딪쳤을까. 몇 번이나 술을 넘겼을까. 기억 나는 건 몸을 가누지 못해 휘청대는 청장을 택시에 태워 보낸 것, 그리고 오지 않는 대리운전 기사를 하염없이 기다리다 엉뚱한 곳에 전화를 했던 것뿐이다. 엉뚱한 곳. 그게 누구기에 이렇게 찜찜한 걸까? 아, 생각나버렸다. 망할! 내가 왜 그 사람에게 전화를 했을까. 이혼 서류에 잉크도 안 말랐건만. 이제는 정말 상관없는 사람이건만. 각자 다른 삶을 살자며 겨우 떼어놓았건만.

삶이 달라졌다는 걸 증명이라도 하듯 취기가 남은 그녀가 서 있는 곳은 대치동 학원가 한복판이었다. 자정이 가까운 시각에도 건물마다 쏟아져 나오는 학생들과 그런 아이들을 태워 가려고 대기하는 차량의 행렬이 눈부신 이곳. 그들에게는 배움의 전장이지만 해수에게는 새로운 주거지가 된 대치동.

"지겹다 이 동네."

해수가 이 동네에서 사는 것이 처음은 아니었다. 사실 인생의 절반을 대치동에서 보냈었다. 그녀의 엄마가 40여 년 전 이곳에 터전을 잡았던 것이다. 혼자 힘으로 딸을 키워야 했던 경자는 생계 수단으로 건강원을 운영했다. 그때 히트 상품이 이른바 물범탕이란 것이었다. DHA가 풍부해 아이들의 두뇌 발달에 좋다는 경자의 말에 엄마들은 비상금을 털었고, 그 돈으로 해수는 대학까지 마칠 수 있었다. 비록 물범 비린내가 난다며 아이들의 놀림을 받긴 했지만.

해수는 갑자기 비린내가 나는 것 같아 속이 울렁였다. 그러다 낯익은 간판을 보고 겨우 몸을 추슬렀다. 일등건강원. 지긋지긋해서 떠나고 싶었지만 결국 다시 돌아오고 말았다. 운명이라는 건 참 얄궂었다.

"우리 집, 저기 있네."

일등건강원은 도로변 골목의 5층짜리 상가 건물에 있었다. 1층이 건강원이고 엄마 집은 건물 꼭대기 층이었다. 이러니저러니 해도 대치동 한복판에 건물까지 소유했으니 싫은 내색을 하는 딸 하나쯤은 눈 질끈 감고 무시해버리는 경자였다. 해수는 그런 엄마의 건물이 남의 집인 듯 어색했다.

집 안의 불은 모두 꺼져 있었다. 해수는 어둠을 더듬어 70대 노인의 취향이 반영된 거실을 가로질렀다. 게임이라도 하는 건지 도윤의 방에서는 아직 빛이 새어 나오고 있었는데, 문을 열어 보니 예상과 다르게 도윤은 노트북으로 강의를 듣다 잠들어 있었다. 해수는 노트북을 닫고 비몽사몽인 도윤을 간신히 침대로 올려보냈다. 그러곤 불편하게 모로 누운 도윤의 자세를 고쳐주고는 이불을 덮어 줬다. 애처로운 내 새끼. 아직 엄마 손이 필요한 나이건만 일 때문에 우선순위에서 밀려버린 아들이 새삼 안쓰러웠다. 해수는 애틋한 마음에 도윤의 머리칼을 부드럽게 쓰다듬었다. 그러다 문득, 도윤의 얼굴에서 제 아빠의 흔적이 보이자 살갑던 손길이 그대로 굳어버렸다.

"내 새끼인데 제 아빠를 닮았네."

해수는 새삼스러운 서운함에 실소를 흘렸다. 그때 퉁명스러운 잔소리가 해수의 뒤통수를 때렸다.

"엄마가 맞긴 맞냐?"

해수가 돌아보자 머리가 부스스한 경자가 잠이 덜 깬 얼굴로 서 있었다.

"안 주무셨어?"

"네가 깨웠지. 도대체 지금 몇 시냐? 애 엄마가 잘하는 짓이다."

또 시작이다. 애 엄마는 슈퍼맨이라도 된다는 건가. 그렇게 말하는 본인도 그리 다정한 엄마는 아니었는데.

"안 먹어."

약사발을 들이미는 경자에게 해수는 대번에 싫은 내색을 했다.

"먹어. 술 깨는 약이야."

저걸 마시면 이 대화를 끝낼 수 있을까. 성화를 해대는 경자를 보며 해수는 생각했다.

"살다 살다 이제 늙은 어미가 딸년 술 시중 드는 날까지 오네."

"누가 그러래?"

"이혼하구 들어앉지 않았음 이 꼴 안 봤지. 뭔 놈의 팔자가 에휴…."

"엄마 팔자 닮았나 보지."

경자의 공격을 거침없이 받아치던 해수는 저도 모르게 한숨을 내쉬었다. 항상 이런 식이었다. 확실히 두 사람은 성격이 맞지 않았다. 물론 해수도 알고 있었다. 경자에 한해서는 자신이 언제나 꼬여 있다는 사실을. 유년기에 받지 못한 사랑에 대한 응석일까. 그렇다면 도윤에게서도 같은 방법으로 자신의 부재를 돌려받게 될까.

"망할 년. 어미한테 한마디도 안 지지."

해수는 싸움을 끝내고 싶어 조용히 일어섰다. 그러나 경자는 약사발을 비우기 전까지는 해수를 놓아줄 마음이 없어 보였다.

"먹고 가. 치우고 자게."

해수는 마지못해 약사발을 비웠다. 결국 오늘도 경자의 승리로 끝났다. 해수는 꾸역꾸역 터져 나오려는 불만을 가만히 눌렀다. 져야 한다. 그래야 잘 수 있다.

"나 잘래요."

해수는 빈 약사발을 식탁에 놓고는 방으로 들어갔다. 그녀의 뒤통수에 대고 경자가 나직이 중얼거렸다.

"썩을 년."

관짝에 누워 썩어가는 기분이 이럴까. 해수는 침대에 몸을 뉘며 생각했다. 문득 낮에 인터뷰했던 기자의 질문 하나가 떠올랐다.

"지금까지 만나보신 사이코패스 중에 특별히 기억에 남는 사람이 있나요?"

누구나 던져봄 직한 흔해빠진 질문이었는데 왜 갑자기 삼켰어야 하는 속엣말이 밖으로 튀어나와버린 걸까.

"네. 있어요."

해수는 이 말을 뱉고 잠시 멍해졌다. 기억에 남는 사이코패스. 이 말로는 부족했다. 그녀의 인생을 송두리째 흔들어놓은 장본인이었으니까.

"어떤 사람이었는지 구체적으로 말씀해주실 수 있을까요?"

머릿속에 기자의 목소리가 빙빙 돌았다. 좋아했어요, 제가. 아주 많이. 다행히도 그 말은 꿀꺽 삼켜버렸지. 잘했어 강해수. 해수는 새삼스레 안도하며 잠 속에 빠져들었다.

2

러
닝
메
이
트

"강해수. 눈 떠."

귓가에 들리는 열일곱 소년의 목소리에 해수는 소름이 돋았다.

"눈 뜨라고."

해수는 목소리의 주인을 마주 볼 용기가 없어 눈을 질끈 감았다. 세차게 흔드는 손길에 눈을 뜨자 '이용범'이라 적힌 명찰이 보였다. 순간 머리카락이 쭈뼛 서는 공포를 느끼며 다시 눈을 감았다.

"눈 떠 강해수. 이제 너도 공범이야."

공범이라는 한마디에 해수는 흠칫 놀라며 잠에서 깨어났다. 침대 끝자락에 아슬아슬하게 걸쳐 있는 게 잠들 때와 똑같은 모습이었다. 해수는 피곤이 하나도 풀리지 않은 얼굴로 다시 침대에 누워 잠을 청했다. 하지만 망할 알람이 울어대는 통에 그조차 쉽지 않았다.

결국 해수는 잠에 묶인 몸뚱이를 일으켜 서랍을 열었다. 종류별로 빼곡한 비타민이 그녀를 기다리고 있었다. 해수는 망설임 없이 약을 꺼내 한입에 털어 넣었다.

"내 새끼 많이 먹어."

해수가 비타민을 삼키는 사이 경자는 도윤에게 한약을 권하고 있었다. 약이 낯선 도윤은 시커먼 약사발을 멀뚱멀뚱 바라만 보았다. 경자가 다시 애교 섞인 웃음으로 손자에게 재촉의 신호를 보냈다.

"먹지 마."

해수는 마음이 약해져서 약을 먹으려는 도윤의 손에서 그릇을 빼앗았다.

"애 앞에서 뭐 하는 거냐 지금?"

"애한테 이런 것 좀 주지 마 제발. 무슨 탕, 무슨 탕… 뭔지 모를 짐승 새끼 우려낸 약, 애한테 먹이지 말라고."

"너 아직 술이 덜 깼냐? 왜 아침부터 골질이야?"

"내가 싫어하는 거 알잖아."

"염병하네. 누가 너더러 먹으라니? 내 손주 먹으라지. 남들은 돈 주고도 못 먹는 약이야. 시험 때면 대치동 엄마들이 줄을 서서 데려가는 약이라고 이게."

"글쎄, 이딴 거 필요 없다고!"

해수는 약이 올라 악을 썼다. 경자는 딸의 기세에 눌려 잠시 움찔했다. 그때 도윤의 트림 소리가 공간을 갈랐다. 도윤이 그새 약사발을 비운 것이었다. 해수는 화가 치밀어 올라 경자를 쏘아봤다. 물범탕이라니 지긋지긋했다. 더군다나 도윤에게까지 그 짐을 떠넘기는 경자가 영 마뜩잖았다.

"아까 화낸 건 미안해."

도윤의 학교로 향하는 길에 해수는 신호 대기를 틈타 사과를 건넸다.

"응."

도윤은 가타부타 말도 없이 짧게 응수했다. 해수는 아들의 소심함이 답답하면서도 한편으로 미안한 마음이 들었다.

"엄마가 일이 너무 많아서 요즘 정신없고 예민한가 봐. 알잖아, 할머니랑 잘 안 맞는 거."

해수는 솔직하게 속내를 털어놨다. 그러자 무심하던 도윤이 휴대폰에서 눈을 떼고 묵직하게 입을 열었다.

"엄마."

"응?"

"엄마는 프로파일러잖아."

"응."

"그럼 요즘 내 마음이 어떤지 그것도 알아?"

갑작스러운 물음에 해수는 심장이 쿵 내려앉았다. 매일같이 남의 마음속을 헤아려보지만 정작 아들의 심정을 살피지 않았음을 누구보다 잘 알고 있는 그녀였다.

"아빠 보고 싶어?"

이혼하기 전, 도윤은 유난히 아빠와 가까웠다.

"아니."

"왜?"

"나 때문에 싸우는 거, 더는 보고 싶지 않아서."

"도윤아, 아빠랑 엄마, 너 때문에 싸운 거 아냐."

"대치동 오는 거… 아빠는 싫어했잖아."

"그건 맞지만 그것 때문에 헤어진 거 아니야."

"알겠어."

도윤의 단정한 대답 뒤로 무거운 정적이 흘렀다. 어떻게 이야기를 풀어가야 할까. 잠시 고민하던 해수는 회피를 택했다.

"그나저나 새 학교는 어때?"

"좋아."

학교라는 주제에 싸늘했던 도윤의 눈빛에 온기가 돌았다. 그 아이를 떠올린 걸까. 이태은. 왜 그 이름은 쉽게 잊히지 않을까. 해수는 부질없는 생각을 하며 명문고등학교로 차를 몰아갔다. 도윤이 전학생인 만큼 순조로운 학교생활을 위해 상담이 필요하다며 새 담임이 면담을 요청한 것이었다.

그러나 해수에게 명문고등학교는 또 다른 의미가 있었다. 사실 명문고는 그녀의 모교였다. 3년. 인생을 살면서 수없이 많은 3년을 반복했지만 그곳에서의 시간은 해수의 인생에 남다른 의미가 있었다. 슬프게도 부정적인 기억으로 말이다.

해수는 새삼스러운 눈길로 교정을 돌아봤다. 익숙한 공간에서 낯선 감정이 그녀를 덮쳐왔다. 기억 속의 공간과는 사뭇 다른 인상이었다. 그토록 크고 어둡고 복잡하게만 느껴졌던 학교가 따뜻하고 아담하게 다가왔다. 그래, 나에게는 싸늘한 곳이었지만 도윤이만큼은 따뜻하게 품어줄 수도 있지. 해수는 자신에게 위로를 건네며 본관으로 향했다.

"미안한데, 여기서 좀 기다릴래?"

갑작스레 울리는 전화에 해수는 도윤의 대답을 듣지도 않고 화장실로 들어가버렸다. 도윤은 어쩔 수 없이 교무실과 화장실 사이에서 한동안 어정쩡하게 서 있어야 했다. 도윤은 어색함에 잠시 쭈뼛거렸지만 그 시간은 오래가지 않았다. 맞은편에서 태은이 나타났기 때문이었다.

그 아이다! 도윤은 태은을 보자 저도 모르게 심장이 뛰었다.

도윤이 태은에게 반한 건 전학 첫날의 일이었다. 벽면에 붙은 태은의 선거 포스터를 보고 "예쁘다"고 중얼대던 도윤이었지만 정작 그녀에게 빠져버린 순간은 따로 있었다.

"여기, 여자 화장실인데."

도윤이 생각에 빠진 사이 태은은 어느새 코앞에 와 있었다. 도윤은 얼굴이 빨개진 채 반사적으로 대꾸했다.

"미안."

태은에게 차인 일까지 있고 보니 도윤은 어쩔 줄 몰라 했다. 하지만 그런 도윤의 속내를 아는지 모르는지 태은은 새침하게 화장실 안으로 들어가버렸다. 도윤은 완벽하게 무시당한 기분에 새삼 부끄러웠다.

하지만 사실 태은 역시 그를 신경 쓰고 있었다. 물론 도윤이 기대하는 말랑말랑한 연애 감정 같은 건 아니었다. 태은은 그저 그의 쓸모에 대해 고민하고 있을 뿐이었다. 확실히 훤칠하고 순수한 인상이기는 했다. 도윤을 좋아해 가슴앓이하는 여자애들이 분명 많을 것이다. 그렇다면 도윤의 인기에 편승해 표를 얻어야 할까? 내키지는 않지만 준우의 방식이 통할지도 몰랐다.

"강해수입니다."

화장실 칸막이 안에서 들려오는 낯선 목소리에 태은은 고민을 멈췄다. 강해수. 익숙한 이름인데….

"무슨 일이세요, 청장님?"

이어지는 그녀의 말에 태은은 어렵지 않게 상대의 정체를 파악했다. 명문고 선배라는 타이틀이 아니었다면 태은은 끝내 칸막이 너머의 상대가 누군지 알아채지 못했을 것이다. 프로파일러라는 직업은 고등학생들이 열광하는 아이돌 스타와는 다른 존재니까.

그러나 해수의 사회적 성공은 명문고 학생들 사이에 선망의 대상이었다. 준우와 함께 출마한 은비 역시 해수를 자신의 롤모델로 내세우며 이미지메이킹에 나선 참이었다. 해수와 일면식도 없는 은비가 타인의 사회적 성공을 훔쳐 선거에 나선다는 사실이 우습게 느껴졌지만 어이없는 건 그 전략이 통하고 있다는 사실이었다. 여자애들은 은비를 해수와 같이 진취적이고, 독립적이며, 지적인 존재로 받아들였다. 태은의 예상대로라면 그들의 표는 곧 준우에게 몰릴 터였다.

"강 교수, 혹시 방송에 관심 있나?"

청장은 그날의 만남 이후 줄곧 해수를 교수라 불렀다. 벌써부터 김칫국을 마셔대는 모양새가 민망했지만 이상하게도 싫지 않은 호칭이었다.

"방송이요?"

해수는 화장실에서 통화하는 게 신경 쓰였지만 만배의 물음에 바짝 정신이 들었다. 방송이라니. 이건 또 무엇을 위한 제안일까.

"후배 중에 방송국 국장이 있어. 이번에 준비 중인 다큐를 우리 강 교수랑 같이 하고 싶다네?"

청장은 평소처럼 흥을 올려 새로운 소식을 전했다. 그 목소리가 어찌나 큰지 전화기를 뚫고 나와 작은 칸막이 안이 쩌렁쩌렁 울렸다. 해수는 질겁을 하며 통화음을 줄인 뒤 다시 말을 이어갔다.

"아, 그런 문제라면 생각해보고 전화드려도 될까요? 지금 통화하기 좀 곤란해서요."

순간 옆 칸에서 누군가가 시원하게 물 내리는 소리가 들려왔다.

해수는 만배가 그 소리를 들을까 봐 서둘러 전화를 끊고 화장실 문을 열었다. 그러다 당장이라도 밀고 들어올 것처럼 마주 선 태은의 모습에 깜짝 놀랐다. 하마터면 거칠게 열어젖힌 문에 학생이 부딪힐 뻔했다. 해수는 혹시라도 학생이 다쳤을까 싶은 마음에 심장이 철렁 내려앉았다. 하지만 정작 당사자인 태은은 미동도 없었다.

"괜찮니?"

해수는 반사적으로 물음을 던지며 상대의 상태를 살폈다.

"네, 괜찮아요."

담담하게 대꾸하는 태은 역시 해수를 관찰했다. 과연 태은이 짐작했던 그 강해수였다. 뉴스에서 찬양해 마지않던 대단한 여자.

"지금은 괜찮아 보여도 혹시 모르니까 같이 보건실에 가볼래?"

"다친 데 없으니까 걱정 마세요, 선배님."

태은은 일부러 선배님이라는 단어에 힘을 주었다.

"선배님?"

뜻밖의 호칭이 나오자 해수의 눈가에 호기심이 일었다. 관심을 끌어보려던 태은의 전략은 유효했다.

"이번에 뉴스 나오셨을 때 저희 명문고 선배님이라고 선생님들께서 말씀 많이 하셨어요. 저희끼리도 너무 멋있다고, 선배님처럼 멋진 사람 되자고 얘기 많이 했고요."

"그래?"

해수는 태은을 빤히 바라봤다. 지나치게 영악한 아이. 해수는 순간적으로 거부감에 휩싸였지만 이내 마음을 풀었다. 아직 소녀일

뿐이다. 그러니 지나친 추측은 하지 말자.

돌이켜보면 수많은 이혼 사유 중 꽤 큰 비중을 차지했던 게 해수의 직업병이었다. 타인을 관찰하고 분석하는 습성은 가족들을 지치게 하고 남편과의 갈등을 초래했다. 그의 말로는 상대의 행동을 추측하고 예단하는 행태가 곁에 있는 사람의 피를 말린다고 했다.

"지금은 괜찮아 보여도 혹시 모르니까…."

해수가 아이의 상태에 집중하며 말을 잇는 순간, 태은이 당돌하게 해수의 말을 자르며 치고 들어왔다.

"주세요, 연락처."

다시 한번 해수의 속내에 거부감이 밀려왔다. 묘한 기시감과 함께. 이 아이가 누굴 닮았더라.

"그래. 그렇게."

해수의 대답에 태은은 말없이 자신의 휴대폰을 건넸다. 휴대폰에 해수의 번호가 저장되는 사이, 태은은 담담히 해수를 관찰했다. 너무 맑고 흔들림이 없어 도리어 상대를 쥐고 흔드는 눈빛이었다. 역시 익숙했다. 먹잇감을 정한 눈빛. 목표를 숨기지 않는 담대함. 그러면서도 결코 꿍꿍이를 들키지 않는 영민함. 이 아이, 도대체 뭘까? 그 순간 그녀의 명찰에 적힌 세 글자가 해수의 시선을 사로잡았다. 이태은. 이태은이라고? 해수는 새삼스러운 눈길로 상대를 바라봤다. 갑자기 눈앞의 아이가 전혀 다른 존재로 느껴졌다. 무조건 싸워야만 하는 강력한 적과 마주친 기분이었다.

"어디 찾으세요?"

앞장서 걷던 태은이 물었다.

"어딘지 알아. 고마워."

해수는 짧게 대꾸하며 웃었다. 그러자 태은이 꾸벅 인사를 하고 는 교무실로 쏙 들어갔다. 둘은 목적지가 같았던 것이다.

"도윤이 어머님이세요?"

태은의 목적지가 미리 정해졌던 것인지, 즉흥적인 것인지 생각하는 사이 도윤의 담임이 말을 걸어왔다. 그 바람에 해수는 어느새 평범한 학부모가 되어 담임에게 연신 머리를 숙였다. 돌이켜보면 해수의 인생에서 무조건적인 을의 위치가 되는 순간은 대부분 도윤의 엄마일 때 찾아왔다.

"어? 뉴스에 나온 그분 맞죠? 그 가위손 살인 사건이요."

"네."

해수는 담백하게 웃었다.

"그러고 보니 명문고 선배라고 떠들썩했는데 대단한 인연이네요."

해수는 뭐라 답해야 하나 싶어 빙긋 웃었다. 사적인 자리에서조차 공적인 미소를 유지해야 하는 일상이 피곤하기 짝이 없었다.

"일단 앉으시죠."

상담실로 이동한 세 사람은 그제야 마주 앉았다. 호의적인 눈길로 해수를 바라보던 담임은 도윤의 생활기록부를 확인하다 일순 표정이 변했다.

"도윤이가 그래도 착한가 봐요?"

"네?"

"좀 착하다 싶은 애들은 암기로 평균을 올리곤 하죠. 국영수 점수를 보니 사교육은 담쌓은 것 같은데요?"

담임의 말은 사실이었다. 해수는 노력에 비해 성적이 나오지 않는 도윤의 문제에 대해 고민을 토로했다. 정작 화제의 주인공인 도윤은 마치 타인처럼 두 사람의 대화를 묵묵히 듣고 있었다. 어쩌면 엄마는 그 어떤 범죄자의 프로파일링 노트보다 자신의 성적표 앞에서 더 뜨겁게 분노할지도 모른다고 생각했다.

그러나 돌이켜보면 해수는 단 한 번도 성적을 가지고 도윤을 몰아세운 적이 없었다. 오히려 잘 그리지도 못하는 그림을 완성했을 때나 아이돌 댄스를 어설프게 흉내 낼 때도 실력에 비해 과하게 칭찬하며 도윤을 추켜세우는 엄마였다. 어릴 적 도윤은 그런 칭찬에 으쓱했지만 자라면서는 오히려 거부감이 들었다. 특히 엄마의 노트에서 '인정욕구'라는 단어를 발견한 후로 더더욱 그랬다. 만일 복습 삼아 아들에게 사탕발림을 해온 거라면 공부가 모자란 거라고 말해주고 싶었다. 어린아이 취급하며 듣기 좋은 말로 달랠수록 자신이 처한 현실과는 멀어질 뿐이었다. 도윤은 생각했다. 자신은 그냥 모자란 놈으로 태어난 것이라고.

"그렇다면 더 문제네요. 다른 어머님들 같으면 공교육이니 적성이니 그런 말씀을 드리겠지만, 사회에 공헌하는 분이시고 명문고 졸업생이시니 제가 솔직하게 말씀드리겠습니다. 도윤이, 이제부터라도 돈 들이셔야겠어요."

"…네."

"어머님 때는 혼자라도 독하게 공부하면 결과가 나오는 시대였지만 요즘은 달라요. 아이큐가 두 자릿수만 아니면 재종반(재수종합반) 스타 강사 라인업 타고 의치한약수(의대, 치대, 한의대, 약대, 수의대) 골라 갈 수 있는 시대니까요."

"네, 말씀 감사합니다."

"잘할 거지 도윤아?"

당사자는 안중에도 없이 떠들어대더니 담임은 마지막에 가서야 따뜻한 스승의 얼굴로 웃어 보였다.

"네."

민망한 나머지 도윤이 멋쩍게 웃으며 답했다.

"잘생겼구나, 너?"

담임은 미안했던지 뒤늦은 칭찬을 꺼내놨다. 해수와 도윤은 그런 담임의 노력에 씁쓸함을 느끼며 적당히 맞장구를 쳤다.

"어쨌거나 존경합니다. 사실 저도 애들하고 매일 부대끼지만 어떨 땐 오싹하거든요. 말이 청소년이지, 요즘 애들 머리가 팽팽 도는 게 어른 이겨먹는 거 일도 아니더라고요. 그러면서 또 사고 치면 미성년이네, 촉법소년이네 하면서 보호해달라고 먼저 요구하는 게 요즘 애들이니까요."

흥분하던 담임은 무덤덤한 해수의 반응에 머쓱해져서 화제를 돌렸다.

"어쨌건 당분간은 사회적 엄마보단 도윤이 엄마가 돼주시는 게 좋을 겁니다. 덩치는 커도 손이 많이 가요, 애들이."

해수는 담임이 입을 열 때마다 불편한 감정을 누르느라 애썼다. 틀린 말이 하나도 없다는 사실이 더 분했다. 자신의 감정을 드러내는 대신 상대의 말을 자르는 것으로 상황을 모면하려던 순간이었다.

"선생님, 안녕하세요!"

느닷없는 하이 톤의 음성이 그들 사이로 끼어들었다. 해수가 돌아보자 여성스러운 분위기를 물씬 풍기는 여자가 다가오고 있었다. 전형적인 강남 엄마들의 차림새에 응석받이로 자랐을 법한 천진한 인상이었다. 해수는 이런 부류의 여자들을 잘 알고 있었다. 중년의 나이에도 마음 한구석에는 소녀를 간직한 여자들을 말이다. 그러나 해수의 시선을 끈 것은 따로 있었다. 그 여자 옆에 태은이 서 있었던 것이다. 그럼 저 아이의 엄마?

"아우, 태은이 어머님. 어쩐 일이세요?"

담임이 대번에 정답을 알려주며 반색했다. 그녀에 대한 친밀도를 온몸으로 드러내면서.

"오늘 학폭위 모임 있잖아요. 온 김에 인사나 드릴까 하고 들렀더니 상담실에 계신다고 하더라구요."

그녀는 잘난 딸을 둔 엄마의 당당함을 온몸으로 발산하고 있었다.

"아하, 그러셨구나. 마침 상담이 끝난 터라, 이리 앉으세요."

해수는 담임과 여자를 번갈아 바라봤다. 아직 상담이 끝나지도 않았는데 무례하게 들어서는 여자와 그녀를 응대하느라 자신들을 무시하는 담임의 태도에 어처구니가 없었다. 하지만 불쾌함보다는 호기심이 앞섰다. 해수의 시선은 두 사람이 아닌 태은에게로 쏠렸다.

감정을 빼고 보자면 예쁜 소녀였다. 담임의 이야기를 경청하다 간간이 웃는 모양새가 사랑스러웠다.

본의 아니게 그들의 대화를 통해 알게 된 것은 태은이 입학 이후 줄곧 전교 1등을 유지하고 있으며, 2학년이 된 현재 학생회장 선거에 출마했다는 사실이었다. 역시나 똑똑한 아이였다. 그런데 나는 왜 저 아이에게 두려움을 느끼는 걸까? 그저 또래 아이를 둔 엄마의 질투심일까? 아니면 아들을 거절했던 상대에 대한 불쾌함일까? 해수는 자신이 느끼는 이상한 두려움의 정체를 알 수 없었다.

"아, 인사하시죠. 이쪽은 이번에 전학 온 김도윤 학생 어머님이세요."

해수의 존재가 무색해질 즈음 담임이 뒤늦게 소개에 나섰다.

"안녕하세요. 어…?"

인사를 하던 상대의 말꼬리에 호기심이 묻어났다. 해수를 알아본 것이 분명했다. 아나나 다를까, 여자는 뉴스에서 해수를 봤다며 호들갑을 떨었다. 자신은 전업주부인지라 해수가 몹시 부럽다는 말도 덧붙였다. 그 눈빛이 얼마나 진실하고 화법은 또 얼마나 사랑스러운지 해수는 거절도 못 하고 카페까지 끌려가 그녀가 떠드는 소리를 듣고 있어야 했다. '태은이 엄마'라는 호칭 대신 듣게 된 그녀의 이름은 서하경이라고 했다.

"너 착해?"

도윤과 나란히 걷던 태은이 물었다.

"어? 아, 그냥. 할 말이 없어서."

도윤은 상담실의 방음이 형편없다는 사실에 한숨이 나왔다. 장점이 뭐냐고 묻는 담임의 질문에 성격이 착하다고 대충 얼버무렸던 것이다.

"착해 보여."

"아….."

도윤은 대꾸할 말을 찾지 못해 가볍게 감탄사를 뱉었다.

"착한 거, 그거 별로야."

태은이 덧붙인 말에 도윤은 새삼 더 무안해졌다. 고백에 대한 거절을 겨우 잊어갈 참인데, 이 아이는 내가 진짜 싫은 거라고 말하고 싶은 걸까?

"김도윤."

"어?"

"정신 바짝 차려. 여긴 전쟁터니까."

느닷없는 태은의 질책에 도윤은 당혹감을 느꼈다. 그러나 목적이 있는 말이라는 걸 어렵지 않게 알 수 있었다. 친구로서 하는 조언일까? 그렇다고 하기에는 너무 건조하고 서늘했다. 그 말투는 자신을 야단치던 엄마의 그것과 다르지 않았다.

도윤은 슬쩍 자존심이 상했다. 이 아이는 나를 뭐라고 여기는 걸까? 고백을 받았다고 함부로 해도 된다고 생각하는 걸까? 도윤은 이쯤에서 화를 내야 하나 심각하게 고민했다. 그러나 그럴 수 없었다. 태은이 갑자기 그의 손목을 잡았기 때문이었다. 호의적인 제스처라고는 할 수 없는, 단순히 빠르게 걷기 위한 행동이었지만 도윤에게는 마법 같은 설렘으로 다가왔다.

도윤의 심장이 빠르게 뛰는 만큼 태은의 걸음도 빨라졌다. 도윤은 그녀의 손에 쥐어진 인형처럼 속절없이 따라 걸었다. 왜 자신의 손목을 잡아끄는지 묻지 않았고, 태은 역시 어떤 설명도 하지 않았다. 목적지에 도착할 때까지 태은은 도윤의 손목을 놓지 않았다.

"잘 봐."

도윤의 온 신경이 손목에 집중됐을 때 태은이 비로소 자신의 목적을 끄집어냈다.

"어? 어."

도윤은 그제야 태은의 의도를 파악하기 위해 시선을 돌렸다. 태은이 보고 있는 것은 농구하는 아이들이었다. 경기라기보다 반칙이 난무하는 패싸움 같은 광경이 코트 위에서 펼쳐지고 있었다.

"여긴 반칙도 법인 곳이야. 원래도 그랬지만 수행평가니 뭐니 예체능에도 점수가 붙으면서 그게 더 심해졌어."

태은은 수행평가로 인한 줄 세우기가 경쟁심을 부추겼다며 잘못된 교육정책을 들먹였다. 그러곤 견학 스케줄이라도 짜둔 것처럼 도윤을 잡아끌고 비도덕적인 경쟁의 현장들을 차례로 돌았다. 태은의 말대로 점수가 걸린 거라면 어디든 살벌한 신경전이 펼쳐지고 있었다. 도윤은 미술 수행평가 점수 때문에 남의 그림에 물을 끼얹는 장면을 목격하고 아연실색했다.

"말했잖아. 여긴 전쟁터라고."

도윤이 놀랄 때마다 태은은 같은 말을 되풀이했다. 자신을 세상 물정 모르는 순진한 어린아이 다루듯 했지만 도윤은 불쾌하기는커녕 오히려 친밀함을 느꼈다. 어쩌면 태은도 자신에게 호감이 있는 거라고, 마음에 들지 않는 구석을 하나씩 짚어주려는 거라고 행복 회로를 돌렸다.

태은은 학교 구석구석을 돌며 브리핑하듯 설명을 덧붙였다. 누구도 전학생에게 들려주지 않았던 은밀하고 재미있는 후일담은 덤이었다. 도윤은 흡인력 있는 태은의 화술에 완전히 빠져들었다. 남다른 분위기에 반해 덜컥 고백했는데 지금은 그때보다 더 좋았다. 차가운 매력이 전부인 줄 알았더니 의외로 따뜻하고 섬세한 아이였던 것이다.

"저기, 너 아냐?"

운동장을 돌던 도윤이 물었다. 도윤의 손가락은 선거 포스터 속 태은의 사진을 가리키고 있었다. 전학 온 지 일주일도 채 되지 않은 터라 학생회장 선거가 있는지조차 파악하지 못한 상태였다.

"맞아."

"너 출마했구나?"

"응."

"멋지네. 근데 포스터를 누가 찢었나 봐."

도윤은 반쪽짜리 포스터를 보며 태은이 찢긴 양 속상해했다.

"내가 그랬어."

도윤의 염려가 무색하게 태은이 차분히 대꾸했다.

"어?"

"우리 학교는 회장, 부회장이 한 팀을 이뤄 출마하는데 부회장 후보가 나를 배신했거든."

태은은 노골적으로 불쾌감을 드러냈다.

"배신당할 만했나 보지."

그 순간 두 사람의 대화에 끼어든 것은 준우였다. 도윤은 그가 누군지 몰랐지만 직감적으로 상대 후보라는 사실을 알아챘다.

"너, 또라이잖아."

준우는 이죽거리며 태은을 자극했다.

"넌 관종이고."

태은도 지지 않고 준우의 말을 받아쳤다.

"그래. 맘껏 떠들어. 어차피 이길 선거, 내가 봐줄게."

"웃기네. 정신 승리."

"야, 적당히 까불어. 부회장 후보 하나 지키지 못하는 널 회장으로 뽑아줄 것 같아?"

거침없는 두 사람의 난타전에 도윤은 차마 끼어들 수 없었다. 사실 태은을 거들고 싶었지만 그녀의 전투력은 예상을 훨씬 뛰어넘고 있었다.

"은조, 내가 깐 거야."

태은의 말에 준우가 실소했다.

"야! 너야말로 정신 승리 하냐? 너 까이는 거, 내가 분명히 봤는데? 증거 없다고 너무 막 나가는 거 아냐?"

"새 짝을 찾았거든."

태은은 당찬 표정으로 도윤을 바라봤다. 준우의 시선도 도윤을 향했다. 그제야 도윤은 자신이 싸움판의 중심에 서 있다는 사실을 깨달았다. 준우는 가소롭다는 눈빛으로 도윤을 위아래로 훑었다. 도윤은 긴장했지만 지지 않고 준우를 쏘아봤다. 태은이 자신을 선택했으니 절대로 실망시킬 수 없었다.

"얘 뭔데?"

준우가 비웃음을 머금고 물었다.

"착한 애."

"뭐?"

"착한 애라고. 우리 학교에 없잖아, 그런 애."

주차를 마친 해수는 밀려오는 피로감에 지그시 눈을 감았다. 하경은 사랑스럽고 밝은 여자였지만 해수는 유독 그런 유형에 약했다. 그런 사람들은 거절할 명분을 주지 않았다. 어쩔 수 없이 해수는 세 시간 넘게 그녀의 수다를 들어줘야 했다.

하지만 수확도 있었다. 학부모 활동이 활발한 하경이 전해준 이런저런 정보들을 통해 도윤의 진로를 가늠해볼 수 있었던 것이다. 그러나 애석하게도 해수의 우선순위는 언제나 자신의 일이었다. 아무리 자식이 소중해도 공부는 스스로 해나가야 한다는 것이 해수의 지론이었다. 돌이켜보면 자신이야말로 온전히 혼자 힘으로 이 자리까지 왔다고 자부했다. 자식을 홀로 키워낸 경자의 공을 무시하는 것은 아니었다. 그러나 일하느라 바쁜 엄마들이란 아이의 크고 작은 불행을 놓치기 마련이었다.

상념이 꼬리를 물고 이어질 즈음 휴대폰이 울렸다. 낯선 번호였다. 해수는 받고 싶지 않아 주머니에 휴대폰을 넣었다. 그러나 반복적으로 울리는 벨 소리에 이상한 끌림을 느꼈다.

"여보세요?"

"도윤이 어머님이시죠?"

상대는 강해수가 아니라 김도윤의 엄마를 찾고 있었다. 이런 전화는 대체로 불길했다.

"그런데요? 누구시죠?"

"저는 에이스클리닉 하승리 원장입니다."

어디 병원일까 생각하며 해수는 반문했다.

"에이스클리닉이요?"

"이번에 도윤이가 명문고등학교로 전학을 왔다 해서 연락드렸습니다. 잠깐 뵙고 싶은데, 언제 괜찮으실까요?"

해수는 잠시 멍해져서 휴대폰을 쏘아봤다. 아무리 개인정보를 사고파는 시대라지만 이제 막 전학한 아이의 신상 정보가 언제 흘러간 걸까?

"괜찮은 시간을 묻기 전에, 제가 왜 시간을 내야 하는지 설명해주셔야 할 것 같은데요."

해수는 불쾌한 속내를 숨기지 않고 쏘아붙였다. 기분 같아서는 쓰다 달다 말도 없이 당장 끊어버리고 싶었지만 개인정보가 어떤 상대에게 넘어갔는지 정도는 알아내야 할 것 같았다.

"명문대 진학이 목표 아닌가요, 우리 도윤이는?"

상대는 웃음 섞인 말투로 도발했다.

"네?"

"준비 없이 대치동으로 전학을 시키셨을 땐 명문대 진학 말고는 다른 이유가 없어 보이는데… 아닌가요, 도윤 어머님?"

이 여자는 도대체 뭘까? 단순히 신상 정보만 쥐고 있는 게 아니다. 그보다 더 본질적인 정보를 쥐고 있다. 어떻게 이게 가능한 걸까?

"지금 뭐 하시는 거죠?"

"궁금하시다면 뵙고 설명드리겠습니다."

"싫다면요?"

"그렇다면 도윤이 개인정보는 삭제하겠습니다. 물론, 어머님에 대한 정보도요."

뱀 같은 여자다. 축축하고 미끄러운 화법. 말려들어선 안 된다.

"잘됐네요. 그럼 정보는 삭제하시구요, 전화는 이만 끊겠습니다."

"10분."

해수가 본능적으로 위험을 감지하고 달아나려 하자, 원장이라는 여자는 단정적인 어조로 해수의 결심을 흔들었다.

"저한테 10분만 내주시면 도윤이 인생이 바뀔 겁니다. 그래도 끊으실 건가요?"

아이의 인생이 바뀔 수도 있다는 말에 해수의 방어막은 속절없이 무너졌다.

중년의 허리춤까지 온 나이지만 아직도 해수의 마음속에는 유년기의 상처가 고스란히 남아 있었다. 돈이 없어 당한 설움은 아무렇지도 않았다. 철없는 아이들의 따돌림도 세월이 지나니 흐려졌다. 그러나 인생의 중요한 갈림길에서 어느 방향이 옳다고 말해주는 어른이 없었다는 사실은 두고두고 한으로 남았다. 누군가 지름길을 알려줬더라면 더 나은 인생을 향해 갈 수 있었을 거라는 아쉬움이 해수를 사로잡았다.

"명문고 2학년이면, 전교 1등이 태은이죠? 그 자리, 도윤이가 가져올 수 있습니다."

해수의 흔들림을 감지한 원장은 기회를 놓치지 않고 먹잇감을 던졌다.

"태은이라면, 이태은 말인가요?"

"전교 1등 태은이가 이태은 말고 또 있나요?"

상대는 단정적으로 대꾸하며 소리 내어 웃었다. 이태은. 또 이태은이다. 해수는 자꾸만 거슬리는 그 아이의 이름을 곱씹었다.

3

첫사랑

문제의 통화 이후 며칠이 지났다. 그동안 해수는 하경을 통해 에이스클리닉과 그곳의 원장 하승리에 대한 정보를 얻었다. 처음에 모른다고 둘러대던 하경은 뒤늦게 도윤의 존재를 알린 정보 제공자가 자신임을 고백하며 시시콜콜 에이스클리닉에 대한 정보를 늘어놨다. 하경의 변덕은 태은이 계획한 선거 작전의 일환이었지만 해수는 아주 나중에야 그 사실을 알았다.

하경의 말에 따르면, 하승리라는 여자는 지극히 은밀하고 비밀스러운 입시 컨설턴트였다. 아이의 성적은 물론이고 건강 상태와 취미, 그리고 교우관계까지 챙기며 한 치의 오차도 허락하지 않는 걸로 유명하다고 했다. 게다가 어떤 경우에도 하승리가 먼저 연락하는 일은 없었다는 것이 하경의 설명이었다. 실체를 알면 알수록 찜

찜찜함은 커져갔다. 하지만 계속 그 여자를 신경 쓸 수는 없었다. 지금은 해수에게 더없이 중요한 시기였다.

이즈음 해수의 교수 임용과 관련해 당사자보다 청장이 더 열정적이었다. 해수가 가위손 살인 사건과 관련해 눈코 뜰 새 없이 바쁘기도 했지만 그녀의 경찰대학 입성은 만배의 입지를 다지는 데도 중요한 문제였다. 오늘만 해도 그랬다. 만배는 일전에 제안했던 방송 출연을 재촉하며 덜컥 방송국 국장과 점심 약속까지 잡아버린 것이었다.

"네, 국장님. 이제 막 도착했어요."

해수는 휴대폰을 손에 쥔 채 호텔 로비를 가로질렀다. 약속 시각에 늦진 않았지만 청장이 먼저 도착했다는 사실이 그녀를 초조하게 했다. 그런 와중에도 해수는 유리문에 비친 자신의 매무새를 살피는 일만큼은 잊지 않았다.

"강해수?"

귀에 익은 목소리에 해수는 깜짝 놀라 뒤를 돌아봤다. 3초 남짓한 사이 해수는 막연한 불안감에 떨며 상대의 정체를 가늠했다. 그녀가 느낀 익숙함은 일상에서 마주치는 친근함과는 달랐다. 생존 본능으로 기억 속 깊은 곳에 묻어둔, 그런 위험한 존재에 대한 감지였다.

"나야, 이용범."

해수를 알아본 용범이 빙긋 웃었다. 해수는 너무 놀라 의례적인 인사조차 잊은 채 멍하니 그를 바라봤다.

'용범이 위험한 애야.'

열일곱 소녀 시절, 친구가 속삭이던 말이 꿈결처럼 떠올랐다.

'용범이 걔, 자기 옆에 있는 사람은 다 망가뜨리는 애야. 그러니까 해수야, 얼른 도망가.'

옛 친구의 속삭임이 어제의 일인 듯 생생하게 귓바퀴에 감겨왔다. 해수는 두려움을 숨겨야 한다는 생각에 주먹을 꼭 쥐었다. 약자임을 들키면 죽는다. 그것이 이제껏 해수가 체득한 생존 방식이었다.

정신을 차려야 한다, 다짐하고서야 용범의 모습이 또렷하게 보였다. 한때 소년이라는 이름 뒤에 숨어 있던 괴물이 어른의 가면을 쓴 채 그녀 앞에 모습을 드러내고 있었다. 그의 존재감이 새삼스럽게 각인되자 겨우 눌러왔던 두려움이 솟구치기 시작했다. 다시 한번 도망치고 싶었다. 하지만 해수는 더 이상 소녀가 아니었다. 그녀는 눈앞에 서 있는 어른이 지난날 어떤 소년이었는지 또렷하게 기억하고 있었다. 한때는 강자였던 소년과 약자였던 소녀. 하지만 이제 둘 다 어른이었다.

"역시! 강해수가 맞구나."

용범은 해수를 와락 끌어안았다. 이성적인 감정과는 다른 에너지가 용범에게서 뿜어져 나왔다. 얼결에 그에게 안긴 해수의 몸이 뻣뻣하게 굳었다. 세포 구석구석 스며드는 공포에 마취라도 된 것 같았다. 해수는 사력을 다해 용범을 밀어냈다. 삽시간에 떨어져 나간 용범이 머쓱하게 웃었다.

"되게 안 반가운 얼굴이네. 그래도 동창인데…."

말로는 무안하다 하지만 여유가 넘치는 표정이었다.

"알았으면 그만 가줄래?"

해수는 체면치레 없이 쏘아붙였다.

"그럼 안 되지. 이제 우리, 자주 보게 될 텐데."

자주 본다고? 뜻밖의 말에 해수는 의아한 표정으로 용범을 바라봤다.

"오늘 만날 보도국 국장이 바로 나야."

"뭐?"

해수는 당황한 기색을 감추지 못한 채 멍하니 서 있었다. 청장과 함께 점심을 먹기로 약속한 방송국 국장이 이용범이라니 꿈에도 생각지 못한 일이었다.

"두 사람 벌써 만난 거야?"

상황을 파악하기도 전에 청장이 아는 체를 했다.

"오셨어요?"

해수는 애써 예의를 갖춰 인사했다.

"소개하지. 이쪽은 우리 경찰청의 슈퍼스타, 강해수 경정. 그리고 이쪽은…."

"친구입니다. 해수랑."

만배의 말을 가로채는 용범의 미소에 묘한 광기가 스쳤다. 그것은 소년의 진짜 얼굴을 기억하는 자만이 발견할 수 있는 완벽한 가면이었다. 해수는 알고 있었다. 청장의 눈에는 용범이 완벽하고 매력적인 사람으로 비칠 것이었다.

"그래? 그거 잘됐구만. 안 그래도 약속이 꼬여서 바로 나가야 했거든. 둘이 구면이면 내가 피해줘도 괜찮겠지? 중요한 모임을 내가 깜박해서 말이야."

만배는 고의인지 실수인지 모를 변명을 늘어놓으며 먼저 자리를 떠났다. 해수는 차라리 잘됐다고 생각했다. 제3자가 끼면 잘라내기 더 힘들 테니까.

"이제 우리 둘만 남았네."

용범은 커피를 마시자고 제안했고 해수도 마다하지 않았다. 어차피 닥친 일, 해결해야 한다면 당장 해버리는 게 가장 빠르고 속 편할 터였다.

"결혼은?"

용범의 물음에 해수는 날카롭게 그를 쏘아봤다. 그 눈길에 용범이 소리 내어 웃었다.

"했구나. 어떤 놈인지 운 터졌네. 애는? 딸? 아들?"

"…"

"딸이면 좋겠다. 너 닮음 예쁠 텐데."

"용범아."

해수는 침묵을 깨고 용범의 말허리를 잘랐다.

"나, 방송 못 하겠다."

"왜?"

"불편해서."

"내가?"

"응."

"예의상이라도 아니라고는 안 하네."

용범은 피식 웃고는 커피를 한 모금 마셨다. 그러고 보니 커피를 마시는 용범은 본 적이 없었다. 교복을 걸치고 학교 담을 넘나들던 시절의 용범은 매점에서 파는 싸구려 오렌지주스를 물고 다녔었다.

"그래. 방송은 욕심나. 근데 너랑은 일 못 해."

해수는 묵은 상념을 밀어내며 잘라 말했다.

"강해수 변했네. 옛날엔 하고 싶은 거 있음 앞뒤 안 가리고 불나방처럼 덤벼들더니 겁이 많아졌어."

"그땐 몰랐던 걸 지금은 아니까."

"뭘 아는데?"

"네가, 사이코패스라는 거."

해수가 직진으로 들이받자 용범은 멈칫하며 침묵했다. 그러다 큰 소리로 폭소하기 시작했다. 해수의 싸늘한 시선에도 아랑곳하지 않고 웃어젖히던 용범은 돌연 눈빛을 바꿔 차갑게 쏘아붙였다.

"그러면 알겠네. 내가 포기 안 할 거라는 거."

용범의 끈끈한 시선이 다시는 놓아주지 않겠다는 듯 해수의 몸에 달라붙었다. 해수는 더 이상 버틸 재간이 없어 달아나기로 마음먹었다.

"먼저 간다."

용범이 말을 꺼내기도 전에 해수는 서둘러 일어섰다. 어디든 따라붙을 것 같은 용범의 눈길이 그녀의 뒤통수를 간지럽혔다.

도윤은 식판을 테이블에 내려놓고 앉았다. 큰 테이블에 덩그러니 혼자였다. 전학생의 어쩔 수 없는 숙명이라 여기며 도윤은 수저를 들었다. 별다르지 않은 식단이지만 이전 학교에 비해 맛이 훌륭했다. 강남 학교라서 다른 걸까? 도윤은 스스로 촌스럽다고 생각하며 쓰게 웃었다.

"왜 혼자야?"

태은이 도윤의 옆자리에 제 식판을 올려놓으며 물었다.

"친구가 없으니까."

"친구? 후보는 많은 것 같은데?"

태은의 엉뚱한 말에 도윤은 주위를 둘러봤다. 그러자 호감과 호기심이 뒤섞인 여자애들의 시선이 느껴졌다. 도윤은 저도 모르게 얼굴을 붉혔다.

"몰랐구나. 너 인기 많아. 잘생겨서."

태은은 끝말에 힘을 주며 도윤의 기색을 살폈다. 도윤은 빨개진 귀를 숨기지 못해 더욱 당황했다. 태은은 만족스러웠다. 이 정도면 쓸 만한 파트너였다.

"얘기 좀 하자. 중요한 얘기야."

"뭔데?"

"허락받았어?"

태은이 단도직입적으로 물었다.

"선거?"

"응."

"아직… 여쭤보지도 못했어."

도윤은 사실대로 말했다. 사실 지난밤에 말을 꺼내려고 했지만 엄마의 기분이 영 별로라서 입도 떼지 못했던 것이다.

"아마, 허락하실 거야."

"왜 그렇게 생각해?"

"그렇게 만들었으니까."

"응?"

"그런 게 있어."

태은은 수수께끼 같은 말을 던져놓고는 입을 꾹 다물었다.

그녀가 도윤의 선거 출마를 확신하는 건 엄마에 대한 믿음 때문이었다. 자신의 러닝메이트로 도윤을 점찍은 태은은 엄마에게 해수를 설득해달라 부탁했다. 부모에게 기대거나 부탁하는 일이 드물었던 딸의 요청에 하경은 무슨 일이 있어도 임무를 완수하겠다며 밝게 웃었다. 태은의 예상대로라면 하경은 분명 해수를 설득하는 데 성공할 것이다.

이런 사실을 알 리 없는 도윤은 태은을 신기한 눈길로 바라보았다. 분명 또래임에도 매사에 저렇게 확신을 가진다는 점에서 그녀는 상당히 매력적이었다. 사춘기 아이들 특유의 불안함과 변덕을 태은에게서는 찾아볼 수 없었다. 도윤은 그 안정감과 당당함이 부러웠다. 그러나 지금 그가 느끼는 설렘은 단순한 부러움의 감정이 아니었다.

태은의 샴푸 향기가 도윤의 마음을 간질일 그때였다.

"좋냐?"

준우가 도윤이 앉은 테이블 옆에 서서 간죽거렸다.

"하긴. 무임승차 싫은 놈은 없겠지."

도윤이 반응하지 않자 준우는 다시 한번 도발했다.

"혹시 나한테 하는 소리야?"

도윤이 인상을 찡그리며 물었다. 대거리하고 싶지 않았는데 결국 말려들고 말았다는 낭패감이 들었다.

"여기 무임승차나 하는 찌질한 놈이 너밖에 더 있냐?"

도윤이 반응하자 준우는 목소리를 더 높였다. 뜻밖의 가십거리에 아이들의 시선이 하나둘 모여들기 시작했다.

"그렇잖아. 이제 막 전학한 놈이 선거 막판에 끼어들어서 생기부나 채워보겠다, 이게 무임승차 아니면 뭐냐?"

아이들이 모여들자 준우는 더욱 흥분해서 떠들었다.

"왜? 쫄려?"

도윤이 기세 좋게 쏘아붙였다.

"…뭐?"

"무임승차 하는 전학생한테 표라도 빼앗길까 봐 겁나?"

"이 새끼가…."

"내가 니 새끼는 아니지."

예상치 못한 도윤의 반격에 준우는 당황한 기색이 역력했다. 도윤의 말간 얼굴을 보고 약해빠진 놈일 거라 속단한 게 실수인가 싶었다.

"너, 뭐가 불안한지 알겠다."

도윤은 잔잔히 미소를 지으며 준우의 속을 긁었다.

"말끝마다 욕을 한마디씩 안 박으면 말발도 안 서는 놈이 전학생한테 쫄려서 큰소리치는 거 보니."

그때였다. 준우가 도윤의 얼굴에 주먹을 날렸다. 기습을 당한 도윤은 반격할 생각도 못 한 채 상대를 노려봤다. 주먹다짐에도 분이 풀리지 않는지 준우가 고래고래 악을 썼다.

"야! 이태은이 네가 잘나서 같이하자는 줄 알아? 강해수!"

순간 도윤의 낯빛이 하얗게 변했다. 강해수라니? 도윤은 자신의 귀를 의심했다.

"네 잘난 엄마 덕 보려고 빨대 꽂은 거야, 이 병신 새끼야."

준우는 토크쇼 진행자처럼 좌중의 시선을 집중시키며 도윤을 코너로 몰아갔다. 모욕감과 분노에 휩싸인 도윤이 주먹을 불끈 쥐었다. 그러나 곧게 뻗어나간 도윤의 주먹은 준우의 코앞에서 멈췄다.

"왜? 쫄리냐? 하긴, 엄마는 청소년 선도의 모범인데, 아들이 학폭이나 하고 다니면 퍽이나 자랑스럽겠지."

준우는 부르르 떨리는 도윤의 주먹을 보며 조롱했다. 하지만 도윤은 더 이상 말려들지 않았다. 공방전이 길어질수록 자신에게 불리할 게 뻔했다. 엄마와 태은에게도, 그리고 이제 막 시작된 선거 판세에도.

"우리 엄마가 왜 유명한 줄 알아? 너 같은 사패 새끼들 머릿속에 뭐가 들었는지 들여다보다 유명해진 거야."

도윤은 간신히 냉정을 되찾아 마지막 펀치를 날리고 그 자리를 벗어났다.

말없이 둘을 지켜보고 있던 태은이 구경꾼들의 반응을 살폈다. 여론은 확실히 도윤의 편이었다. 도윤이 호감형인 것도 한몫했지만 준우에게는 아군이 많은 만큼 적군도 많았다. 더구나 준우가 먼저 시비를 걸어서 시작된 싸움이었다. 그러니 여론이 도윤에게 기우는 게 이상한 일도 아니었다.

잘생긴 외모로 주목받던 도윤이 프로파일러 강해수의 아들이라는 사실까지 알려졌으니 이제 그는 더욱 화제의 중심에 서게 될 것이다. 태은은 은조가 사퇴한 게 오히려 잘된 일이라고 생각했다. 그러나 은조를 그대로 둘 수는 없었다. 배신의 대가는 반드시 치러야 했다.

━━━━◆━━━━

해수는 자신의 방 창문 너머로 빛나는 일등건강원 간판을 보며 한숨을 쉬었다. 그토록 도망치고 싶었던 집으로 돌아오고 보니 이제껏 치열하게 살아온 날들이 허무하게 느껴졌다. 엄마의 노고까지 폄하하고 싶지는 않았다. 그러나 모성의 크기가 사춘기 소녀의 부끄러움을 가려주지는 못했다.

경자의 건강원이 유명해진 건 물범탕 덕분이었다. 진하고 역한 냄새를 풍기는 물범탕은 학생들의 기억력과 집중력을 높여준다는 입소문과 함께 불티나게 팔려나갔다. 그러나 태어난 지 석 달도 안 된 새끼 물범의 머리통을 으깨야 만들 수 있다는 물범탕의 인기는 해수를 비참하게 했다. 어린 짐승에 대한 양심의 가책 때문만은 아니었다. 그 이상으로 괴로웠던 건 친구들의 조롱이었다. 친구들의 따돌림과 함께 시작된 용범의 집착은 수십 년이 지난 지금까지도 그녀의 마음에 깊은 공포심을 남겼다. 그 시절의 두려움은 세월이 흘렀어도 어제의 일처럼 생생했다.

용범과의 만남을 떠올리며 해수는 빛바랜 상자를 열었다. 명문고를 졸업한 이후 한 번도 손댄 적 없는 상자였다. 해수는 뽀얗게 피어나는 먼지에 마른기침을 하며 한 묶음의 노트를 꺼냈다. 그리고는 표지에 적힌 자신의 글씨체를 담담하게 내려다봤다. 노트를 펼치기 전 용기를 끌어모아야 했다. 해수는 자신에게 응원을 보내며 표지에 적어놓은 글자를 매만졌다. '1학년 2반 이용범'. 고등학생 강해수가 기록한 최초의 프로파일링 일지였다.

이용범은 해수가 인생에서 처음으로 마주친 사이코패스였다.

그런 부류가 존재할 수 있다는 사실을 상상조차 하지 못했던 소녀에게 용범은 그녀의 인생을 송두리째 뒤흔들 만큼 벅찬 존재였다. 잘생긴 외모와 영리한 두뇌의 소유자였지만, 옳고 그름이라는 도덕적 기준이 아니라 목표와의 거리를 기준으로 행동하며, 목표를 이루기 위해서는 다른 사람의 희생이나 고통은 상관없다고 생각하던 아이. 그 아이의 타깃은 언제나 강해수였다.

어떻게 그 올가미에서 도망쳐 나왔는데….

해수는 새삼스러운 공포에 노트를 움켜쥐었다. 또다시 그로 인해 인생을 망가뜨릴 수는 없었다. 더군다나 지금은 지켜야 할 아들도 있었다. 만에 하나, 용범이 도윤 앞에 나타나기라도 한다면 해수는 망설임 없이 그의 머리에 총구를 들이댈지도 몰랐다. 이건 생존의 문제였다.

그러나 해수가 모르는 사실이 있었다. 그녀가 두려움에 몸서리치는 사이 용범이 유유히 코앞까지 들이닥친 것이었다. 경자의 일등건강원을 나서며 용범은 혼잣말로 중얼거렸다.

"강해수… 정말 멋있는 여자야."

용범이 해수를 떠올린 건 세상을 떠들썩하게 했던 가위손 살인사건 덕분이었다. 그가 처음 이 사건에 관심을 갖게 된 건 기시감 때문이었다. 범인에 관한 프로파일링 기사를 접할 때마다 지나간 유년 시절이 떠올랐던 것이다. 그러다 이토록 섬세하게 범인의 심리를 파헤치는 프로파일러가 누구인지 호기심이 발동했다. 단정한 매무새로 카메라를 응시하는 강해수를 본 순간, 그는 무릎을 탁 치며 감탄했다. 그의 감각은 틀린 적이 없었다. 용범은 항상 같은 사람에게 끌렸다. 더군다나 상대는 한 번 놓쳐버린 먹잇감이었다. 이번에는 같은 실수를 반복하지 않겠다고 용범은 다짐했다.

청장을 졸라 해수를 만날 즈음, 용범은 이미 그녀에 대한 조사를 마쳤다. 최근에 이혼한 전남편은 융통성이라곤 없는 판사이고, 이제 막 고등학교 2학년이 된 아들은 대치동으로 전학을 시켰으며, 그 아이를 위해 10년 넘게 등지고 살았던 엄마의 집으로 돌아왔다는 사실까지도.

해수에 관한 자료에서 일등건강원이란 이름을 발견한 용범은 새삼스러운 추억에 빙긋 웃었다. 그 시절 그를 포함해 인근에 괜찮게 사는 집 아이들치고 일등건강원 물범탕을 먹지 않는 아이가 없었다. 덕분에 모두가 건강원 사장인 경자에 대해 훤히 알고 있었다. 어쩌면 경자의 딸인 해수보다도 더 많이.

어쨌거나 번듯한 어른이 되어 일등건강원을 찾은 용범은 학창 시절 물범탕을 먹었다며 경자에게 친근감을 드러냈다. 경자는 반색하며 오랜 고객에게 덤을 얹어주기까지 했다. 그녀가 꼬박 이틀을 달인 진액이 쓰레기통에 처박힐 거라는 사실을 까맣게 모른 채.

당연한 이야기지만 용범의 목적은 정탐이었다. 다시 한번 해수를 옭아매려면 무엇이 도구가 될지 알아둬야 했다. 아무리 사소한 단서라도 그에게는 매우 중요했다. 그는 해수가 자신을 두려워한다는 걸 알고 있었다. 하지만 결코 쉬운 상대는 아니었다. 그랬다면 그녀를 놓치는 일 따위는 없었을 것이다. 열일곱 살 강해수를 잡아두지 못했다면 지금은 그보다 몇십 배는 어려울 터. 그러니 이번만큼은 실수 없이 완벽하게 준비해야 했다.

양손에 약상자를 들고 건강원을 나온 용범은 마치 해수를 바라보듯 꼭대기 층 창문을 올려다봤다. 그리고 돌아서는 순간, 그의 시야에 흥미로운 대상이 들어왔다. 해수의 눈매를 쏙 빼닮은 아이. 용범은 한눈에 해수의 아들 도윤을 알아보았다. 해수에 관해 조사하면서 도윤의 사진을 입수했지만 굳이 사진을 참고할 필요도 없었다.

"어, 죄송합니다."

용범이 의도적으로 막아선 줄 모르고 도윤이 흠칫 놀라며 사과했다. 도윤은 이어폰으로 음악을 들으며 태은과의 일을 곱씹고 있던 참이었다.

"괜찮아."

용범은 사람 좋게 웃어 보였다. 관찰자의 시선을 피해 도윤이 그를 지나치려던 순간이었다.

"해수 닮았구나."

용범이 미끼를 던지며 도윤의 걸음을 멈춰 세웠다.

"엄마를 아세요?"

도윤이 의아한 얼굴로 반문했다.

"어. 우리 친구거든."

용범은 해수와의 친분을 과시했다. 부모의 이혼을 겪은 아이에게 엄마의 남자친구가 어떤 감정을 불러오는지 용범은 잘 알고 있었다.

"걱정 마. 네가 상상하는 그런 친구는 아니니까."

용범은 약이 바짝 오른 도윤의 눈을 보며 싱긋 웃었다. 모처럼 느껴보는 재미였다. 상대를 통제하고 자신이 의도한 대로 쥐고 흔드는 일은 언제나 소소한 기쁨을 안겨줬다. 하지만 이번에는 달랐다. 해수는 그렇고 그런 상대가 아니었다.

"그럼 또 보자."

용범은 회심의 미소를 흘리며 걸음을 옮겼다. 도윤이야말로 해수를 낚을 수 있는 최상의 미끼였다.

———

─괜찮아요. 연쇄살인마건 뭐건 난 소년범이니까. 조금만 버티면 가석방될 거예요. 그렇죠?

해수는 녹음기에서 흘러나오는 최성진의 음성을 듣고 있었다. 다음 주에 제출할 보고서를 작성하기 위해서였다.

─그쪽도 경찰이니까 나 빨리 나갈 수 있게 힘 좀 써봐요. 엄마가 돼줄 거라면서요.

해수는 그 말을 뱉어내던 소년의 얼굴을 떠올렸다. 절망과 분노를 욕지거리로 쏟아내며 두려움을 이겨내던 그 모습을. 소년은 자신이 사이코패스 판정을 받았다며 실소했다. 재수 없게 괴물로 태어났으니 어차피 망한 인생 막살겠다는 그를 해수는 차분하게 다독였다. 사이코패스라고 모두가 살인범이나 범죄자인 것은 아니라고. 평범한 사람들, 아니 성공한 사람 중에도 사이코패스는 많다고.

─기쁨, 슬픔, 고통, 그리고 죄책감… 사이코패스는 이런 걸 느끼지 못해. 그들은 오로지 자신의 목표를 위해서만 살아가거든. 성공한 사이코패스는 너무 감쪽같아서 아무도 눈치채지 못하게 타인의 일상에 스며들어. 어쩌면 지금 네 옆에, 아니면 이 앞에 선 사람일

수도 있지.

해수는 녹음기에서 흘러나오는 자신의 목소리를 멈춰 세웠다. 그러다 이내 도윤이 방에 들어왔다는 사실을 깨달았다.

"왔어?"

해수는 메모를 계속하며 물었다.

"어."

도윤은 지친 기색으로 해수의 침대에 벌렁 누웠다. 해수가 도윤의 등짝을 철썩 때렸다.

"씻어야지."

"5분만."

"3분."

"4분만."

협상을 마친 도윤은 벽을 보고 돌아누웠다. 그 모습이 안쓰러워 해수가 그의 어깨를 쓰다듬었다.

"힘들었어?"

"어."

"학교는 어때?"

"좋아."

"구체적으로 어떤 게 좋아?"

"그냥 선생님도 좋고 애들도 좋고… 참! 나 오늘 부회장 후보로 등록했어."

도윤이 벌떡 일어나 앉아 주머니에서 휴대폰을 꺼내 들었다.

"정말?"

뜻밖의 선언에 해수는 깜짝 놀라 도윤을 바라봤다. 아이가 학생회 임원이 된다는 건 엄마 역시 학교에 봉사해야 한다는 의미였다. 평소 엄마의 눈치를 살피는 도윤이지만 이번만큼은 엄마의 마음을 헤아리지 못했다. 주목받는 자리에 선다는 것이, 태은의 인정을 받았다는 것이 그의 가슴을 벅차게 했던 까닭이다.

"벌써 포스터도 나왔어. 이거 봐."

도윤은 들뜬 얼굴로 휴대폰에 저장된 사진을 내밀었다. 도윤과 태은이 짝을 이룬 선거 포스터였다. 정치인들의 사진처럼 그럴싸한 연출이 인상적이었다. 해수는 마음이 복잡해져서 아이를 나무랐다.

"반대할 생각은 없지만 그래도 엄마에게 허락을 받았어야지."

"몰랐어? 태은이 말로는 엄마가 허락할 거라던데?"

이번에도 도윤은 엄마의 불편한 심기를 알아채지 못했다. 항상 엄마의 감정을 먼저 살피던 아이가 이제 여자아이에게 온통 관심이 쏠려 다른 것은 눈에 보이지도 않는 모양이었다.

"태은이가 그렇게 말해?"

해수는 한 방 먹은 기분으로 사진 속 태은을 바라봤다. 물론 하경을 통해 태은이 도윤과 함께 출마하고 싶어 한다는 이야기를 전해 들었다. 해수는 적당한 구실을 만들어 거절할 심산이었다. 임원 엄마라는 이유로 학교에 불려 다닐 게 뻔한데 자신의 처지에서는 감당하기 힘든 일이었다.

그러나 그보다 큰 문제는 태은이었다. 그 아이가 도윤을 쥐락펴락하는 모양새가 못내 찜찜했다. 해수가 허락해줄 거라 장담했다는 건 도윤뿐 아니라 그녀까지도 자신이 통제할 수 있다고 믿는 자신감의 방증이었다. 해수는 태은에게서 도윤을 떼어놔야겠다고 생각했다. 불안감의 원인이 무엇이건 상관없었다. 적신호가 감지된 이상 둘을 붙여놓을 수는 없었다. 도윤이 임원 선거에서 떨어지기만을 기다릴 순 없으니 어떻게든 둘이 엮이는 일만은 막아야 했다.

문제는 두 사람의 접점이 하나 더 있다는 사실이었다. 해수는 당장 에이스클리닉 원장과의 상담을 앞두고 있었다. 평범한 학원이 아니니 마주칠 일이 없을지도 모르지만 하경이라면 그럴듯한 이유를 만들어 아이들을 엮어놓을 게 뻔하다. 그렇다면 도윤을 등록시키지 말아야 할까? 생각이 여기까지 미치자 해수는 저도 모르게 실소를 뱉었다. 처음의 거부감은 어느새 사라지고 이제는 클리닉에 등록하지 못할까 봐 안달하는 자신이 새삼 우스웠다.

4

사이코패스 | 소년

　해수가 에이스클리닉으로 향한 건 도윤이 출마 선언을 한지 이틀 뒤였다. 병원처럼 보이는 외관 때문에 주변을 한참이나 헤매고 나서야 겨우 클리닉을 찾을 수 있었다. 건물에 들어서는 순간에도 제대로 찾았는지 확신할 수 없을 만큼 외관이 모호해 보였다. 빌딩 이름 외에는 어떤 표지도 찾을 수 없는 데다 하얀 건물이 마치 우주선을 연상시켰다. 그러나 더욱 생경한 것은 내부였다.

　그곳은 학원이라기보다 병원에 가까운 풍경이었다. 창문 너머로 보이는 방들은 대부분 의료용 침대를 갖추고 있었고, 교복 차림으로 누워서 수액을 맞는 아이들도 있었다. 합법적인 공간일까? 해수는 당연한 의문에 휩싸였다. 강남 한복판 빌딩에서 불법적인 의료 행위를 한다는 건 상상하기 힘든 일이었다. 더군다나 상류층을 대상으로 하는 클리닉이라니. 허튼짓을 했다가는 엄청난 대가를 치러야 할 것이다. 그러나 상식의 테두리 안에서 상상도 못 할 일이 벌어지는 것이 진짜 세상이었다. 적어도 해수가 아는 바는 그랬다.

원장실 앞에 도착한 해수는 준비해 간 소형 녹음기를 꺼냈다. 직업적 습관 때문이기도 했지만 불안감을 누르려는 의도가 더 컸다. 아무리 프로파일러라도 모든 사람의 속내를 간파할 순 없는 법이다. 하지만 상대의 말을 반복해서 듣다 보면 단서는 분명히 있기 마련이었다. 해수는 녹음 버튼을 누르고 가볍게 문을 노크했다.

"어서 오세요, 도윤 어머님."

해수가 들어서자 늘씬하고 날카로운 인상의 여자가 그녀를 맞이했다. 해수는 가볍게 목례하며 원장실 안을 살폈다. 잠실 타워가 훤히 내다보이는 통창으로 햇빛이 쏟아져 들어왔다. 덕분에 방금 전까지의 찜찜한 기분을 조금쯤 몰아낼 수 있었다. 곳곳에 놓인 예술품들이 경계심을 호기심으로 바꿔놓았다. 이것이 의도된 연출이라면 원장은 각오한 것보다 더 어려운 상대일 수 있었다.

"내부가 꼭 갤러리 같네요."

해수는 벽에 걸린 작품에서 눈을 떼지 못한 채 말을 건넸다. 예술에 조예가 없는 편임에도 알 만한 작가의 작품들이 시선을 사로잡았다. 작품의 예술적 가치보다 저 정도의 작품을 소유할 수 있는 재력이 더 궁금했다.

"예술은 인간의 두뇌에 긍정적인 영향을 끼치니까요. 아이들에게는 더하구요."

승리는 우아한 몸짓으로 차를 건네며 해수를 빤히 바라봤다. 탐색의 눈빛이었다.

"뜻밖이네요."

해수는 잔을 받아 들며 속엣말을 꺼냈다.

"어떤 점이 뜻밖이세요?"

"예술은 공감의 영역이니까요. 그쪽으론 관심이 없으실 줄 알았어요."

해수는 말끝에 비수를 숨겼다.

"역시 예리하시네요. 사실 예술에 취미가 있진 않아요. 하지만 필요한 부분인 건 사실이니까요."

"쓸모가 있다, 그런 대답이군요."

해수는 순간 태은을 떠올렸다. 연애는 필요 없다던 아이. 그 아이는 왜 갑자기 도윤이 필요해진 걸까? 원장이 예술품 수집의 이유를 발견한 것처럼, 태은 역시 도윤에게서 쓸모를 찾아낸 걸까?

"저희 클리닉에 대해서 어느 정도 듣고 오셨나요?"

승리가 창문을 열며 분위기를 전환했다.

"전혀요."

거짓말이었다. 해수는 이미 하경으로부터 에이스클리닉에 관한 많은 정보를 얻은 상태였다.

하경의 말에 따르면, 초등학교 때만 해도 태은은 특출하지 않은 평범한 아이였다. 그런 아이가 중학교 3학년 여름방학 때부터 에이스클리닉의 관리를 받고, 1년 만에 전교 1등을 거머쥐었다는 것이다.

하경은 태은의 드라마 같은 성장을 무용담처럼 자랑했지만 해수는 다른 사실에 주목했다. 그것은 클리닉 관리 이후로 달라졌다는 태은의 행동이었다.

"하긴, 충분히 그러실 수 있어요. 저희 클리닉이 워낙 프라이빗하니까요. 부모님들께서 그 점을 높이 사고 계시죠."

해수의 찜찜함을 아는지 모르는지 승리는 클리닉 홍보에 열을 올렸다. 해수는 태은에 대한 생각을 잠시 밀어두고 다시 승리에게 집중했다. 이곳에 온 목적은 태은이 아니라 승리에게 있음을 상기했다.

"명문고등학교에서는 태은이가 우리 에이스인데… 태은이 아시죠?"

"네, 알아요. 도윤이랑 같은 반이거든요."

"태은인 우리 클리닉에 2년 정도 다녔어요. 성적이 아주 기적적으로 올랐죠. 중1 때까지는 중하위권이었는데 클리닉 시작하고 1년째부터는 전교 1등을 놓친 적이 없거든요."

"상식적인 경우라면 공부를 해서 성적이 오른 거라고 생각하지 않을까요?"

해수는 당연한 의문을 제기하며 말을 이었다.

"클리닉이라는 게 어떤 식으로 이뤄지는지 궁금하네요. 들어오면서 봤는데, 클래스로 표시된 곳은 교실이라기보다 병원 같던데."

해수는 아까부터 궁금했던 점을 우회적으로 물었다.

"잘 보셨어요. 여기는 가르치는 곳이 아니라 공부한 것을 제대로 흡수할 수 있도록 뇌를 열어주는 곳이거든요. 그래서 저희는 학원이 아니라 클리닉이라고 소개하죠."

승리는 빈틈없이 해수의 공격에 대응했다. 확실히 보통 여자는 아니었다.

"언변이 좋으시네요."

"실력이 좋은 거죠. 정확히는 성과가 좋다는 쪽이 맞겠네요."

승리는 확실히 자신감이 넘쳤다. 그런 태도에서 해수는 그녀의 지독한 근성을 읽었다.

"솔직히 믿지 못하시는 것도 충분히 이해합니다. 일반적인 접근은 아니니까요. 하지만 강남 아이들이라면, 공부는 누구나 하잖아요? 그러니 공부만 해서는 경쟁력이 생길 턱이 없죠."

승리는 어떤 의혹이든 해소해주겠다는 기세로 자신에게 던져진 의문에 모두 답했다. 해수는 거부감을 품은 채로 방문했지만 만일 자신이 무방비 상태였다면 주저 없이 지갑을 열었을지도 모른다고 생각했다.

"저를 믿기 어려우시다면 돈을 믿어보시는 건 어떨까요? 태은이 어머님을 포함한 부모님들 누구도 아무 효과도 없는 곳에 연회비를 1억씩 쏟아붓지는 않으실 테니까요."

"1억이요?"

상상을 초월한 액수에 해수는 눈이 동그래졌다. 본심을 숨기는 데 능한 그녀였지만 이번만큼은 놀라움을 감추지 못했다.

"네. 1년에 1억이에요."

승리는 차분하게 응수했다.

"생각보다 허무맹랑한 분이군요. 확실히 흥미로운 분이긴 하지만, 아이 문제로 이야기를 나누고 싶지는 않네요. 이만 일어서겠습니다."

해수는 단호한 표정으로 일어섰다. 원장과 클리닉에 대한 거부감 때문만은 아니었다. 그보다는 박탈감이 더 컸다. 자식 교육을 위해 1년에 1억쯤은 아무렇지도 않게 쓸 수 있는 사람들이 존재한다는 사실이 새삼스러운 박탈감을 안겨줬다.

해수는 얼른 밖으로 나가고 싶었다. 그러나 승리는 그녀를 쉽게 놓아주지 않았다.

"성격이 급하시네요."

승리가 돌아서서 걸어가는 해수의 손을 쓱 잡아당겼다. 매끈하고 차가운 손이 뱀처럼 감겨왔다.

"뭐 하시는 거예요?"

승리의 돌발행동에 당황한 해수가 손을 힘껏 뿌리쳤다. 그러나 승리에게서 벗어나기란 쉽지 않았다. 깡마른 체구 어디에서 그런 힘이 나오는지 해수는 잡힌 손목을 빼느라 애를 먹었다.

"한 달 치 약이에요."

승리가 해수의 손에 종이가방을 쥐여주며 말했다.

"태은이가 먹는 거랑 같은 거예요."

"어쩌라는 거죠?"

"이걸 도윤이한테 먹여보시고 한 달 후에 다시 뵙죠. 그 전에 3월

모의고사랑 중간고사가 있으니 신뢰를 쌓기엔 충분한 시간 같네요."

해수의 반응과 상관없이 승리는 제 말만 쏟아냈다. 해수는 패배 감도 잊은 채 갈등에 휩싸였다. 프로파일러의 본능과 모성 사이에 서. 1억이라는 거액을 지불해야 구할 수 있는 약을 선뜻 받았다가 곤란한 상황에 놓일 수도 있었다. 하지만 누군가가 그만큼의 대가 를 지불한다면 분명히 이유가 있을 것이다. 그게 아니라면 어느 누 가 1억이라는 돈을 함부로 쓰겠는가.

"걱정 마세요. 이건 비용에 포함되지 않으니까요."

승리는 해수의 속을 훤히 들여다본 듯 나긋하게 덧붙였다.

"문제는 그게 아닌 것 같은데요?"

"불법이다, 그 말씀을 하고 싶으신 건가요?"

승리는 소리 내어 웃었다.

"그렇지 않다면 설명이 안 되는 일이니까요."

"잘 아실 텐데요. 성공에 도달하기 위해서는 합법보다는 불법 쪽 이 훨씬 빠른 지름길이라는 걸요. 이미 충분히 겪어보지 않으셨나 요, 강해수 경정님?"

해수는 머리를 한 대 맞은 듯했다. 지난날의 아픔이 되살아나 해 묵은 상처를 헤집었다. 도대체 이 여자가 자신에 대해 어디까지 알 고 있는지 두려웠다.

"이 약이 안전하다는 걸 어떻게 믿죠?"

반신반의하는 표정으로 해수가 물었다. 불편한 진실이지만 인정 할 수밖에 없었다. 도윤을 위해서 자신이 약을 손에 넣고 싶어 한다는 걸.

"아이들을 보고 믿어야죠. 이 약을 먹고 똑똑해진 저 아이들을요."

승리는 확신에 찬 눈빛으로 창밖을 봤다. 그녀의 타깃을 확인하기 위해 해수도 고개를 돌렸다. 때마침 창문 너머로 아이들 틈에 섞여 들어오는 태은의 모습이 보였다. 그 순간 해수는 공명심이 속물근성을 이길 수 없다는 사실을 깨달았다. 결국 그녀 역시 자식이 좋은 성적을 내길 바라는 평범한 엄마였던 것이다.

___

하승리 원장에게서 약을 받아온 지 일주일이 지났다. 하지만 해수는 차마 그 약을 도윤에게 건네지 못했다. 사실 약상자를 꺼내 보지도 않았다. 아무리 생각해도 그날은 뭔가에 홀린 게 분명했다. 무슨 약인 줄 알고 아이에게 먹일 궁리를 했나 싶었다.

"DHA가 머릴 좋게 한다잖아요. 그러니 한번 먹여봐요. 우리 딸도 이거 먹고 컸거든. 참! 우리 딸 이번에 뉴스 나왔잖아요. 혹시 그거 알아요? 가위손 연쇄살인 사건이라고."

해수는 거실에서 들려오는 경자의 목소리에 이맛살을 찌푸렸다. 예전부터 경자는 공부 잘하는 딸을 내세워 물범탕 영업에 열을 올렸다. 하지만 사실 해수는 한 번도 그 액체를 입에 대본 적이 없었다.

방문을 닫고 보니 휴대폰에 부재중 전화가 와 있었다. 용범이었다. 해수는 그 이름이 보기 싫어 휴대폰을 침대 위로 던졌다. 하지만 언제까지 도망칠 수는 없었다. 어떤 식으로든 끊어내지 못하면 더욱 집요하게 달라붙을 인간이었다.

"무슨 일이야?"

해수는 용범이 전화를 받자마자 단도직입적으로 물었다.

"의외다? 전화 안 할 줄 알았는데."

용범은 특유의 말투로 이죽거렸다.

"용건만 말해."

"하자. 방송."

"내가 왜 그걸 해야 하지?"

"필요하니까. 너 경찰대 정교수 자리 원한다며."

"여전하구나, 너."

"정 싫으면 파일럿까지만."

그 후로 10여 분 동안 완강한 거절과 집요한 설득이 이어졌다. 해수는 쉽사리 주장을 굽히지 않았다. 교수 임용에 방송 출연이 도움 되는 건 사실이었다. 개인의 브랜드가 영향을 미친다는 사실을 인정할 수밖에 없었다. 경찰대학 교수직을 원하는 것도 이런 이유에서였다.

해수가 대학에서 인류학이라는 비주류의 전공을 선택했던 건 어린 날의 치기였다. 그러나 사회의 속성을 알게 된 이후로는 줄곧 성공만을 향해 달렸다. 탄탄한 인맥이 안정된 자리로 끌어준다는 것을 깨닫고부터는 사람도 골라가며 사귀었다. 경찰청장인 만배와의 인연도 그러했다. 경찰대 교수직이 명예직으로 치부될 수도 있지만 더 높은 곳을 향한 디딤돌로는 손색이 없는 자리였다. 해수는 힘을 갖고 싶었다. 지난날 용범처럼 누구도 다시는 자신을 흔들지 못하도록.

그럼에도 해수는 용범의 제안만큼은 거절할 심산이었다. 어차피 그가 무엇을 내밀건 독이 든 사과일 게 분명했다.

"파일럿까지만 도와주면 귀찮게 안 할게."

용범은 한발 물러서며 약한 모습을 보였다.

"왜 굳이 난데?"

입씨름에 지쳐갈 무렵 해수가 질문을 던졌다. 그러자 용범이 뜻밖의 미끼를 던지며 그녀의 근성을 자극했다.

"소년범이 주인공인 프로그램이니까."

용범의 전략은 제대로 먹혀들었다. 해수는 호기심과 책임감이 발동하며 마음이 흔들렸다.

"강해수 너, 소년범 전문 프로파일러로 뜬 거잖아."

해수가 동요하자 용범은 기세를 몰아갔다.

"그래서?"

"교수 자리는 그냥 시작에 불과한 거 아냐? 네가 원하는 자리까지 치고 올라가려면 알량한 교수 인맥 갖고는 어림도 없을 텐데. 안 그래?"

확실히 용범은 해수에 대해 잘 알고 있었다. 해수가 어디를 올려다보는지 꿰뚫고 있었던 것이다. 해수는 교수직을 발판으로 치안정감인 경찰대학장 자리를 목표로 했다. 여성이라는 한계와 비전공자라는 약점이 있지만 지금의 인지도에 더해 용범이 제안하는 방송까지 터져준다면 생각보다 빨리 원하는 걸 얻을 수도 있었다. 그가 내밀한 욕망을 건드리자 심장이 쿡 아파왔다. 항상 그랬다. 진짜 위험이 닥쳐오는 순간이면 언제나 머리보다 심장이 먼저 반응했다.

"잘 들어 이용범. 어떤 기회를 잡고 어떤 쓰레기를 버릴지는 내가 결정해. 네가 나한테 기회일지, 아니면 여전히 쓰레기일지는 기획안 보고 결정할 거야. 만일 쓰레기라 결론 나면 더 이상 구질구질하게 들러붙지 마."

해수는 속사포처럼 쏟아붓고는 전화를 끊어버렸다. 거절하는 듯하지만 실은 그에게 설득당할까 봐 서둘러 도망쳤다는 편이 정확했다. 이번에도 용범을 완벽하게 잘라내지 못했다는 자책감에 괴로웠다. 사실 그의 제안은 특별할 것도 없었다. 또 거절이 그리 어려운 일도 아니었다. 그러나 예전에 그랬던 것처럼 어른이 된 지금도 용범에 대한 호기심을 누르기 힘들었다. 사이코패스 소년은 어떤 어른으로 성장했을까, 하는 궁금증은 표면적인 것이었다. 해수는 솔직히 그의 매력에 종종 끌렸다. 이성으로서의 감정은 아니었다. 그보다는 지적인 끌림에 가까웠다.

해수는 학창 시절의 용범을 추억했다. 직설적인 화법과 풍부한 표정, 그리고 방대한 지식을 간결하게 요약해주던 그의 모습을. 그는 아슬아슬한 매력을 지닌 소년이었고 소녀는 그를 사랑했다. 그가 가면을 벗기 전까지는.

딩동.

경쾌한 알림음에 해수는 화들짝 놀랐다. 의자에 기대어 그대로 잠이 든 모양이었다. 시계를 보니 한 시간 남짓 흘러 있었다. 해수는 습관적으로 노트북을 끌어당겼다. 정신이 깨어나기 전 몸이 먼저 반응하는 전형적인 워커홀릭이 바로 그녀였다.

해수는 메일함을 열어보고 잠시 망설였다. 방금 도착한 메일의 발신인은 이용범. 열어볼 것인가, 말 것인가. '소년범 다큐멘터리 기획안'이라는 제목이 그녀의 인내심을 시험했다.

"이건 함정이야."

해수는 주문처럼 되뇌었다. 하지만 그녀의 손가락은 자제력을 잃고 판도라의 상자를 열고 말았다.

"아…."

메일을 여는 순간 해수의 입에서 탄식이 흘러나왔다. 기획안과 함께 보내온 그의 선언 때문이었다.

지금 거절해도 넌, 결국 할 수밖에 없을 거야.

내가, 그렇게 만들 거니까.

"원장님이 약을 주셨다고요?"

하경의 전화에 불려 나간 해수는 에이스클리닉에 다녀왔던 일을 털어놓았다. 학생회장 선거는 아이들 싸움이 아니라 어른 싸움이라는 하경의 논리에 딱히 반박할 말이 없었다.

"네. 그 약, 혹시 아세요?"

이왕 나온 마당에 궁금증이나 풀어볼 생각이었다.

"당연하죠. 태은이 연회원으로 등록하자마자 받은 약이 그거예요. 진짜 보고도 안 믿기는 게, 그거 먹으면 애가 완전 딴사람이 돼요."

"딴사람이요?"

"그전엔 애가 무기력하거나 짜증을 부리곤 했거든요. 근데 약을 먹고부터는 집중력이 아주 끝내주지 뭐예요. 그 집중력을 공부에 그냥 쏟아붓는데 성적이 안 나올 수 없겠더라고요."

"잘 믿기지가 않는데요?"

"그렇다니까요. 제가 그랬잖아요, 보고도 거짓말 같다고."

"부작용은 없었어요?"

"당연하죠. 그런 게 있었으면 도윤이한테 소개를 했겠어요?"

하경이 순진한 얼굴로 되물었다. 일말의 의심도 없는 표정이었다. 적어도 도윤에게만큼은 아군이라는 사실이 해수에게 실낱같은 위안이 됐다. 이제 하나의 적만 신경 쓰면 되니까.

객관적으로 판단했을 때 하경은 좋은 사람 같았다. 그러나 같은 학부모 입장이라도 친구로 사귈 만한 타입은 아니었다. 해수에게 그녀는 너무 밝고 눈부신 상대였다.

하경의 수다가 쉴 새 없이 이어지는 가운데 휴대폰이 울렸다. 하경이 전화를 받았다.

"나 도윤이 엄마 만나는 중. 왜?"

상대가 누군데 도윤일 아는 걸까? 태은이? 아니면 태은 아빠일까? 해수가 생각하는 사이 하경이 전화를 끊으며 말했다.

"죄송한데 일어서야겠어요. 태은 아빠가 픽업을 좀 해달라는데 어쩌죠? 왜 하필 오늘 같은 날 차를 두고 가서는. 우리 얘기 아직 안 끝났는데…."

"괜찮아요. 저도 이제 일해야죠."

하경은 진심으로 미안한 기색이었지만 해수에겐 잘된 일이었다.

"차를 가져오셨어요?"

하경이 다정하게 물었다.

"바람도 쐴 겸 걸어왔어요."

"그럼 같이 가실래요?"

"아뇨, 괜찮아요."

"애들 선거 얘기 아직 남았잖아요. 이동하면서 의논하면 좋을 것 같은데. 도윤 어머님도 그게 시간 절약되고 좋지 않으세요?"

"그럴까요 그럼?"

해수는 내심 불편했지만 호의를 모질게 뿌리치지 못했다.

하경의 차는 덩치가 큰 포르쉐였다. 작고 깡마른 모녀를 생각하면 지나치게 큰 차였지만 막상 타고 보니 딸의 일거수 일투족을 살피는 극성 엄마에게는 제격으로 보였다. 각종 간식과 종류별 음료수, 담요, 화장품까지 갖춰 연예인을 수행하는 매니저를 연상시켰다. 해수는 진심으로 탄복하는 한편 새삼 미안함을 느꼈다. 도윤의 아침밥조차 챙겨주지 못하는 데 대한 자책이었다.

"어우 기집애! 하여간 딸이 아니라 상전이에요. 어찌나 까탈스러운지, 뭘 해줘도 그냥 찬바람이 쌩 분다니까요."

"그래요?"

"내 딸이지만 가끔 무섭다니까요. 평소엔 조용하다가도 꽂히는 게 있으면 눈빛부터 달라지거든요. 뭐랄까, 그 있잖아요. 먹잇감에게 달려들기 직전의 맹수 같은 눈빛?"

운전을 하는 동안에도 하경은 쉼 없이 떠들었다. 그녀의 얘기를 종합하면 태은과 하경은 성격이 정반대인 듯했다. 하경이 말하는 태은은 해수가 원하는 자질을 모두 갖춘 아이였다. 도윤의 유약함을 떠올린 해수는 새삼 태은이 부러웠다.

"우리 도윤이도 욕심이 좀 있었으면 좋겠는데… 애가 그냥 착하기만 해서요."

해수는 엄마의 입장에서 아쉬움을 토로했다.

"착한 게 백번 낫죠. 태은인 머릿속에 뭐가 들었는지 가끔 말도 안 되는 짓을 눈 하나 깜빡 않고 한다니까요. 저번엔 글쎄… 어? 저기 태은 아빠네요!"

하경이 비상등을 켜며 급하게 차선을 변경했다. 해수는 차를 세우면 내리겠다고 말했다. 태은이 아빠까지 보게 되다니. 차를 타기 전에는 미처 생각지 못한 일이었다.

"태은 아빠! 여기!"

하경은 운전석 창을 내리며 소리쳤다. 그러나 상대가 알아채지 못하자 아예 차를 세우고 내렸다.

"잘됐어요. 태은 아빠랑 인사하고 가요."

하경은 해수가 거절할 틈도 없이 뛰어가더니 누군가의 팔짱을 끼고 돌아왔다. 그들의 등장에 해수는 속으로 경악했다. 하경과 함께 온 남자는 바로 용범이었다.

"인사하세요. 태은 아빠예요."

하경의 입가에 사랑스러운 미소가 번졌다. 그림처럼 아름다운 여자였다. 희생양이 되기에는 턱없이 아까운 여자였다.

"안녕하세요. 이용범입니다."

용범은 초면인 양 능청스레 인사했다. 해수는 떨리는 입술에 힘을 줬다. 무슨 말이라도 꺼내야 했다. 똑같이 능청을 떨든가, 아니면 가면을 벗으라고 소리치든가.

'강해수. 이제 너도 공범이야.'

해수의 귓가에 열일곱 용범의 목소리가 맴돌았다. 그 목소리로부터 달아나려면 무슨 말이든 해야 했다. 그때 구세주처럼 휴대폰이 울렸다. 해수는 눈짓으로 양해를 구하고 급히 전화를 받았다.

"소식 들었어?"

전화기 너머의 음성은 다급했다.

"무슨 소식이요?"

해수는 차분하게 되물었다.

"명문고등학교에서 살인 사건이 발생했어."

"네…?"

해수는 충격에 말을 잇지 못했다. 도윤이 다니는 학교에서 사람이 죽었다니. 그것도 사고가 아닌 살인이라니. 도윤이는 괜찮을까? 그 순간 이상하게도 태은의 얼굴이 떠올랐다. 그리고 30여 년 세월을 훌쩍 뛰어넘어 갑자기 눈앞에 나타난 이용범. 해수는 망연한 눈길로 용범을 바라봤다. 그녀의 속내를 훤히 들여다보기라도 한 듯 용범이 얄궂게 입꼬리를 올렸다. 그러고 보니 웃는 듯 아닌 듯 묘한 표정이 태은과 꼭 닮아 있었다.

5

킬
에
이
저

"어묵 하나 먹을게요."

하교하던 도윤은 김이 모락모락 나는 노점상을 지나치지 못하고 어묵 꼬치를 집어 들었다.

"학생, 명문고등학교 다니지?"

도윤의 교복을 유심히 보던 노점상 주인이 물었다.

"네."

"이거, 그 학교 교복 입은 친구가 두고 갔는데 찾아줄 수 있겠니?"

도윤은 흔쾌히 그러겠다며 휴대폰을 받아 들었다. 그러나 휴대폰 주인을 바로 알아차리고 이내 후회했다. 그렇다고 거절하기에는 이미 늦은 일이었다.

"주인이 누군지 알아요. 제가 전해줄게요."

도윤은 휴대폰을 만지작거리며 바탕화면에 깔린 준우의 사진을 바라봤다. 한껏 멋을 부린 준우가 짓궂은 표정으로 도윤을 응시하고 있었다.

"준우 아직 학교에 있어?"

도윤은 준우의 행방을 수소문하며 다시 학교로 향했다. 오래 쥐고 있다가 불필요한 오해를 사고 싶지는 않았다. 어차피 좋은 사이도 아니니 문제 될 일은 애초에 피하는 것이 상책이었다.

여러 아이들과 통화한 끝에 준우가 도서관에 갔다는 소식을 접했다. 도서관이라면 잘된 일이었다. 조용한 곳에서 시비를 걸진 않을 테니. 운이 좋다면 고맙다는 인사 정도는 들을지도 모른다. 학생회장 선거로 불편해지기는 했지만 그와 적이 될 이유는 없었다. 이참에 관계를 개선하는 것도 나쁘지 않을 것 같았다.

도서관으로 향하던 도윤은 걸음을 우뚝 멈춰 섰다. 도서관 앞에 경찰차가 다섯 대나 출동한 데다 경찰도 수십 명은 돼 보였다. 거기에 학교 관계자들과 기자들까지 엉켜 아수라장을 방불케 하고 있었다. 무슨 영문인지 선생님과 경비들까지 총출동하여 안으로 밀려드는 기자들을 철통 봉쇄하는 모양새가 보통 일이 아닌 게 분명했다. 도윤은 사태를 파악하려고 주변을 살폈다. 그러다 담이라도 넘을 기세로 까치발을 하고 있던 남자 기자와 눈이 딱 마주쳤다. 먹잇감을 발견한 기자가 도윤에게 뛰어와 물었다.

"살해된 학생에 대해 아는 거 있어?"

살해라고? 그것도 학생이? 도윤은 사고가 정지한 듯 그 자리에 얼어붙었다. 기자가 찰거머리처럼 달라붙어 질문을 쏟아냈지만 뒤늦게 이를 발견한 담임이 그를 제지했다. 담임은 도윤에게 집으로 얼른 가라고 재촉하고 급히 어디론가 향했다. 걸음은 바빠 보였지만 자신이 무슨 일을 하고 있는지도 모르는 듯했다.

"인터뷰 하나만 따고 갈게요!"

앳된 얼굴의 여자 기자가 모처럼의 특종에 신이 났는지 문화상품권을 미끼로 지나가는 아이들을 불러 세웠다. 한 아이가 미끼에 낚여 인터뷰에 응했지만 원하는 그림이 나오지 않자 그녀는 곧 다른 먹잇감을 찾아 나섰다. 도윤은 혼란스러웠다. 학생이 죽었다는데 기자는 뭐가 저리 신나는지 이해하기 힘들었다.

"저기 잠깐만…."

도윤은 궁금증을 참지 못하고 인터뷰를 마친 1학년 아이를 붙잡았다.

"혹시 누가 죽었는지 알아?"

"김준우 선배라는데요."

"그… 김준우?"

도윤은 자신이 아는 그 준우가 맞는지 재차 확인했다. 믿기지 않았다. 어제까지도 도윤을 도발하며 악을 쓰던 아이였다. 방금 전 그 아이가 두고 갔다는 휴대폰을 건네받지 않았던가. 그런데 죽었다니.

"맞아요. 그 김준우요. 선배 라이벌 말이에요."

라이벌이라니. 무슨 소리인가 곱씹던 도윤은 그제야 자신의 처지를 생각했다. 학생회 임원 선거에 같이 출마했으니 라이벌이라는 표현은 틀리지 않았다. 도윤은 마른세수를 하며 뛰는 가슴을 진정시켰다. 그러다 숨이 멎을 듯 무서운 사실이 떠올랐다. 자신의 주머니에 있는 휴대폰. 죽은 친구의 휴대폰을 가지고 있다는 사실에 머리가 복잡해졌다.

지레 겁을 먹은 도윤은 휴대폰 전원을 끄고는 쓰레기통에 밀어넣었다. 손에서 휴대폰이 떠나는 순간 실수했다는 생각이 들었지만 다시 끄집어내는 건 더욱 이상한 일이었다. 그래도 다시 꺼내는 게 좋을까? 어차피 포장마차 아줌마가 증언한다면 내가 의심받는 일은 없을 텐데.

결국 도윤은 쓰레기통에서 휴대폰을 꺼내기로 마음을 바꿨다. 하지만 곧이어 들려오는 외침에 뻗었던 손을 다시 움츠려야 했다.

"학생! 잠깐만!"

기자의 낭랑한 목소리가 도윤의 뒤통수에 꽂혔다. 하지만 그녀가 점찍은 상대는 태은이었다. 그때까지도 멍하게 있던 도윤은 기자가 움직이는 방향으로 시선을 옮겼다. 태은은 침착해 보였다.

"인터뷰 따는 중이니까 한마디 하고 가."

기자는 태은의 손에 문화상품권을 쥐여주고는 제멋대로 큐 사인을 넣었다. 태은이 손에 쥔 상품권을 바라보는 사이 카메라는 다시 돌아가기 시작했다.

"죽은 학생에 대해 한 말씀 해주시겠습니까?"

기자는 노래처럼 흥겹게 질문을 던졌다. 태은은 무표정한 얼굴로 상대를 바라보며 나직이 중얼댔다.

"죽어도 싼 거 아닌가."

"뭐?"

당황한 기자가 촬영 중지 사인을 보내고는 태은에게 따져 물었다.

"너 방금 뭐라 그랬어?"

뉴스를 팔아 먹고사는 처지에서도 태은의 말은 용인하기 어려운 모양이었다.

"그쪽도 적당히 하세요."

"뭐?"

"살았으면 관심도 없을 거면서."

태은이 문화상품권을 구겨 바닥에 휙 던지고는 등을 돌렸다. 수모를 당한 기자는 요즘 애들이 저렇다며 열을 올렸다. 그러나 언성을 높이는 기자보다 태은의 시선을 사로잡은 건 사건 현장에 나타난 해수였다. 헐레벌떡 달려오는 해수의 모습은 경찰 관계자라기보다 평범한 학부모에 가까웠다.

"혹시 우리 도윤이 못 봤니?"

"못 봤어요."

태은은 태연하게 거짓말을 했다. 사실 운동장에 있는 도윤을 봤지만 해수에게 말해주고 싶지 않았다.

"태은이 넌, 괜찮아?"

태은은 해수의 안색을 살폈다. 진심으로 자신을 걱정하는 표정인 것 같았다.

"네, 괜찮아요."

태은은 생긋 웃고는 자리를 떠났다. 태은의 의도는 단순했다. 자신을 염려하는 상대를 안심시키려고 웃어준 것뿐이었다. 그러나 해수에게 그 웃음은 공포로 다가왔다. 살인 사건 현장의 소녀에게서 볼 수 있는 표정이 아니었다. 친구가 죽었다는 상황에 웃을 수 있다니. 저 아이, 도대체 뭘까? 문득 등줄기가 서늘했다. 용범이 태은의 아빠라는 사실이 떠올랐던 것이다. 해수는 새삼스러운 자각에 몸서리쳤다. 사는 동안 한 번도 느껴보지 못한 공포였다.

해수는 무슨 일이 있어도 태은에게서 도윤을 떼어놓겠다고 다짐하며 아들을 찾아 나섰다. 집요하게 자신을 따라다니는 용범의 시선을 알아채지 못한 채.

———————

교문 앞에서 초조하게 발을 구르던 하경은 용범과 함께 나오는 딸을 보고 왈칵 눈물을 흘렸다. 태은은 하경의 반응이 요란하다 느꼈지만 엄마의 호들갑을 담담히 받아줬다.

"아까 경찰이랑 무슨 얘길 한 거야?"

집으로 돌아가는 차 안에서 용범이 딸에게 물었다.

"경찰?"

신경이 곤두선 하경이 바로 반문했다.

"그 여자, 프로파일러라던데."

용범이 말한 경찰은 해수였다. 해수와 태은의 대화 내용이 궁금했던 것이다.

"같은 반 도윤이 엄마야. 경찰 아니고."

하경은 마음이 상해 날카롭게 응수했다.

"참고인 자격이었어."

태은의 말에 부부의 눈빛이 얼어붙었다. 두 사람에게는 각기 다른 이유로 신경 쓰이는 대답이었다.

"용의자는 아니고?"

태은의 태도에 기분이 상한 용범이 건조한 어투로 그녀를 몰아세웠다.

"뭐가 됐건 상관없다. 잘 알겠지만 문제 될 일만 없게 해."

"그만해 여보. 설마 도윤이 엄마가 경찰 입장에서 태은이랑 얘기한 거겠어? 아들 친구니까 놀라지 말라고 안심시킨 거겠지."

하경의 말이 맞는다는 건 용범도 알고 있었다. 해수를 향해 웃던 태은의 얼굴을 용범 역시 똑똑히 봤으니까. 그러나 태은을 바라보던 해수의 눈빛이 어쩐지 신경 쓰였다. 그건 분명 탐색의 눈빛이었다. 한편으론 해수다운 태도였다. 태은이 누구의 딸인지 알게 됐으니 당연히 곱게 바라볼 수 없었을 것이다.

"아빠는 내가 누굴 죽였는지 말았는지는 관심이 없나 봐?"

"그래서, 죽였니?"

부녀가 팽팽하게 신경전을 벌이던 그때, 거친 파열음과 함께 차가 휘청거렸다. 혼란 속에 불안해하던 하경이 다른 차를 추돌한 것이었다. 하경은 10여 미터 이상 미끄러지고서야 브레이크를 밟았다. 외마디 비명을 지르던 그녀는 상대 차량이 크게 파손된 것을 발견하고 손을 벌벌 떨었다.

"어떡해… 설마, 죽은 건 아니겠지?"

하경은 창백한 얼굴을 감싸며 울먹였다.

"진정해. 내가 가서 볼게."

용범이 하경을 달래고는 차에서 내렸다. 그러나 하경은 차에서 기다리라는 그의 말을 듣지 않았다. 운전석 문을 열고 내리더니 몇 걸음 옮기지도 못하고 그 자리에 털썩 주저앉았다.

"일어서."

태은의 목소리가 얼음장처럼 차가웠다. 그것은 엄마를 위로하는 말투가 아니었다.

"불리한 짓 하지 말라고."

"그게 무슨 말이야?"

"누구의 과실이건, 저쪽이 죽었건 살았건, 판단은 법으로 하는 거야. 정황 증거로 엮이면 골치 아프니까 일어나라고."

맙소사. 이 아이는 어디서 이런 무서운 말을 배운 걸까. 하경은 자신이 낳아 기른 딸에게서 난생처음 섬뜩함을 느꼈다. 그사이 태은은 사고 현장을 휴대폰으로 촬영하고 있었다. 증거를 확보하려는 것일 테지만 하경은 그런 태은이 무서웠다. 하지만 이내 자신을 나무랐다. 엄마로서의 가책이었다.

다행히 상대 운전자는 다친 데가 없었다. 용범이 보험사에 신속하게 연락한 덕분에 사고 처리도 깔끔하게 이뤄졌다. 그러나 하경은 기분이 엉망이었다. 보고 싶지 않은 무언가를 딸에게서 확인한 느낌이었다.

———————

"이런 개새끼들!"

기자들의 공세에 시달리던 영길이 욕지거리를 뱉었다. 해수는 딱한 눈길로 영길을 바라봤다. 저승행 급행열차가 존재한다면 특석은 그가 차지할 것이 분명했다. 해수는 대학 선배인 영길이 경찰 서장에 오른 뒤 얼마나 늙었는지를 상기했다. 실로 안타까운 노릇이었다.

"도서관 건물 입구에 있는 CCTV야. 이걸 토대로 추려낸 용의자는 다섯 명이고, 모두 명문고등학교 학생이야."

영길은 CCTV 화면을 열어 보였다. 해수는 말없이 화면을 돌려보며 태은을 찾았다. 그러나 태은은 쉽게 눈에 띄지 않았다. 용의자를 찾아야 하는데 해수의 신경은 온통 태은에게 쏠려 있었다. 용범으로도 모자라 이제 그의 딸까지 그녀의 인생에 끼어들고 있었다.

"열람실 출입구엔 CCTV가 없어? 건물 안으로 들어간 것만 갖고는 범인을 특정하기 힘들 텐데."

해수는 화면에서 눈을 떼지 않고 물었다.

"그게, 완전 박살 났어."

"언제?"

"어제 오후 다섯 시쯤에 망가졌는데 이상한 건…."

"이상한 건?"

"CCTV를 박살 낸 게 피해자래."

"뭐?"

"아무튼 복잡한 사건이야."

"용의자는?"

"이미 대기 타고 있어. 네가 한번 만나봐."

"선배."

"왜?"

"나 말이야. 그 안에 범인이 있길 바라야 할지, 아니길 바라야 할지 모르겠다."

"무슨 소리야?"

"우리 도윤이… 그 학교 다니거든."

"뭐?"

해수의 말에 영길은 적잖이 놀랐다. 후배에 대한 걱정과 수사에 대한 우려가 교차했다. 그럴 리는 없겠지만 만에 하나 해수의 아들과 관련이 있다면 일이 복잡해질 터였다.

"어쨌든 용의자가 있다니까 일단 만나보고 올게."

해수는 취조실로 가기 위해 의자에서 몸을 일으켰다. 그때 문이 벌컥 열리며 기영이 다급하게 들어왔다.

"이거 보셨어요?"

기영은 잰걸음으로 와서 해수와 영길 사이에 태블릿을 내려놓았다.

"또 무슨 일이야?"

스트레스를 받는지 영길이 이맛살을 찌푸렸다.

"경찰서 계정으로 명문고 사건 범인이라는 자가 메일을 보냈어요."

"뭐?"

해수와 영길의 입에서 동시에 물음표가 터져 나왔다. 누가 먼저 랄 것도 없이 둘은 서둘러 기영이 건넨 태블릿을 확인했다. 화면에 '킬에이저'라는 제목의 메일이 보였다.

"킬에이저?"

해수는 기시감을 느끼며 낯익은 네 글자를 되뇌었다. 그러나 구 체적으로 떠오르는 기억은 없었다. 해수는 잡념을 몰아내며 메일 을 클릭했다.

이제부터 편의상, 명문고등학교 사건의 범인인 나를 '킬에이저'라는 이 름으로 불러줄 것을 요구합니다. 이후에 나오는 보도자료나 공식 문서 에 '킬에이저'라는 이름을 쓴다면 수사에 최대한 협조하겠습니다.

"뭐라는 거야. 이거 장난 메일 아냐?"

영길이 대번에 짜증부터 냈다. 해수는 킬에이저가 첨부한 동영 상 파일을 열었다. 이제 막 범행이 끝난 사건 현장이 고화질 영상에 담겨 있었다. 처참하게 살해당한 피해자의 몸에서 검붉은 피가 뿜 어져 나오는 장면이었다.

"장난은 아닌 것 같네요."

해수가 무겁게 입을 열었다.

"이런 개새끼!"

영길은 분노하며 다시 욕지거리를 뱉었다. 입이 거칠지만 마음은 여린 사람이었다.

"용의자들을 만나야겠어요."

"괜찮겠어?"

해수가 서두르자 도리어 영길이 그녀를 진정시켰다.

"도윤이 명문고 다닌다며."

영길은 차분하게 해수의 처지를 환기했다. 미성년자 신문이니 특별한 경우가 아니라면 부모가 동석하게 될 것이다. 수사라고는 하지만 해수의 입장에서는 아들의 친구들과 그 부모까지 대면해야 할 상황이었다. 해수는 잠시 고민에 빠졌다. 그러나 지금은 그런 이유로 몸을 사릴 때가 아니었다.

범인이 도발할수록 침착해야 한다. 최대한 신속하게 정황을 파악하고 증거를 수집해야 한다. 그래야 살인 사건으로 자신의 존재를 과시하려는 범인의 폭주를 막을 수 있다. 해수는 마침내 결론을 내렸다.

"이 사건, 내가 수사해."

"준우가 살해된 걸로 추정되는 시각이 네가 현장을 발견했을 때랑 10분밖에 차이가 안 나. 거기에 대해서 어떻게 생각해?"

해수는 체육복 차림의 지호에게 첫 질문을 던졌다. 사실관계를 확인하려는 것보다 상대의 성향을 파악하려는 의도였다.

"최초 신고자로 부르신 줄 알았는데… 지금 저 취조하세요?"

"너 용의자야."

용의자 대질신문은 사건 발생 일주일 후에나 이뤄졌다. 용의자의 윤곽은 진즉에 나왔지만 아이들의 비협조적 태도로 일정이 지연된 것이다. 그들은 개인정보를 공유할 수 없다는 이유로 부모와의 연락을 방해하거나 변호사와 함께 오겠다며 출석을 미뤘다.

"용의자요?"

지호 엄마가 가당치도 않다는 듯 해수에게 언성을 높였다. 해수는 책상 위에 놓인 태블릿을 켜 화면을 보여줬다. 피 묻은 채로 부러진 테니스 라켓 사진이었다.

"이게 준우를 살해한 도구야."

순간 지호의 눈에 여유 대신 두려움이 비쳤다.

"이봐요. 내 아들이 용의자라니? 이런 식이면 바로 변호사 부르겠어요."

그녀는 지호에게 변호사가 올 때까지 한마디도 해선 안 된다고 신신당부하고는 밖으로 나갔다. 당장 전관 변호사라도 부를 듯한 기세였다.

"이건 네가 사물함에서 라켓을 훔치는 장면이야."

해수는 천천히 용의자를 압박하며 영상 파일을 열었다. 은비의 사물함에서 라켓을 훔치는 지호의 모습이 고화질 영상으로 재생되었다.

"난 그냥…!"

지호는 반사적으로 항변하려다 이내 입을 다물었다. 무슨 말을 할지 신중하게 고심하는 표정이었다. 하지만 애석하게도 별다른 아이디어가 떠오르지 않는 눈치였다.

"고은비가 시키는 대로 했을 뿐이에요."

지호는 자신 없는 말투로 웅얼댔다.

"은비가 사물함 자물쇠를 부수고 자기 라켓을 갖다 달라고 시켰다고?"

"못 믿겠으면 조사해보시든가요. 고은비한테 물어보면 되잖아요! 저는 그만 일어나도 되죠?"

지호는 목소리를 높이더니 주섬주섬 가방을 챙겼다.

"왜 죽였을까?"

해수는 지호를 제3자의 입장에 두고 범행 동기에 대해 물었다. 범행 여부와 상관없이 이런 문제라면 또래 아이들이 더 상세히 알지도 몰랐다.

"범인 말이야. 준우를 왜 죽인 것 같아?"

"글쎄요. 망할 선거 때문이겠죠."

지호는 얼굴이 벌게져서는 가방을 둘러메고 취조실을 나갔다. 해수는 선거라는 단어에 몸서리쳤다. 지호의 말은 꽤 타당했다. 살해된 준우는 학생회장 후보였다. 사건이 일어나기 전 하경은 태은의 경쟁자인 준우에 대해 우아한 험담을 늘어놓았다. 얼핏 듣기에는 어른으로서의 염려였으나 곱씹어보면 준우의 부정적인 면을 강조하는 얘기였다. 외모에 과하게 신경 쏜다거나, 여자친구가 자주 바뀐다거나, 잘사는 집 아이들에게 열등감이 있다거나 하는 식의 얘기를 떠벌리는 어른이라니. 확실히 준우에게 하경은 좋은 어른이 아니었다.

그러나 해수의 입장에서 하경은 아주 훌륭한 정보원이었다. 해수는 그녀가 들려준 양질의 정보들을 떠올리며 범행 동기를 추리했다. 어쩌면 선거 때문은 아닐지도 모른다. 여자친구가 자주 바뀌었다면 연애 문제일 수도 있다. 그러고 보니 준우의 여자친구가 바로 은비라고 했다. 지호에게 자신의 테니스 라켓을 훔치도록 지시했다는 아이. 그리고 부회장 후보. 망할, 또 선거인가.

"거짓말이죠? 준우가 진짜로⋯ 진짜로 죽은 거 아니죠?"

간신히 말문을 연 은비가 입술을 덜덜 떨며 물었다. 저 정도로 충격을 받았다면 부모 중 누구라도 같이 왔으면 좋았을 텐데. 해수는 끝내 연락이 닿지 않았다는 은비의 부모에게 새삼 원망이 일었다. 당돌하게 맞서던 몇몇 아이들은 부모의 연락을 일부러 따돌리는 것으로 보였지만 은비는 달랐다. 당돌한 요즘 또래들과 달리 아직 보호받아야 할 여린 아이 같았다.

"죽었어."

해수는 가감 없이 진실을 전했다. 은비의 눈가에 물기가 어렸다.

"현장에서 발견된 범행 도구야."

해수는 차분하게 증거 사진을 들이밀었다. 피 묻은 은비의 라켓이었다.

"알아보겠니?"

"말도 안 돼요!"

은비는 사진을 보자마자 소리쳤다.

"누군지는 알 수 없지만, 범인이 이 테니스 라켓으로 준우를 살해했어."

"난 아니에요!"

은비는 소리치며 강하게 도리질했다. 아무리 자기 물건이라고 하지만 대번에 알아볼 수 있을까? 문제의 라켓은 눈에 띄는 특징이 있는 건 아니었다. 다만 손잡이 아래쪽에 작게 표시한 은비의 이니셜로 확인할 수 있을 뿐이었다. 한마디로 사진만 보고 대번에 제 물건을 알아보기엔 무리가 있었다. 해수는 자신도 모르게 품었던 그녀에 대한 연민을 자각하며 경계심을 세웠다. 예쁘고 연약해 보이는 여자아이들은 기본적으로 보호본능을 자극하는 데 특화되어 있다는 사실을 잊고 있었던 것이다. 범죄자는 대부분 평범한 얼굴의 소유자다. 저렇게 매력적인 얼굴이라면 죄를 감추는 데 더없이 좋은 가면이 되어줄 것이다.

"내가 준우를 왜 죽여요? 우리는… 우리는 선거 중이었다고요!

게다가 우린…."

자제력이 무너진 은비는 말을 삼키고는 흐느껴 울었다. 해수는 울음이 잦아들기를 차분히 기다렸다가 천천히 말을 이었다.

"테니스 라켓, 언제 잃어버렸니?"

"어제… 아니 그저께… 아니, 아니 모르겠어요."

은비는 머리를 감싸 쥐다가 손바닥에 얼굴을 묻었다.

"그럼 사물함은 왜 망가진 거니?"

순간 은비의 두 뺨에서 생기가 사라지더니 눈동자가 불안하게 흔들렸다. 뭔가를 숨기고 싶어 한다는 걸 바로 알아차릴 수 있는 태도였다.

"네가 정말 사물함을 부수고 라켓을 갖다 달라고 지호에게 부탁했니?"

"이태은."

은비가 뱉어낸 이름에 해수는 가볍게 전율했다. 또 이태은이었다.

"누군가 준우를 죽였다면 그건 이태은밖에 없어요."

"왜 그렇게 생각해?"

"태은이가 바라던 일일 테니까요."

틀린 말은 아니었다. 적어도 준우의 죽음으로 가장 이득을 보는 건 태은이일 테니까. 그렇다고 해서 막무가내로 태은이를 범인으로 몰아갈 수는 없다. 마음이 아무리 그쪽으로 기운다고 해도. 아니, 사심이 그렇다면 자신은 더더욱 반대 방향을 바라봐야 한다. 그 자제력의 크기만큼이 그녀의 공명심이 될 것이다.

"이렇게 되면 회장은 태은이가 될 거고 부회장은 그 전학생이 되겠죠. 김도윤! 어쩌면 그 아이를 시켜서 죽인 건 아닐까요?"

은비는 탐정처럼 눈빛을 반짝이며 목소리를 높였다. 예상치 못한 순간에 아들의 이름이 나오자 해수는 침착함을 잃었다. 은비 혼자만의 생각이 아닐 수도 있었다. 학교에서는 이미 이런저런 말들이 떠돌 것이고, 그중에는 분명 도윤의 이름도 오르내릴 것이다.

하지만 중요한 건 따로 있었다. 은비가 남을 조종하는 데 매우 능숙하다는 사실이었다. 은비는 태은의 이름을 거론하는 것만으로 한순간에 상대의 이목을 돌려놓는 데 성공했다. 그것도 프로파일러인 해수를 상대로.

취조실을 나온 해수는 혼란스러웠다. 도윤의 이름이 거론되니 자꾸만 감정이 올라왔다. 좋지 않은 상황이었다. 어쩌면 엄마라는 위치와 프로파일러 사이에서 더 이상 줄타기할 수 없는 상황이 닥칠 수도 있었다. 그때가 되면 어떤 선택을 해야 할까? 프로파일러? 아니면 엄마?

"엄마!"

심호흡하며 마음을 가다듬는 해수의 등 뒤로 은비의 외침이 들렸다. 달려가는 은비를 바라보던 해수의 시선이 자연스럽게 그녀의 엄마에게로 옮겨갔다. 놀랍게도 해수가 아는 얼굴이었다. 은비 엄마가 하승리 원장이라니! 해수는 놀라움을 감추고 상대에게 다가갔다.

"이제 괜찮아."

승리는 은비를 끌어안고 다독였다. 다정한 말투는 해수가 알던 것과는 다른 모습이었다. 그녀는 은비를 끌어안은 채로 해수를 응시했다. 서로에게 남은 이야기가 있지 않느냐는 무언의 눈짓이었다. 해수는 가볍게 고개를 끄덕이며 답을 대신했다.

"이런 일로 다시 뵙게 될 줄은 몰랐네요."

차 안에 은비를 밀어 넣은 하승리 원장이 한숨을 쉬며 말했다. 싸늘함이 느껴지지 않는 말간 얼굴이 화장기 없이 깨끗했다. 강렬한 첫 만남의 기억이 없었더라면 스쳐 지나가도 잔상이 남지 않을 것 같은 평범한 인상이었다.

"죄송합니다. 은비도 충격이 클 텐데 조사 과정에서 상처를 준 것 같네요."

"은비랑 길이 엇갈려서 이제야 왔어요. 하시는 일이 그런 거니 어쩔 수 없죠. 그래서, 범인은 특정됐나요?"

"시간이 좀 걸릴 것 같아요. 범인이 꽤 영리해요."

"범행 도구가 우리 은비 라켓이라면서요?"

승리는 초조함을 감추지 못하고 본론을 꺼냈다.

"네. 하지만 지문은 검출되지 않았어요."

해수는 최대한 말을 아꼈다. 만만치 않은 상대이니 자극해서 좋을 게 없었다.

"빨리 범인이 잡혔으면 좋겠네요. 그래야 우리 은비도 마음을 놓을 테니까요."

"최선을 다하겠습니다."

해수는 의례적인 말로 대화를 마무리했다. 그녀에게는 생각을 정리할 시간이 필요했다.

"참! 약은 먹어보셨나요?"

돌아서려던 승리가 생각났다는 듯 물었다.

"아뇨."

해수는 다시 학부모의 입장에서 방어했다.

"또 뵙죠."

승리는 깍듯하게 인사한 뒤 차를 몰고 경찰서를 빠져나갔다. 멀어지는 승리의 차를 보며 해수는 복잡한 머릿속을 정리했다. 사건의 중심에 있는 건 은비지만 그 아이보다는 승리가 마음에 걸렸다. 그리고 승리보다 더 신경 쓰이는 건 태은이었다. 직감은 수사관에게 도움 되는 능력이 아니었다. 선입관은 오히려 진실을 가릴 뿐이었다. 그러니 태은이 의심된다면 근거를 찾아야만 했다. 해수에게는 한 가지 숙제가 더 있었다. 테니스 라켓. 그것이 그저 우연인지, 아니면 거대한 태풍의 눈인지 당장 알아봐야 했다.

──◆──

해수는 강남경찰서 자료실에 틀어박혀 자료 검토에 골몰했다. 그러다 기사 하나를 찾아내고 신경을 곤두세웠다. 과거 자신의 모교, 그러니까 명문고등학교에서 벌어졌던 살인 사건에 관한 기사였다. 해수는 '강남 모 고교 살인 사건 발생'이라는 헤드라인 아래 실린 사진을 쏘아봤다. 거기에 범행 도구로 사용된 테니스 라켓이 있었다. 해수는 그 기사 위에 최근 사건의 증거 사진을 겹쳐 올렸다. 순간 잊고 있었던 목소리가 머릿속을 헤집었다.

'강해수. 이제 너도 공범이야.'

해수는 미간을 찌푸리며 기사에 실린 라켓 사진을 주시했다. 언제쯤 그에게서 벗어날 수 있을까. 눈을 감으면 사라질 줄 알았다. 눈에 띄지 않으면 괜찮을 거라 여겼다. 도망치면 따라오지 않을 줄 알았다. 그런데 30년 가까이 흐른 지금, 과거의 망령은 똑같은 모습으로 해수를 따라다니며 그녀를 몰아세웠다. 너도 공범이라고.

더 이상 용범에게 끌려다닐 순 없었다. 이번 사건은 무조건 해결해야 도윤을 안전하게 지킬 수 있을 것이다. 그러려면 정신을 차려야 한다.

"마침 잘 만났네 선배. 나 부탁이 있어."

경찰서를 나서던 해수는 마주 오던 영길의 앞을 막아섰다.

"뭔지 몰라도 하지 마."

"용의자는 아닌데 누가 자꾸 마음에 걸려. 자료가 필요한데 방법이 있을까?"

"없어."

"개인적으로 아는 사이여서 그래. 부탁해 선배."

"너도 참 한결같다. 실적 올리려고 안달복달, 이름 알리려고 여기저기 기웃기웃."

틀린 말은 아니었다. 하지만 그냥 물러설 해수가 아니었다.

"그럼 알겠네. 선배가 거절하면 다른 방법을 찾아낼 거라는 거."

영길은 은근히 화가 치밀었다. 해수의 성미를 아는 까닭이었다. 큰 사고 치는 걸 막으려면 은근슬쩍 도와주는 게 최선일 것이다. 결국 영길은 거절하지 못하고 허공에 눈을 흘겼다.

"빌어먹을!"

6

소년의 선악과

"다녀왔습니다."

도윤은 의례적인 인사와 함께 현관에 들어섰다. 빈집에 대고 인사하는 건 오래된 습관이었다. 그렇게라도 하면 덜 외로웠다. 그러나 오늘은 침묵 대신 말소리가 돌아왔다.

"밥은 먹었어?"

해수의 등장에 도윤은 놀랐다. 갑작스레 나타나서가 아니었다. 이 시간에 집에 있는 엄마의 모습이 생경했다. 해수는 마치 늘 그래온 사람처럼 따뜻한 밥을 차려주고는 식탁 앞에 마주 앉았다. 엄마에게 무슨 일이 있나 걱정했던 도윤은 이내 이유를 알아차렸다. 학교에서 벌어진 사건 때문이었다.

"많이 놀랐지?"

"응."

엄마의 위로가 따뜻하게 감겨오자 도윤은 가슴이 뭉근해지는 것을 느꼈다. 두려움이 너무 컸던 탓에 내색할 엄두조차 내지 못했던 것이다. 해수는 그런 아들이 안쓰러워 평소보다 살갑게 챙겼다.

도윤은 모처럼 긴장을 풀고 엄마가 차려준 따뜻한 밥을 먹었다. 모자간에 소소한 이야기가 오갔고 이따금 웃음소리가 터져 나오기도 했다. 도윤은 엄마 품에 안겨 다 잊고 싶다는 생각마저 들었다. 그러다 문득 서운함이 밀려왔다. 엄마에겐 사람의 마음을 어르는 탁월한 능력이 있었다. 그 사실을 깨닫자 언제나 밖으로만 향해 있는 엄마의 시선에 서운함이 밀려든 것이었다. 직업이 그러니 어쩔 수 없는 일이긴 했다. 그러나 사람의 마음을 꿰뚫는 엄마의 통찰력은 언제나 다른 사람에게만 열려 있었다. 막상 그 온기를 느끼고 나니 그간의 갈증이 한꺼번에 밀려왔다.

살인자들의 마음조차 허물며 엄마가 돼주겠다는 사람이 왜 자신의 마음은 몰라줬던 걸까? 자신은 엄마에게 그들만큼도 쓸모가 없는 존재일까?

"애들은 어때?"

해수가 미소를 머금고 도윤의 얼굴을 빤히 봤다.

"조용해. 선생님들이 그 얘기는 못 꺼내게 하시거든."

"태은이는?"

"태은이?"

갑작스럽게 튀어나온 이름에 도윤은 또다시 배신감을 느꼈다.

결국 이렇게 공들여 자신을 다독인 게 다 사건 때문이었던 것이다. 항상 그런 식이었다. 엄마에게 중요한 건 언제나 사건뿐이었다.

"같이 선거 중이잖아."

도윤의 안색이 변하자 해수는 얼른 핑계를 둘러댔다. 도윤의 서운한 마음을 읽은 것이다. 그러나 태은의 상태를 확인하는 것이야말로 도윤의 안전을 위해서는 중요한 일이었다.

"오늘은 한마디도 못 했어. 태은이도 많이 놀랐을 텐데…."

도윤은 엄마에 대한 서운함을 태은에 대한 염려로 채웠다. 물론 그도 알고 있었다. 사건 당일 태은의 기색에서는 두려움을 찾아볼 수 없었다는 걸 말이다. 그러나 표현 방식의 차이가 있을 뿐 태은이라고 놀라지 않을 리 없었다. 동급생이 살해된 사건이었다. 그것도 학교에서.

준우는 도서관에서 살해됐다고 했다. 김준우. 싫은 놈이었지만 죽어야 할 놈은 아니었는데. 막상 준우가 죽었다니 미워했던 감정조차 죄책감으로 돌아왔다. 준우는 왜 죽은 걸까? 누가 죽인 걸까?

"아까 선생님한테 전화 왔어."

생각에 골몰해 있던 도윤은 퍼뜩 정신이 들었다.

"어? 왜?"

"너, 부회장 됐대."

"뭐?"

생각지도 못한 소식이었다. 선거가 일주일도 남지 않은 상황에서 후보가 사망했으니 남은 후보를 임원에 올리는 것이 가장 효율적인 방안이긴 했다. 하지만 도윤은 전혀 준비가 돼 있지 않았다. 후보에 이름을 올린 것조차 태은이 부추겨서 마지못해 한 일이었다. 도윤은 갑자기 태은이 보고 싶어졌다. 그 아이가 눈앞에 있으면 놀란 가슴이 조금은 진정될 것 같았다.

그러나 엄마와 마주 앉아 있는 이 순간, 태은의 존재는 그저 비교 대상일 뿐이었다. 물론 해수는 태은의 성적이나 객관적 성취를 두고 도윤과 비교하는 속물이 아니었다. 하지만 그녀가 전한 소식은 도윤의 자격지심을 건드렸다. 얼떨결에 부회장이 됐다지만 학생회장인 태은에 비해 성적이 한참 처지는 건 사실이었다.

도윤은 불편한 심정으로 엄마를 바라봤다. 도윤의 성적에 관한 그녀는 언제나 말을 아꼈고, 오늘도 다르지 않았다. 하지만 해수가 범죄자의 심리를 읽는 프로파일러라면 그녀의 심리를 꿰뚫는 건 도윤의 특기였다. 도윤은 엄마의 욕심을 익히 알고 있었다. 그녀가 인내심과 사랑으로 그 욕망을 억누르고 있다는 것까지도. 도윤은 실망스러운 아들이 되기 싫었다. 엄마의 후광으로 평가받는 건 더더욱 끔찍했다. 하지만 어떻게 단기간에 성적을 끌어올릴 수 있을지 캄캄했다.

"도윤아."

해수는 망설임 끝에 입술을 뗐다. 그 얘기를 꺼내기에 딱 좋은 타이밍이었다.

"만일 먹어서 머리가 좋아지는 약이 있다면 너는 먹을래?"

"…?"

"사실 너 공부 죽어라 하잖아. 근데 성적이 안 올라서 힘들지? 그러니까…"

"안 먹어."

"왜?"

"그 말을 어떻게 믿어?"

"만약 네 친구 중에 아주 공부를 잘하는 애가 그걸 먹고 있다면?"

"그래도 별로."

"왜?"

"엄마도 싫었다며 물범탕."

할머니를 의식한 도윤이 그녀의 부재에도 목소리를 낮췄다. 해수는 저도 모르게 피식 웃고 말았다. 사실 이 얘기를 입에 올린 순간부터 해수는 후회했다. 아이에게 그런 약까지 먹여가며 공부시키고 싶지는 않았다. 더군다나 승리의 눈빛이 마음에 걸렸다. 취조실에서조차 마주치기 힘든 서늘한 눈빛이 아이들의 심장을 얼려버릴 것만 같았다.

"그래. 알았어."

해수가 도윤의 어깨를 토닥이려고 손을 뻗었다. 순간 해수의 주머니에서 유리병 달그락거리는 소리가 들렸다. 승리가 건네준 앰플이 부딪치는 소리였다. 해수는 얼굴이 빨개지며 앰플을 꺼내 손에 쥐었다.

"그게 뭐야?"

"아, 비타민."

해수는 되는대로 둘러댔다.

"내 거야?"

"그렇긴 한데… 나중에…."

해수는 말끝을 흐리며 식탁에서 일어섰다. 도윤은 강해수 전문가답게 엄마의 거짓말을 눈치챘다. 그것은 분명 '먹으면 머리가 좋아지는 약'일 것이다. 엄마답지 않게 저런 약을 사다니. 수험생이 되면 엄마의 인내심도 사라질까? 도윤은 새삼 비참한 기분이 들었다.

그날 밤 도윤은 고민에 휩싸였다. 엄마도 그렇지만 사실 자신도 성적 욕심이 없는 건 아니었다. 열심히 해도 안 되는 놈이라 여기고 포기했을 뿐이었다. 하지만 아이들의 관심이 쏠리기 시작하자 더 나은 사람이 되고 싶다는 욕심이 생겼다. 부회장 자리에 걸맞게 성적을 올려 태은과 어깨를 나란히 하고 싶기도 했다. 그렇게 시작된 고민은 마침내 머리가 좋아진다는 약을 먹어보면 어떨까 하는 호기심으로 바뀌었다.

도윤은 당장 그 약을 손에 넣지 않으면 안 될 것 같은 초조함을 느꼈다. 당장 먹지는 않더라도 무슨 약인지 일단 보기나 하자! 그렇게 결론을 내린 도윤은 눈을 뜨자마자 엄마 방으로 갔다.

"우리 아들 잘 잤어?"

아직 잠기가 가시지 않은 목소리로 해수가 웅얼거렸다. 어제도 밤늦게까지 일을 한 탓이었다.

"어…."

도윤은 엄마를 깨우고 싶지 않아 얼버무렸다. 침대 옆 협탁에 못 보던 약상자가 놓여 있었다. 에이스클리닉이라 인쇄된 글자 아래 적힌 건 자신의 이름이었다. 엄마가 얘기한 그 약이 분명했다. 도윤은 묘한 흥분과 배신감을 느끼며 앰풀 한 개를 꺼내 주머니에 몰래 집어넣었다. 결국 엄마도 여느 엄마들 못지않다는 새삼스러운 깨달음에 기분이 씁쓸했다. 만약에 약이 효과가 없다면? 여전히 열등생으로 남는다면? 엄마에게 난 쓸모없는 존재가 되는 걸까? 도윤이 심란한 마음으로 돌아서려 할 때였다.

"아침 챙겨줄까?"

해수가 도윤의 행동을 눈치채지 못하고 다정하게 물었다. 아직 침대에서 일어날 컨디션이 아닌 듯했다.

"더 자. 내가 챙겨 먹을게."

"그래, 고마워."

해수는 다정한 인사와 함께 다시 잠에 빠져들었다. 도윤은 잠든 엄마의 모습을 내려다봤다. 평소처럼 침대 가장자리에 아슬아슬하게 붙어 자는 모습이 안쓰러워 이불을 덮어주고는 조용히 방을 나왔다.

도윤은 일찌감치 학교로 걸음을 옮겼다. 휴지통에 버려둔 준우의 휴대폰이 마음에 걸렸다. 아직 거기에 있을지, 아니면 누가 주워 갔을지 궁금했다. 경찰에 알리는 방법도 고민해봤지만 이내 마음을 돌렸다. 엄마 귀에 들어가는 게 싫었다.

휴지통은 아직 비워지지 않은 채였다. 사건 발생 후 외부인 출입을 통제하니 미처 처리하지 못한 모양이었다. 손을 휘저어 휴대폰을 꺼낸 도윤은 고민에 빠졌다.

"이제 돌려줄 방법도 없는데 어쩌지?"

결국 호기심을 이기지 못하고 전원 버튼을 눌렀다. 우연한 손놀림에 휴대폰 잠금이 풀려버리자 도윤은 판도라의 상자라도 열린 양 소스라치게 놀랐다. 그 바람에 휴대폰이 다시 잠겨버렸고 도윤은 한동안 끓어오르는 호기심을 눌러야 했다. 그러나 인내심은 오래가지 못했다. 도윤은 조금 전의 기억을 더듬어 액정을 만지작거렸다. 한 번, 두 번, 세 번, 네 번….

"예스!"

잠금이 풀리자 도윤은 짜릿한 성취감을 느꼈다. 하지만 이내 준우의 유품을 쥐고 있다는 사실에 숙연해하며 제 경솔함을 나무랐다. 이걸 열어서 어쩌자는 걸까. 도윤은 휴대폰을 쥔 채로 화면을 잠갔다가 풀기를 반복했다. 이제 언제라도 마음만 먹으면 준우의 휴대폰을 열어볼 수 있다. 그러니 지금은 여기까지만 하자. 그게 준우에 대한 최소한의 예의라고 생각했다.

그러나 호기심은 그의 결심보다 강했다. 어쩌면 휴대폰에 준우의 죽음에 얽힌 단서가 있을지도 몰랐다. 도윤은 잠긴 휴대폰을 열어 사용 흔적을 확인하기 시작했다. 또래들이 즐겨 하는 게임, 시시껄렁한 문자들, 여자친구인 은비와 함께 찍은 사진 외에는 특이점이 없는 휴대폰이었다.

하지만 도윤은 남의 사생활을 들여다보는 재미에 빠져 오래된 사진과 영상까지 꼼꼼히 돌려봤다. 그런데 동영상 모음에 낯익은 얼굴이 있었다. 태은이었다. 지금보다 앳된 얼굴이지만 태은이 분명했다. 도윤은 망설임 없이 동영상을 열었다. 그리고 얼마 후, 그의 얼굴에서 핏기가 사라졌다.

───────

태은은 밤을 꼬박 새워 문제집을 푸는 데 몰두했다. 준우의 죽음과 학생회장 선거가 특별한 사건이긴 했지만 시간이 없었다. 모의고사가 목전이었다. 그 결과는 태은에게 준우의 목숨값보다 훨씬 가치 있는 것이었다.

마지막 문제집을 풀고 난 태은은 그제야 시계를 봤다. 학원에서 귀가한 이후부터 시작했으니 네 시간쯤 책상에 앉아 있었다. 태은은 미련이 남은 눈길로 책상 위를 봤다. 아직 풀지 못한 문제집이 마음에 걸렸다. 그러나 등교 시간을 미룰 수는 없었다.

태은은 심호흡하며 팔을 들어 스트레칭을 했다. 필라테스 강사에게 배운 대로 완벽한 동작이었다. 에이스클리닉에 갈 때마다 반복해서 듣는 말이 있었다. 제대로 된 동작이 아니라면 운동을 하지 않는 편이 낫다고 말이다.

가볍게 몸을 풀고 난 태은은 샤워를 시작했다. 차가운 물로 머리를 감자 정신이 번쩍 들었다. 새로 산 문제집을 풀고 자려면 컨디션을 완벽하게 만들어둬야 한다. 태은이 생각하는 시험은 체력 싸움이었다. 공부한다고 몸을 갉아먹는 바보들은 결국 입시라는 마라톤에서 낙오하고 말 것이다.

갑자기 발등에 코피가 뚝 떨어졌다. 불길한 징조였다. 약효가 떨어져가는 걸까? 태은은 신경질적으로 몸을 닦고 밖으로 나갔다. 코피가 터졌다는 이유로 하경이 호들갑을 떨었고 그 바람에 기분이 배로 나빠졌다. 하지만 진짜 신경을 곤두서게 하는 일은 따로 있었다. 새벽에 도착한 익명의 문자 메시지 때문이었다.

난 누가 준우를 죽였는지 알아.

최악의 컨디션에도 꾸역꾸역 등교한 태은은 폴리스라인이 쳐진 도서관 외벽에 기대 문자 메시지를 곱씹었다. 갈수록 초조하고 불안했다. 태은은 주머니 속에서 앰풀을 꺼냈다. 그러곤 망설임 없이 뚜껑을 따고는 단숨에 액체를 입 안에 털어 넣었다. 쌉싸름한 점액질의 액체가 혀에 끈끈하게 감겼다. 태은은 한 방울도 남기지 않겠다는 듯 입술을 달싹거렸다. 전신에 약이 퍼지는 기분이 들면서 자신감이 솟았다. 지금이라면 준우가 살아 돌아온다고 해도 싸워 이길 수 있을 것 같았다.

엉뚱한 상상을 하는 자신의 모습에 태은은 피식 웃음이 났다. 그러다 맞은편에서 자신을 바라보고 있는 도윤과 눈이 마주치자 일순간 웃음기를 거뒀다.

"회장 임명될 거라는 얘기 들었어?"

나란히 교실로 걸어가며 도윤이 물었다.

"그럴 수밖에 없잖아. 김준우가 없으니 우리가 올라가는 거지."

태은의 말에 도윤은 골똘히 생각했다. 준우가 싫었지만 죽기를 바란 적은 없었다. 그러나 지금은 잘 죽었다는 생각이 들었다. 준우의 휴대폰을 열어본 뒤로 도윤의 세상이 달라진 것이다.

"축하해, 부회장아."

태은이 침묵을 깨뜨리자 도윤이 싱긋 웃었다.

"잘 부탁할게."

"나야말로."

둘은 청춘 영화의 한 장면처럼 따뜻한 응원을 주고받으며 웃었다. 그때 맞은편에서 은비가 분한 눈길로 태은을 쏘아보며 다가왔다. 당장이라도 한 대 칠 기세였다. 도윤도 알고 있었다. 은비와 준우가 사귀는 사이였다는 걸. 당장 무슨 일이 일어나도 이상하지 않을 것 같았다. 만일 은비가 태은이를 때리기라도 한다면? 예전의 자신이라면 싸움에 말려들기 싫어 적당히 말리고 넘어갔을 것이다. 하지만 지금은 달랐다. 누구든 태은이를 괴롭힌다면 무슨 수를 써서라도 지켜주고 싶었다. 그러나 도윤이 염려하는 일은 일어나지 않았다.

"경찰이 와서 너 찾더라."

은비가 기세등등한 표정으로 태은을 째려봤다.

"그래?"

은비의 눈을 피하지 않고 태은이 심드렁하게 대꾸했다. 정작 그 말에 놀란 건 도윤이었다. 도윤은 갑자기 불안했다. 설마 태은이 준우를 죽인 걸까? 그게 아니면 경찰이 왜 태은이를 찾을까? 이렇게 가냘픈 아이가 그런 끔찍한 짓을 저지를 수 있을까? 아무리 생각해도 도저히 말이 안 되는 일이었다. 집에서 몰래 훔쳐본 엄마의 사건 일지에 따르면 준우는 테니스 라켓에 찔려 살해당했다. 상당한 완력이 필요했을 텐데 저 가냘픈 손목으로는 불가능하다. 독이라도 묻힌 거라면 모를까.

얼마 후 태은은 전교생의 시선을 받으며 당당하게 경찰차에 올랐다. 도윤은 교실 창밖으로 멀어지는 경찰차를 지켜보고 있었다. 그때 갑자기 달콤한 향기가 훅 끼쳐왔다.

"어떻게 생각해?"

적당히 설레는 거리에서 은조가 물었다. 도윤은 문득 은조가 태은이를 배신하는 바람에 자신이 부회장이 됐다는 사실이 떠올랐다.

"뭐가?"

"준우가 죽어서 제일 덕 보는 사람, 이태은 아냐?"

"강은조, 말조심해!"

도윤이 날카롭게 쏘아붙였다. 은조는 그런 도윤의 반응이 재미있는지 눈빛을 반짝였다.

"뭐야? 이태은 좋아해?"

"뭐?"

"그게 아니면 뭐 그렇게까지 정색을 해?"

은조의 놀림에 도윤의 얼굴이 달아올랐다.

"귀여워."

은조의 눈빛은 사랑스러운 아이를 쳐다보는 듯했다.

"내가 비밀 얘기 하나 해줄까?"

"…?"

"나… 너 좋아해."

은조의 속삭임에 도윤은 귀까지 빨개졌다. 은조는 그런 도윤의 머리카락을 가볍게 흩뜨렸다. 머리카락을 헤집는 손가락의 감촉에 도윤은 잠시 정신이 아득했다.

도윤은 그제야 이태은이라는 콩깍지를 벗고 은조를 찬찬히 바라봤다. 반듯한 이마, 가지런한 눈썹, 호수 같은 눈망울, 오뚝한 코, 반짝이는 입술, 어느 것 하나 예쁘지 않은 구석이 없는 아이였다. 도윤은 혼란스러웠다. 지금 이 순간 자신이 빠져버린 아이가 태은인지 은조인지 헷갈렸다.

━━━◆━━━

같은 시각, 해수는 취조실에 앉아 태은에 관한 자료를 살펴보고 있었다. 영길을 협박하다시피 해서 얻어낸 자료였다. 서류 더미에서 태은의 생활기록부를 발견한 해수는 주저 없이 집어 들었다. 그것이 프로파일러의 직감인지, 아니면 아들이 좋아하는 계집아이에 대한 호기심인지는 자신도 알 수 없었다.

해수는 생활기록부를 가득 채우고 있는 글자들을 꼼꼼히 읽어나갔다. 타의 추종을 불허하는 성적, 화려한 수상 이력, 다방면에 걸친 봉사활동, 그리고 모범적인 인성… 태은의 생활기록부는 모든 면에서 완벽했다. 해수는 생활기록부에 대한 호기심이 프로파일러의 직감이 아닌 또래를 둔 엄마의 질투심 때문이라고 결론 내렸다.

하지만 소득이 없는 건 아니었다. 수상 이력을 통해 태은의 발자취를 추적할 단서를 찾을 수 있었다. 해수는 노트북을 열어 '명문고등학교 이태은'이라는 키워드로 검색을 시작했다. 그러자 고등학생에 관한 자료라 보기 어려운 방대한 텍스트가 쏟아졌다. 생활기록부보다 훨씬 다채로운 기록에 해수의 눈과 손이 바빠졌다. 그중에서도 모범시민상을 수상하고 인터뷰한 영상이 해수의 시선을 사로잡았다.

"제 목표가 인류의 행복을 위해 일하는 건데요, 그런 말을 하면 친구들이 꿈이 너무 큰 거 아니냐고 해요. 그렇지만 전 생각이 좀 달라요. 주변 사람들을 아끼고 사랑하는 작은 습관들이 인류의 행복을 만들어간다고 생각하거든요. 운이 좋게도 그런 습관 덕분에 모범시민상이라는 값진 상을 받게 된 것 같아요."

흠잡을 것 없는 인터뷰 내용에 해수는 강한 거부감을 느꼈다. 철저하게 만들어진 이미지가 불편했다. 가출한 어린이를 경찰서까지 데려다주었다는 미담 또한 태은답지 않았다. 해수가 파악한 태은은 타인에게 관심이 없는 아이였다.

만일 쓸모가 없다면 그런 일을 했을까? 연애조차 쓸모가 없다면 하지 않겠다던 그 아이가?

생각이 여기에 미치자 해수는 새삼 얼굴이 달아올랐다. 아들이 차였다는 이유로 선입관을 갖는 건 너무 옹졸한 일이었다. 더군다나 지금 자신은 도윤의 엄마가 아니라 수사관 자격으로 앉아 있는 상황이었다. 해수는 마음을 다잡고 다시 자료에 집중했다.

오래지 않아 취조실 문이 열리고 태은이 들어왔다. 해수는 말없이 태은이 먼저 입을 열기를 기다렸다. 책상 위에 흩어진 자신에 관한 자료들을 물끄러미 바라보던 태은이 이윽고 입을 뗐다.

"참고인이라면서요?"

"응."

태은은 자신의 상황을 차분히 확인했다. 골치 아픈 게 싫어 부모와 동행하지 않겠다고 한 건 태은이었다. 사실 용의자가 아니라 참고인이어서 다행이었던 건 경찰에게 진술한다는 사실이 엄마에게 전해지지 않는다는 점이었다. 태은은 해수와 만나는 시간에 누구의 방해도 받고 싶지 않았다.

"근데 왜 오버하세요?"

"뭐?"

"학교 한가운데에서 경찰차에 태워 가면 애들이 날 뭐라고 생각하겠어요?"

태은의 항의에 해수는 잠시 입을 다물었다. 사실 경찰차로 이목을 끌어달라는 건 해수의 부탁이었다. 가능한 한 많은 아이들이 볼 수 있는 장소에서 경찰차에 태우라고 주문했던 것이다. 태은의 반웅을 살피기 위해서였지만 그 또한 태은에 대한 소심한 복수가 아니었나 하는 생각이 들었다. 어쨌든 태은의 성격을 파악하는 게 목적이었다.

"그래서 기분 나빠?"

"꼭 그런 건 아니고요."

"그럼?"

"무플보단 악플이 낫다잖아요."

"뭐?"

"존재감이 없는 것보단 주목받는 게 낫다고요."

그 말에 해수는 정신이 번쩍 들었다. 확실히 또래들과는 사고체계가 다른 아이였다.

"오늘은 도윤이 엄마가 아니라 프로파일러로 너를 만난 거야. 알고 있지?"

"그럼요."

"예전에 너 법정에 선 적이 있던데?"

"네."

"죄목이…?"

"아시잖아요."

태은이 해수의 말을 끊고 쏘아봤다. 해수는 담담히 그 눈빛을 받으며 그녀를 도발했다.

"그래, 살인이었지."

자신이 말하고도 해수는 살인이라는 단어에 가슴이 서늘했다.

영길이 건넨 자료에 따르면, 태은은 살인 혐의로 법정에 선 적이 있었다. 당시 법원에서 무죄를 선고했지만 해수에게 중요한 건 판결 내용이 아니라 사건의 진실이었다. 증거나 증인이 없다면 실제 살인을 했다 하더라도 법적으로는 무죄가 된다. 더군다나 태은은 용범의 딸이다. 용범은 사람을 죽이고 법망을 빠져나가는 데 그 누구보다 용의주도한 자가 아니던가.

"판사님은 무죄라고 하던데요?"

태은은 가볍게 응수하며 해수를 빤히 쳐다봤다. 일종의 도전이었다.

"그래서, 넌 결백해?"

"이번 사건만큼이나요."

"죽은 김준우랑 사이가 나빴다던데?"

"좋진 않았어요. 경쟁자였잖아요."

"단도직입적으로 물어볼게. 네 무죄를 증명할 사람이 있니?"

"아뇨. 없어요."

해수는 설전을 멈추고 태은을 바라봤다. 경찰서에 불려 와서도 주눅 들지 않고 지나치게 당당한 아이. 조금 특별한 아이일까? 아니면 용범을 닮은 괴물일까?

이후에도 두 사람의 공방전은 계속되었다. 태은은 난처한 질문에도 전혀 망설임이 없었다. 해수 또한 마찬가지였다. 어디까지건 몰아가서 태은의 맨얼굴을 보고 싶었다. 서로 지지 않겠다는 두 여자 사이에 팽팽한 긴장감이 감돌았다.

"학생회장 선거로 신경전이 대단했다던데. 준우가 죽어서 가장 덕을 본 사람은 태은이 너야. 어떻게 생각해?"

"그렇게 따지면 선배님 아들도 덕을 봤죠."

태은의 기습에 해수는 치명상을 입고 잠시 할 말을 잃었다. 도윤이 저런 위험한 아이 옆에 있다는 사실에 가슴이 서늘했다. 그러나 더 무서운 건 지금 그 아이가 자신을 조종하려 한다는 사실이었다. 해수는 태은에게 말려들지 않으려 가만히 그녀를 바라봤다. 밀리면 지는 싸움이었다. 그 순간 태은의 눈가에 촉촉하게 물기가 차올랐다. 해수는 내색 없이 동요했다. 작전을 바꿔보겠다는 심산일까?

"친구가 죽었어요."

태은은 돌연 가엾은 10대의 모습으로 해수를 바라봤다. 해수는 그제야 인정했다. 오늘은 자신이 패배했다는 사실을. 그러나 태은은 백기를 든 해수에게 기어이 마지막 펀치를 날렸다.

"저 그만 가도 되죠? 오늘 도윤이랑 저, 임명식이 있거든요."

"임용이 취소됐다구요?"

해수는 자제력을 잃고 탁자를 끌어당기며 벌떡 일어났다. 그 바람에 청장은 손에 든 커피를 쏟을 뻔했다.

"결격 사유도 없는데 왜 갑자기 취소된 거죠?"

해수는 신경질적으로 만배를 몰아붙였다. 사실 만배에게 따질 일이 아니었으나 도저히 납득할 수 없는 처사였다.

"알잖아, 이 바닥 보수적인 거… 그리고 짐작했겠지만 자네를 밀었던 건 경찰대 내부에 받쳐줄 라인이 필요했기 때문이야. 학장이 계속 나를 치고 올라올 궁리만 하니까 견제할 내 사람이 필요했다고. 그런데 지금 같아서는 오히려 누가 되지 않았냐 말이야."

만배는 죄인이 된 것처럼 시선을 피했다.

"명문고등학교에서 살인 사건이 난 게 제 책임은 아니잖아요?"

"알지. 그렇지만 시선이 곱지 않아. 학장 쪽에서 뭐라고 하는지 아나? 아들의 친구라는 이유로 자네가 용의자들을 감싸고 있다는 말이 돌아."

청장은 완곡하게 해수를 진정시켰다. 그러나 수사관의 자존심이 걸린 만큼 그냥 넘어갈 문제가 아니었다.

"아니라는 걸 증명하겠습니다. 그러니까 청장님, 저를 믿고 맡겨주십시오. 절대 실망시켜드리지 않겠습니다."

만배는 대답 대신 한숨을 쉬었다. 역시 호락호락 물러설 해수가 아니었다.

"참! 그 다큐는 어떻게 됐나?"

만배는 용범의 이야기로 화제를 돌렸다.

"진행…하기로 했어요."

해수는 내키지 않는 대답을 억지로 끌어냈다. 그사이에도 마음이 갈팡질팡했지만 이제는 퇴로가 없었다. 교수 자리를 뚫고 들어가려면 무슨 일이든 해야 했다.

"잘 생각했어. 암, 해야지. 해야 하고말고. 지금 시기에 자네한테 필요한 건 대중의 인기와 여론이야. 무슨 말인지 알겠나?"

만배는 스스로 결론을 내리며 고개를 끄덕였다. 청장은 겉보기와 달리 신중하고 날카로운 면모를 지닌 사람이었다. 그런데 왜 용범에게만큼은 저토록 호감 일색인지 알 수 없는 노릇이었다.

"청장님."

"응?"

"이용범 국장, 어떻게 생각하세요?"

"원하는 건 반드시 이루고야 마는 사람이지."

만배는 커피를 넘기고 용범에 대해 평했다. 그 말이 옳았다. 해수가 아는 용범은 목표를 위해서라면 물불을 가리지 않는 인간이었다. 만일 그와 뜻이 같다면 원하는 걸 손에 넣을 수 있으리라. 그것을 위해 어떤 희생을 치를지라도.

김준우는 죗값을 치른 것뿐이야.

그러니까 당신들이 경찰이라면 누가 죽었는지만 보지 말고 왜 죽었는지 조사해봐.

해수는 킬에이저의 메시지를 떠올렸다. 수사의 목적은 범인을 찾는 것이고 범행 동기는 부차적인 문제다. 프로파일러의 입장에서는 범죄자의 심리를 분석해 또 다른 범죄를 예방하는 데 주력해야 하지만 대부분 범인을 잡는 선에서 수사가 종결되곤 했다. 그런 의미에서 킬에이저의 메시지는 시사하는 바가 컸다.

대부분의 프로파일링이 예방책을 위해 존재했다면 이번에는 단서가 되어 범인을 찾아줄지도 모른다. 무엇보다 범인은 존재감을 과시하며 경찰이 자신의 메시지에 동조하길 바라고 있다. 그렇다면 범인은 사이코패스일까? 아니면 그저 복수의 화신일까? 그 답을 찾으려면 그의 말대로 김준우가 왜 죽어 마땅한 아이였는지를 알아봐야 한다. 어쩌면 용범의 방송이 쓸모가 되어줄지도 모른다.

쓸모를 위해 누군가를 이용해야 하는 상황이 되자 해수는 쓴웃음을 삼켰다. 목적을 이루기 위해 물불을 가리지 않는다는 측면에서 해수 역시 그들과 다르지 않았다. 그렇다면 어디까지가 정상이고 어디부터가 비정상일까? 그 기준은 누가 정하는 걸까? 과연 내가 그 기준을 정할 자격이 있는 걸까? 단지 프로파일러라는 이유만으로?

그러나 한 가지는 분명했다. 용범이 사이코패스라는 사실. 범죄자를 잡기 위해 사이코패스를 이용하려는 자신의 지독함에 해수는 혀를 내둘렀다.

"성명 이, 태, 은. 위 학생을 명문고등학교 학생회장으로 임명함. 2024년 3월 18일, 명문고등학교 교장 김, 명, 재."

태은은 전교생의 박수 속에 임명장을 받았다. 도윤도 함께였다.

아이들은 환호성과 잡담을 섞어가며 시끌벅적했고, 교사들은 수군 거리며 두 사람에 대한 평가를 늘어놓았다. 얼마 전에 발생한 살인 사건은 모두 잊은 듯한 분위기였다.

싸늘한 눈빛으로 태은을 쏘아보는 사람은 은비뿐이었다. 그 옆에서 단상을 바라보는 은조의 입가에 부드러운 미소가 돌았다. 도윤에 대한 만족감의 표시였다. 돌이켜보면 교내에서 도윤만큼 훤칠하고 돋보이는 아이는 드물었다. 남자애답지 않게 상냥하고 운동신경도 제법이었다. 한마디로 은조 자신에게 어울릴 만한 아이였다. 거기에 부회장 타이틀까지 갖췄으니 금상첨화였다. 눈엣가시인 태은이 여전히 신경 쓰였지만 상관없었다. 이때껏 자신이 점찍은 상대치고 넘어오지 않은 아이는 한 명도 없었으니까.

"쟤 지금 도윤이한테 꼬리치는 거 맞지?"

태은이 도윤의 임명장을 챙겨주는 것을 보며 은조가 입을 삐죽거렸다. 그러나 은비는 대꾸 없이 태은을 쏘아볼 뿐이었다.

"언제까지 죽은 남친 생각하면서 얼굴 구기고 있을래?"

은조는 반응을 끌어낼 심산으로 은비를 자극했다. 아니나 다를까, 은비가 고개를 휙 돌려 은조를 째려봤다. 한 번도 본 적 없는 살기가 느껴졌다.

"하여간 성질은…."

은조는 움찔하며 다시 도윤에게로 시선을 돌렸다. 태은이 마치 보란 듯이 도윤에게 뭐라 속삭이더니 이내 그를 끌고 밖으로 나가 버렸다. 은조는 질투심에 어쩔 줄 몰라 했지만 은비는 무서운 침묵으로 태은의 뒷모습을 노려봤다.

"망했어?"

밖으로 나온 태은이 도윤의 모의고사 성적을 물었다.

"응. 완전."

짧은 대답 이후 도윤은 침묵했다. 상위권 진입은 꿈도 꿔본 적 없지만 최소한 중간 어디쯤에는 걸쳐 있을 줄 알았다. 그런데 모의고사 성적이 꼴찌를 겨우 면한 수준이었다. 이런 주제에 부회장이라니. 임명장을 받으며 도윤은 얼굴을 들 수가 없었다. 태은을 생각하면 더더욱 그랬다. 어깨너머로 슬쩍 본 태은의 성적표는 어느 과목 하나 빠짐없이 전부 1등급으로 채워져 있었다.

"학원 어디 다녀?"

도윤의 고민을 읽은 듯 태은이 물었다.

"탑클이랑 위너. 너는?"

"난 그냥 집에서 해."

"진짜? 그런데 그런 성적이 가능하다고?"

"신기해?"

"응."

"근데 사실, 너도 할 수 있는 거야."

"놀리냐?"

"내가 누구나 알 수 있는 비밀 얘기 하나 해줄까?"

"뭔데?"

도윤은 눈을 반짝이며 태은의 다음 말을 기다렸다.

"초등학교 5학년 때부터 정해진 순서대로 국영수과 네 과목만 상 중하 세 세트씩 세 바퀴. 그러면 누구나 인서울이 가능해. 그보다 출발이 늦었음 남보다 더 돌면 되는 거고, 출발이 빨랐음 느긋하게 돌면 돼. 다만 그걸 해낼 수 있는 체력과 의지, 그리고 돈이 있느냐 의 싸움이야, 입시라는 건."

"그렇지만 넌 다르잖아."

"그건… 나니까."

"맞아. 넌 달라."

도윤은 마침내 결론을 내렸다. 그동안 태은에게 느끼는 감정의 실체를 몰랐는데 이제 막 그 답을 찾은 것만 같았다.

"강은조가 그러더라. 너 좋아하냐고."

태은은 별다른 동요 없이 도윤을 바라봤다.

"그래서 생각해봤어. 널 보면서 느끼는 이 감정이 뭘까… 근데 이 제 알겠어. 난 널 좋아하는 게 아니라 그냥, 네가 되고 싶은 것 같아."

도윤은 감정을 솔직하게 털어놓고 태은의 반응을 기다렸다. 잠 자코 쳐다보던 태은이 갑자기 폭소를 터뜨렸다. 도윤은 당황하며 태은의 웃음이 잦아들기를 기다렸다. 그렇게 폭소와 침묵의 시간 이 흐른 뒤, 태은이 웃음기를 싹 거두고 차갑게 쏘아붙였다.

"넌 몰라. 내가 어떤 앤지."

태은이 정색하며 뒤돌아서 반대쪽으로 걸음을 옮겼다.

"태은아!"

도윤이 생각났다는 듯 그녀를 불러 세웠다.

"이거."

그가 내민 것은 휴대폰이었다.

"김준우 휴대폰이야. 엄마한테 드릴까 하다가 아무래도 너한테 줘야 할 것 같아서."

그 순간 태은의 눈빛이 불안하게 흔들렸다. 태은에게서 좀처럼 볼 수 없는 감정의 파동이었다. 태은은 굳은 표정으로 도윤을 노려봤다. 그녀의 손에 휴대폰을 쥐여주며 도윤이 말했다.

"유심은 빼뒀어. GPS도 꺼뒀고. 분명히 경찰이 찾을 것 같아서."

실제로 경찰은 사건 이후 줄곧 준우의 휴대폰을 찾았지만 마지막 신호가 잡힌 곳이 명문고등학교였던 탓에 괜한 수고를 반복해야 했다.

"…봤니?"

태은의 얼굴이 차갑게 굳어 있었다. 그 표정이 뭘 의미하는지 도윤은 모르지 않았다.

"…."

"봤구나."

태은의 목소리가 서릿발같이 차가웠다. 도윤은 무슨 말이든 하려고 입술을 달싹였다. 그 순간 날카로운 경적 소리가 둘 사이를 갈라놓았다. 도윤이 고개를 돌려보니 소리의 진원지는 엄마의 승용차였다. 난처한 상황에서 벗어날 수 있는 절호의 기회였다.

"우리 엄마야. 나 먼저 갈게 태은아."

해수의 차에 오르며 도윤은 가슴을 쓸어내렸다. 태은은 알고 있을 것이다. 자신이 문제의 영상을 봤다는 사실을. 그러나 그걸 자신의 입으로 말하고 싶지는 않았다.

"태은이랑 같이 있던데, 무슨 일 있어?"

해수는 돌려 묻는 것도 잊은 채 초조함을 드러냈다. 진실을 떠나서 이미 태은에 대한 선입관을 가진 해수로서는 그 아이와 도윤이 붙어 다니는 것이 못내 불안했다.

"일이야 맨날 있지. 학생회 일이 생각보다 많을 것 같아."

도윤의 어색한 말투에 해수는 더욱 불안했다. 도윤은 속마음을 숨기는 재주가 없는 아이였다. 뭔가를 숨기고 있는 게 보였지만 해수는 더 이상 캐묻지 않았다. 자식이란 원래 부모가 궁금해할수록 비밀이 더욱 많아지는 법이니까.

"성적 나왔어?"

해수는 무심한 척 화제를 돌렸다.

"어떻게 알았어?"

"내가 그 얼굴을 하루 이틀 보니?"

"…."

"우리 당부터 충전할까? 고민은 내일 하고?"

"좋지."

해수는 아이스크림을 사 오겠다며 상가 앞에 차를 세웠다. 조수석에 혼자 남은 도윤은 자책감에 시달렸다. 엄마의 눈높이가 남들에 비해 한참 높다는 사실을 잘 알고 있었다. 그런데도 꼴찌에 가까운 성적을 낸 아들을 참아준다는 건 엄마의 인내심과 사랑이 대단하다는 증거였다.

도윤은 심란함을 잊으려 차 안을 이리저리 살폈다. 그러다 운전석 옆 컵 홀더에 놓인 녹음기에 호기심이 발동했다. 도윤은 녹음기를 만지작거리며 창밖을 내다봤다. 가게가 북적이는지 엄마는 아직 나올 기미가 없었다.

망설이던 도윤이 녹음기의 재생 버튼을 눌렀다. 그러자 여자 목소리가 차 안에 울렸다.

—한 달 치 약이에요. …태은이가 먹는 거랑 같은 거예요.

놀라운 얘기였다. 도윤은 엄마 방에서 몰래 가져온 앰풀이 바로 그 약이라는 걸 직감했다. 앰풀은 아직 가방 안쪽에 그대로 있었다.

—지금 뭐 하자는 거죠?

—이걸 도윤이한테 먹여보시고 한 달 후에 다시 뵙죠. 그 전에 3월 모의고사랑 중간고사가 있으니 신뢰를 쌓기엔 충분한 시간 같네요.

도윤은 가방 안에 있는 앰풀이 보통 약이 아니라는 사실에 전율했다. 먹어서 머리가 좋아지는 약이 있다면 너는 먹을래? 엄마는 그런 말로 도윤의 속을 떠보았다. 그런데 그 약을 태은이 먹는다니. 그렇다면 태은이 모든 면에서 완벽한 것도 이 약 덕분일까? 약을 먹으면 정말 태은이처럼 당차고 똑똑해질 수 있는 걸까? 그게 확실하다면 엄마는 왜 나에게 약을 주지 않은 걸까? 녹음된 엄마의 음성에는 상대에 대한 경계심이 짙게 묻어 있었다. 엄마는 상대를 믿지 않았던 걸까?

도윤은 가방 안에서 앰풀을 꺼내 들고 차창 밖을 내다봤다. 해수가 막 아이스크림 가게 문을 열고 나오는 모습이 보였다. 도윤은 조바심을 느끼며 앰풀을 열었다. 멀미약에서 나던 달짝지근하고 어질한 냄새가 코끝을 파고들었다.

7

죽어 마땅한 놈

—하지 마!

태은은 입술을 깨물고 휴대폰에서 새어 나오는 제 비명 소리를 들었다. 준우의 휴대폰에 저장된 영상이었다. 태은은 영상 초반의 3초 남짓한 구간을 반복하며 자신의 절규를 들었다. 분명 하지 말라고 소리쳤다. 하지만 법원에서는 무엇을 하지 말라는 얘긴지 불분명하다며 가해자들에게 무죄를 선고했다. 헛웃음이 났다. 갈가리 찢기는 고통 속에서도 성폭행을 당하는 피해자는 "성폭행하지 마!"라고 외쳐야 한다는 말인가?

태은이 구간 반복을 멈추자 영상이 그대로 흘러갔다. 경박한 웃음소리와 함께 사내아이들이 너절한 농담을 주고받았다. 웃음소리의 주인공은 준우였다. 태은이 차가운 눈길로 화면을 쏘아봤지만 준우의 얼굴은 보이지 않았다. 그럴 수밖에 없었다. 영상을 촬영한 장본인이 준우였으니까.

태은은 관찰자의 시선으로 담담히 영상을 주시했다. 무참히 폭행당하고 있는 자신의 모습이 보였다. 태은은 떨리는 엄지로 자신의 옷자락을 잡아채는 남자아이의 머리통을 꾹 눌렀다. 그러나 손가락으로는 찢어진 옷과 그 사이로 드러난 속옷을 가릴 수 없었다. 태은은 연민 가득한 눈빛으로 자신의 몰골을 봤다. 옷을 여미는 와중에도 뺨을 맞는 모습이 초라했다. 태은은 굴욕감에 주먹을 불끈 쥐었다. 소름 끼치는 신음과 더러운 농담이 뒤섞여 흘러나오고 있었다. 태은은 차마 더 이상 볼 수가 없어 영상을 꺼버렸다.

하필이면 김도윤이라니. 하찮은 인간들에게 성폭행당한 과거, 숨기고 싶었던 그 비밀을 도윤에게 들켜버렸다는 사실에 피가 거꾸로 솟는 것만 같았다. 할 수만 있다면 그 사실을 아는 모두를 죽여버리고 싶은 심정이었다.

태은은 솟구치는 분노를 느끼며 주머니 속에서 앰풀을 꺼내 뚜껑을 툭 깨뜨렸다. 유리 조각이 손가락을 찔러 피가 났지만 아무렇지 않았다. 태은은 앰풀에 든 약을 마시고는 휴대폰과 함께 벽으로 힘껏 내던졌다. 지나간 사건을 되돌릴 수 없지만 그렇게라도 분풀이를 하고 싶었다.

"성선설을 믿어요?"

성진의 얼굴은 살인마라고 하기에는 지나치게 병약해 보였다. 수감생활의 고단함이 역력하게 드러나는 모습이었다.

해수는 엄마가 돼주겠다던 소년과의 약속을 지켰다. 가위손 살인 사건의 범인인 성진과 주기적으로 만나 사적인 대화를 이어갔던 것이다. 직업적 이유가 전혀 없다면 거짓말이겠지만 기본적으로 소년과의 만남을 이어가게 하는 힘은 모성이었다.

"글쎄? 너는 믿니?"

"당연히 아니죠."

"왜?"

"책을 읽었는데 유전이 원인인 경우도 많더라고요. 한마디로 사패가 사패를 낳는다는 건데, 그럼 성선설이 아니라 성악설이 맞는 거 아니에요?"

소년이 눈알을 굴리며 대답을 기다리는 사이 휴대폰이 울렸다. 해수는 양해를 구하고 메시지를 확인하다 그대로 얼어붙고 말았다. 하경이 보낸 사진 때문이었다. 그녀는 태은과 용범의 사진을 보내고는 해수의 의견을 구하고 있었다. 현장체험학습 보고서에 쓸 사진이 없는데 이런 사진으로도 대체가 가능할지 물었다. 사진이 문제가 아니라 해수에게 말을 걸 구실이 필요했을 것이다.

일하는 엄마에 대한 동경인지 하경은 부쩍 해수와 가까워지고 싶어 했다. 그러나 해수는 도망치고 싶은 심정이었다. 이용범과 이태은. 사이코패스 부녀라니 끔찍했다.

"행운동 연쇄살인 사건."

해수의 복잡한 속도 모르고 소년은 신나게 떠들어댔다. 성진은 해수와 면담하는 시간을 즐거워했다.

"사이코패스의 시초라고들 하는 그 살인 사건 알죠?"

"당연하지."

"그 사람이 우리 아빠래요."

"뭐?"

"이 방에 들어오기 전에 들었어요. 유전자 검사 결과 말이에요."

"…!"

"와! 나 진짜 놀랐잖아요. 평생 아빠 없는 놈이란 소리를 듣고 컸는데 아빠가 있다니 대박! 그리고 보면 피가 참 무서워요. 그죠?"

해수는 하경이 보내온 사진을 다시 열었다. 순간 불안감이 덮쳐왔다. 머리가 깨질 것 같은 두통에 눈을 뜨고 있기도 힘들었다. 용범이 나타난 이후로 잠을 이루지 못하는 나날이었다. 그런데 도윤의 곁을 맴돌고 있는 아이가 용범의 딸이라니. 물론 반사회적 인격장애가 반드시 유전된다는 과학적 근거는 없었다. 하지만 대물림되지 않는다고 단언할 수도 없었다. 통계에 따르면 사이코패스 역시 가족력이 있는 경우가 많지만, 이는 환경의 영향일 뿐 유전과 관계없다는 의견 또한 팽팽하게 맞서는 상황이었다.

그러나 이론 따위가 무슨 소용인가. 만일 태은이 사이코패스의 기질을 물려받았다면 도윤이를 어째야 할까. 해수는 당장이라도 부녀를 MRI 장치에 밀어 넣고 두 사람의 전두엽을 들여다보고 싶은 충동을 느꼈다.

김준우는 죗값을 치른 것뿐이야.

해수는 자칭 킬에이저가 보낸 메일을 떠올리며 고개를 저었다. 누군가의 죄를 자신이 단죄할 수 있다는 그 혹은 그녀의 메시지에서는 강한 지배욕이 느껴졌다. 준우가 저지른 죄의 무게를 정하고, 자기만의 방식으로 응징하고, 그것을 합리화하며 존재감을 과시하는 행위. 그것은 확실히 정상의 범주를 벗어난 것이었다. 살인을 도구화하여 사적인 복수를 꾀하고 존재를 과시하려는 태도에서는 나르시시즘도 엿보였다. 그리고 이런 복합적인 형태의 반사회적 인격장애는 바로 용범을 떠올리게 했다.

면담을 마치고 경찰서로 복귀한 뒤에도 해수는 용범에 대한 기억을 떨치지 못했다. 자신과 용범이 공범이라는 족쇄에 묶여버린 그날의 일이 그녀를 괴롭혔다.

만일 그때 재판정에 섰다면 그녀의 죄명은 '살인 방조'가 되었을 것이다. '범인 은닉'이나 운이 더 나쁘면 용범의 말대로 '살인 공모'가 되었을지도 모른다. 내가 만약 판사라면 어떤 판결을 내릴 것인가. 해수는 곰곰이 생각해봤다.

피고 강해수는 자신이 그저 목격자일 뿐이라고 주장했다. 이용범이 사람을 죽였다는 사실을 알았고, 심지어 그녀가 외면했던 피해자가 숨이 끊어지기 전이어서 구조가 가능했던 상황이었음에도. 또 살인하는 장면을 직접 목격하지 못했으니 범죄를 막을 수 없었다고 항변했다. 신고하지 않았던 건 자신 역시 죽임을 당할까 두려웠고, 피해자를 구조하지 못했던 건 이미 피를 너무 많이 흘려 살 가망이 없어 보였고, 범인에게 협박당했기 때문이라고 울먹였다. 피고의 진술이 끝나자 판사 강해수가 말했다. 피고는 지금 거짓말을 하고 있다고.

"잡아."

용범은 해수에게 죽은 아이를 붙잡으라고 명령했다.

"넌 미쳤어."

해수는 도망쳤지만 용범에게 금방 잡히고 말았다. 다리가 후들거려 달아날 수가 없었다. 해수는 쓰러지다시피 용범의 손아귀에 걸려들었다.

"너 도망 못 가. 말했잖아. 너도 공범이라고."

"난… 난 쟤를 죽이지 않았어. 알잖아 난…."

해수는 특유의 냉정함과 침착함을 잃고 제정신이 아니었다.

"잘 모르나 본데, 넌 이미 굳어가고 있는 저 녀석의 몸에 증거를 흘려버렸어. 내가 도와주지 않으면 살인죄를 덮어쓰게 될 빼도 박도 못할 증거를 말이야."

"이용범!"

"그러니까 옮겨. 시키는 대로 하라고!"

해수는 어디다 시선을 둬야 할지 몰라 얼굴을 감싸 쥐었다. 그러나 가느다란 손가락으로는 참혹한 범죄 현장을 가릴 수 없었다. 해수는 지옥에서 달아나고 싶었다. 그러나 그곳을 벗어날 방법은 단 하나. 용범이 시키는 대로 하는 것뿐이었다. 해수는 벌벌 떨리는 손으로 굳어가는 아이의 발목을 붙잡았다. 서늘한 감촉이 뼛속까지 스며들었다. 널브러진 주검을 들어올리자 손가락 사이로 끈끈한 피가 흘러내렸다.

"경정님….."

귀에 익은 목소리가 아득하게 들려왔다. 해수는 눈물이 왈칵 쏟아졌다. 이곳을 빠져나갈 수 있을까 막막해하던 그때였다.

"경정님!"

그것은 기영의 외침이었다. 잠에서 깨어난 해수는 명문고 사건 현장 사진을 손에 쥐고 있었다. 맙소사. 깜빡 잠이 든 모양이었다. 해수는 정신을 차리려 물을 들이켰다. 영길의 못마땅한 시선이 그녀의 뒤통수에 꽂혔다. 회의 시간을 30분이나 넘겼으니 그럴 만도 했다.

영길은 해수를 옥상으로 불렀다. 해수가 질책을 받을 거라며 다들 염려했지만 실상은 달랐다. 기본적으로 영길은 괴팍하고 융통성이 없었지만 해수에게는 좋은 선배였다. 겉으로 드러나는 면모가 전부가 아님을 말해주는 대표적인 유형이었다.

"용의자 상황이랑 맞아떨어지는 것 같아?"

영길은 해수가 내린 결론을 듣고 싶어 하는 눈치였다.

"글쎄… 난…."

해수의 말끝에 망설임이 묻어났다.

"뭔데?"

"용의자 중에는 범인이 없는 것 같아."

해수는 어렵사리 결론을 말했다. 자신이 내뱉은 말의 무게를 그녀도 잘 알고 있었다. 특히 전문가의 말은 수사관들에게 고정관념을 심어주기 마련이었다. 그러나 이 사건의 경우 아무리 봐도 용의선상에서는 범인을 찾을 수 없었다. 용의자는 모두 준우와 관계가 좋지 않거나 범행 도구인 테니스 라켓에 얽혀 있는 아이들이었지만 준우의 죽음에 대한 그들의 심리 반응은 지극히 정상 범주였다.

그럼에도 해수가 망설였던 건 자신의 감정 상태 때문이었다. 누군가를 특정해 범인으로 몰아가며 증거를 찾아내려는 자신의 모습이 위태롭게 느껴졌다. 해수도 알고 있었다. 이태은. 그 아이에게 온 신경이 곤두서서 평정심을 잃고 있다는 사실을.

"요즘 좀 이상한 거 알아?"

영길이 진지한 얼굴로 물었다.

"내가? 내가 왜?"

"감정적이잖아. 쓸데없이."

"난 항상 감정적이었어 선배."

"지랄! 학교 때 네 별명이 AI였어 인마. 연애고 뭐고 담쌓고 공부만 하는 기계였잖냐."

영길의 말에 해수는 피식 웃었다. 돌이켜보면 틀린 말도 아니었다.

"짚이는 놈이라도 있는 거야?"

용의자들을 배제한다는 그녀의 말에 영길은 뭔가가 있다고 직감했다.

"놈이 아닐 수도 있지."

"범인이 여자라는 거야?"

"그게 아니라 그냥 고정관념을 깨보자는 얘기야. 보통의 방법으로 접근하면 풀지 못할 것 같거든, 이 사건."

해수는 이태은이라는 이름 석 자를 입 안에 굴리며 고민했다. 증거는커녕 아무 근거도 없었다. 그럼에도 자꾸 그 이름이 맴도니 자신도 환장할 노릇이었다. 영길에게 털어놓고 욕이라도 먹으면 정신을 차릴까? 갈피를 못 잡고 머릿속이 복잡한 그때였다. 기영이 뭐라고 외치며 두 사람에게 달려오고 있었다. 들숨과 날숨 사이로 알아들을 수 있는 말은 '도서관'이라는 단어였다. 해수는 명문고 사건이라는 걸 직감하고 긴장한 얼굴로 기영을 봤다.

"도서관 입구 쪽 영상! 입수했어요!"

"CCTV는 아닌 것 같은데?"

기영이 입수한 영상을 보고 해수는 의아심이 들었다. 화질도 그렇지만 각도로 미루어 보아 차량 블랙박스나 CCTV 영상은 아니었다. 누군가가 의도적으로 촬영한 영상임이 분명했다.

"그게, 휴대폰으로 촬영한 영상 같아요."

기영은 자신 없는 말투로 대답했다.

"같아요?"

"제보 영상이에요."

"제보라고? 누가?"

"누구겠어요."

"설마, 킬에이저?"

기영은 대답 대신 고개를 끄덕였다. 준우가 살해되기 직전, 사건 장소인 도서관 입구의 CCTV가 파손됐다는 점은 수사에 큰 걸림돌이었다. 그러던 차에 저절로 굴러온 영상이니 실마리를 찾아줄 귀중한 열쇠였다. 그러나 누군가 의도적으로 촬영한 것이라면 숙제가 오히려 늘어나는 셈이었다. 준우의 죽음이 철저히 계획된 범죄라는 게 증명되는 것이었다.

게다가 영상을 제보한 킬에이저의 의도도 고민해볼 문제였다. 그가 자신의 목적에 맞게 영상을 편집하거나 조작했다면 이는 또 다른 함정이 될 수도 있었다. 그러나 그 많은 부정적 경우의 수에도 불구하고 제보 영상이 귀중한 자료임은 누구도 부정할 수 없었다. 세 사람은 빨려 들어갈 것처럼 영상에 집중했다.

영상에 등장한 인물은 준우와 태은이었다. 해수는 태은의 등장에 전율했다. 막연한 의심이 구체적인 정황으로 드러나는 순간이었다.

—한판 붙자고 불러낸 거 아냐? 왜 도서관이야?

근거리에서 촬영한 건지, 좋은 장비를 쓴 건지 알 수 없으나 준우의 음성은 옆에서 말하듯 또렷하게 들렸다. 둘 사이에 흐르는 적대감마저 고스란히 느껴질 정도였다.

―널 못 믿으니까.

준우에 비해 태은의 반응은 건조했다.

―뭐?

―저거.

뭔가를 가리키는 태은의 손가락을 준우의 시선이 자연스레 따라갔다. 태은이 가리킨 건 CCTV였다.

―선거는 막판이고 넌 회장이 되고 싶지. 네가 나한테 무슨 짓을 할지 알 수 없잖아.

태은은 그렇게 준우의 속을 긁어댔다.

―피해의식 같은 거 있냐, 너?

준우가 발끈했다.

―너라는 인간을 아니까 하는 얘기야.

―용건이 뭐야? 사람 속이나 뒤집어놓자는 거 아닐 테고.

―회장 후보, 사퇴해.

단도직입적인 태은의 요구에 준우는 실소를 터뜨렸다.

―뭐래? 만날 공부만 파더니 머리가 어떻게 됐냐?

―명예롭게 내려올 기회를 주는 거야. 네가 규정에 어긋난 선거운동을 했다는 증거가 나에게 있으니까.

―뭐? 이게 근데….

준우가 한 대 칠 기세로 손바닥을 올렸다. 태은은 CCTV를 보며 차갑게 웃었다. 칠 테면 쳐보라는 도발이었다. 그러나 카메라 따위를 두려워할 준우가 아니었다. 그는 CCTV를 향해 손에 쥐고 있던 은비의 테니스 라켓을 던졌다. 날카로운 파열음과 함께 묵직한 타격 소리가 이어졌다. 준우의 주먹은 점점 난폭해졌고 태은의 입에서는 피가 흘렀다. 하지만 카메라는 흔들리지 않았다. 안정감 있게 설치되어 있다는 의미였다.

카메라가 조용히 지켜보는 가운데 준우의 폭행은 계속됐다. 태은의 입에서 신음 소리가 새어 나왔다. 잔인한 폭행 장면에 해수는 억장이 무너졌다. 태은에게 꽂히는 주먹이 자신의 심장을 가격하는 기분이었다. 해수는 처음으로 태은의 편에서 분노했다. '죽어 마땅한 놈'이라는 말이 목구멍까지 차올랐다.

모의고사가 끝난 게 엊그제 같은데 아이들은 다시 책상에 코를 박은 채 중간고사 시험지를 풀었다. 문제를 다 푼 태은은 늘 그랬듯이 자세를 고쳐 앉아 다른 아이들을 관찰했다. 문제 푸는 모습을 관찰하면 그 아이의 점수를 가늠할 수 있었다. 시험지에 쏟는 각자의 에너지가 얼마나 치열하게 공부했는지 알 수 있는 잣대가 되는 것이다. 그런 의미에서 도윤의 모습은 꽤 흥미로웠다. 완벽하게 몰입해 문제를 푸는 모습에서 자신감과 속도감이 느껴졌다. 태은은 도윤의 변화를 감지했다. 지난 모의고사 때의 무기력한 모습과는 사뭇 달랐다.

시험을 마친 뒤에도 도윤은 긴장을 풀지 않고 채점에 골몰했다. 연달아 동그라미를 그린다는 것은 결과가 좋다는 의미였다.

"김도윤, 뭐 해?"

은조가 채점에 여념 없는 도윤의 어깨를 부드럽게 감싸며 친한 척을 했다.

"가만 좀 놔둬!"

순간 도윤이 모두가 놀랄 만큼 버럭 소리를 질렀다. 찬물을 끼얹은 듯 조용해진 교실 안에 긴장감마저 흘렀다.

"너 지금… 소리 지른 거야?"

은조가 어이없는 표정으로 짜증스레 물었다. 명문고는 물론이고 그 어디에도 그녀에게 화를 낼 수 있는 사람은 없었다.

"미안. 채점하던 중이라 놀라서 그랬어."

도윤은 제정신이 돌아왔는지 거듭 사과했다. 그러나 태은은 그의 눈빛을 제대로 읽었다. 미안하다고 말하지만 실제로 미안해하지 않는다는 사실을.

달라진 도윤의 모습에 태은은 영민한 눈을 반짝거렸다. 도윤은 이제 쓸모에 흥미까지 더해진 존재가 된 것이다. 태은은 먹잇감을 노리는 맹수처럼 주위를 맴돌며 그를 관찰했다. 그러다 도윤이 다시 책을 펼치자 그 사이로 제 얼굴을 쑥 들이밀었다. 도윤이 무표정한 얼굴로 태은을 빤히 쳐다봤다.

"곤란한데."

태은의 입꼬리에 장난스러운 미소가 번졌다. 그녀답지 않은 표정이었다.

"뭐가?"

"얼굴이 빨개질 줄 알았거든. 그게 너잖아."

"그런가?"

"적어도 아까처럼 버럭 소리 지를 캐릭터는 아니지. 내가 아는 김도윤은."

도윤은 책을 덮고 태은을 마주 봤다. 그러다 태은의 어깨너머로 사라지는 은조의 싸늘한 시선을 의식하고 피식 웃었다.

"목적은 달성한 것 같은데?"

"무슨 목적?"

"은조 속을 뒤집어놓으려던 거 아녔어?"

"제법이네, 김도윤."

태은은 낯설어진 도윤을 보며 찬찬히 말을 골랐다.

"너, 달라 보여."

"그래? 어떻게?"

"뭐랄까… 그냥 네가 아닌 거 같아."

"그럼 누구 같아?"

태은은 뭐라고 대꾸할까 잠시 고민했다. 그러나 듣기 좋게 말하는 재주 따위는 애초부터 없었다. 태은은 하고 싶은 말을 그냥 내뱉었다.

"나 같아."

도윤이 빙그레 웃었다.

"잘됐네."

"아니. 난 네가… 나 같지 않았음 좋겠어."

두 사람은 교실 밖으로 나가 봄빛이 가득한 교정을 걸었다. 살랑이는 바람에 도윤의 머리 위로 꽃잎이 내려앉았다. 태은이 여자아이 특유의 섬세한 손길로 꽃잎을 떼었다. 바람보다 부드러운 손길에 도윤은 저도 모르게 설레었다. 태은은 그런 도윤을 말없이 바라봤다. 서로를 바라보는 두 사람 사이에 바람이 불었다. 감정의 전이였다. 둘은 거울을 보듯 서로의 모습을 눈에 담았다. 그때 막 교문에 들어서던 해수가 두 사람을 발견하고 경악했다.

해수는 최대한 냉정을 되찾으며 태은과 마주 섰다. 피해자, 가해자를 떠나 태은은 매우 위험한 존재였다. 그런 아이가 도윤의 일상을 파고들고 있다니. 해수가 아는 한 그것은 분명 목적이 있는 행동이었다. 좋아한다며 먼저 다가간 도윤을 단칼에 거절했던 아이다. 그런데 이제 와 어떤 쓸모가 생겨 도윤을 쥐고 흔드는 걸까.

"자주 오시네요, 선배님."

태은이 말끝에 힘을 줬다. 선후배 사이임을 강조함으로써 대등한 사회적 관계로 못 박으려는 의도였다. 선후배도 수직 관계이기는 하지만 친구의 엄마보다는 균형 잡힌 관계라 계산한 것이다.

"김준우한테 맞았던 거, 왜 얘기 안 했니?"

해수는 곧장 본론으로 들어갔다.

"꼭 얘기를 해야 하나요?"

태은은 공연히 딴청을 부렸다.

"어떻게 알게 된 건지는 왜 묻지 않니?"

해수는 킬에이저가 태은일지도 모른다고 생각하며 질문을 던졌다.

"대한민국 경찰이 모르는 게 어딨겠어요. CCTV가 이렇게 많은 세상에."

태은은 과장된 어조로 능청을 떨었다. 그러나 해수는 말려들지 않았다. 진심으로 태은이 걱정됐다.

"준우가 죽은 거랑 상관없이 네가 당한 일이잖아. 넌 피해자였고, 어른들한테 도움을 요청했었어야지."

"아뇨. 제가 필요해서 맞은 거예요."

"뭐?"

"학생회장이 되고 싶어서 맞아준 것뿐이에요. 학폭이나 하는 놈을 학생회장으로 인정해줄 학교는 없을 테니까요."

"태은아."

"근데 생각해보니 괜히 맞았어요. 어차피 죽을 줄 알았으면 귀찮게 맞아주지도 않았을 텐데. 사실 생각보다 꽤 아팠거든요. 게다가 김준우가 CCTV를 망가뜨려서… 계산 착오였어요, 그 사건은."

천연스레 어르고 뺨치는 태은의 논리에 해수는 말문이 막혔다.

그 와중에도 상대를 감아대는 화술이 놀라웠다. 태은은 자신이 피해 입은 사실은 의도된 행동이라며 솔직하게 던져주고, 준우의 사망에 대해선 제3자의 태도를 취하는 영악함을 보였다. 그런 식으로 은연중에 자신을 용의선상에서 배제하는 것이었다.

그렇다면 킬에이저가 보낸 영상은 누가 찍었을까. 태은이 폭행 당하는 모습이 찍혔다면 그 아이가 촬영하지 않은 건 확실하다. 그러나 공모자가 있다거나 삼각대를 활용해 찍었을 가능성을 배제할 수 없다.

해수는 일말의 단서라도 얻을까 하는 심정으로 태은의 두 눈을 봤다. 그러나 흔들림 없는 새카만 눈동자 속에서는 어떤 감정도 읽을 수 없었다.

"왜 그렇게까지 해야 하니? 학생회장이라는 게 그렇게 중요해? 그리 무자비하게 얻어터질 만큼?"

해수는 복잡한 생각을 지우고 다시 본론으로 돌아갔다.

"그러는 선배님은, 경찰대 교수 자리가 왜 중요한데요?"

"뭐?"

"저도 기사를 읽어요. 더군다나 저에게 관심이 많은 선배님이시니, 저도 관심을 좀 가져봤죠."

주도면밀한 데다 배짱까지 두둑한 태은의 공격에 해수는 정신이 아찔했다. 그러나 태은은 거기서 멈추지 않았다.

"근데 있잖아요. 이것저것 찾다 보니까 선배님이랑 저, 공통점이 많은 것 같더라고요. 왜 학생회장이 되고 싶냐고 물으셨죠?"

"…."

"전 법을 만들고 싶어요. 학생회장은 교칙을 만드는 데 참여하고, 그러면 제가 만든 법이 절 다음 목표로 끌고 가겠죠."

순간 처음으로 태은의 눈빛이 흔들렸다. 해수는 놓치지 않고 그 흔들림을 감지했다. 그러자 어쩐 일인지 심장이 찌르르 아파왔다. 갑작스레 요동치는 감정에 해수는 내심 당황했다. 이 감정의 정체는 뭘까? 두려움 혹은 경계심이라는 건 머리의 판단이었다. 솔직한 느낌을 말하자면 그건 공감과 연민이었다. 왜 그런 감정이 올라오는지 이해할 수 없었다. 역시 저 아이에게 말려든 걸까? 해수는 자책하며 짧은 한숨을 내쉬었다.

강바람이 몰고 온 냉기가 두 다리에 감겨왔다. 해수는 오싹함을 느끼며 어깨를 감싸 쥐었다. 하지만 바람 탓이 아니었다. 이용범. 소름 돋는 이유는 바로 그 때문이었다. 자신이 먼저 만남을 청한 만큼 마음의 준비를 단단히 하고 나온 자리였다. 그러나 그와 상관없이 그녀의 본능은 위험신호를 감지하고 있었다.

"이런 데까지 오다니 이용범답지 않네. 남의 눈을 신경 쓰는 줄은 미처 몰랐다."

다가오는 용범에게 눈길도 주지 않고 해수가 쏘아붙였다.

"너 생각해서야. 유명인이잖아, 너."

"공범이어서는 아니고?"

"이제야 강해수답네."

해수의 말에 용범이 큰 소리로 웃음을 터뜨렸다.

"태은이 사건, 뭐였니?"

해수는 시간을 끌고 싶지 않아 바로 본론을 꺼냈다.

"무슨 말을 하고 싶은 거야?"

"너도 알잖아. 2년 전…."

"2년 전 법정에서 내 딸은 무죄를 선고받고 누명을 벗었지. 그 사건이 왜? 왜 궁금하지, 강해수 경정님?"

"무죄가 맞아? 너처럼 사람 죽이고 남에게 덮어씌운 건 아니고?"

"강해수!"

"이용범!"

두 사람은 물어뜯을 것처럼 서로를 노려봤다. 둘 다 평상심을 잃은 상태였다.

"이용범. 내 말 잘 들어. 다시는 나, 네가 누군가의 인생을 망가뜨리도록 봐두지 않아. 그게 나건, 네 딸이건…."

"네 아들이건?"

해수의 도발은 협박으로 돌아왔다. 해수는 끓어오르는 분노를 다스리기 어려웠다. 만일 용범이 도윤에게 접근하려 한다면 여기서 당장 그의 숨통을 끊어놓는 편이 낫겠다고 생각했다. 최악의 경우 그를 끌어안고 강물에 뛰어들 수도 있었다.

"방송 같이 하자."

해수가 이성의 끈을 놓은 반면에 용범은 차분함을 되찾았다.

"넌 정말 변한 게 하나도 없구나."

"같이 한다면 다 말해줄게. 네가 평생을 도망치고 싶어 하는 그 사건."

"…!"

"그리고 2년 전 태은이 일까지. 다 들려줄게. 어때? 싫어?"

해수는 어이가 없었다. 설마 또 넘어가는 걸까? 거절하기에는 너무나 매력적인 제안이었다. 해수가 용범과 공범으로 몰렸던 건 그의 살인 행위를 묵과했기 때문이었다. 그러나 해수는 살해 장면을 직접 목격하지 못했다. 정신을 잃었다 깨어났을 때 살인은 이미 벌어진 뒤였고, 그 현장을 보게 된 것뿐이었다. 해수는 아직도 용범이 어떻게 사람을 죽였고, 자신이 왜 그 자리에 있었는지 모르고 있었다. 영문도 모르고 공범이라는 족쇄를 차고 있는 셈이었다.

해수는 대답을 미루고 용범과 헤어졌다. 이성적 판단과 달리 마음은 이미 방송 출연을 수락하고 모든 의혹을 해소하는 게 낫다는 쪽으로 기울었다. 항상 이런 식이었다. 불구덩이인 줄 뻔히 알면서 뛰어드는 게 바로 자신이었다. 무모하고 감정적인 자신을 질책하며 해수는 깊은 한숨을 내뱉었다.

승리에게서 전화가 온 건 그때였다. 기존의 적도 처리하지 못한 채 다시 새로운 적과 맞서야 할 상황이었다.

"네, 원장님. 아니, 은비 어머님."

해수는 전화를 받으며 승리와의 관계를 자신이 원하는 대로 정립

했다. 그러나 승리 또한 지고는 못 사는 성미였다. 이름값을 한다는 게 이런 건가 싶었다.

"역시 순발력이 좋으시네요, 강해수 경정님. 아니, 도윤 어머님."

"지금 딸의 친구 엄마에게 전화를 하신 건가요, 아니면 고객이 될지도 모르는 학부모에게 거신 건가요?"

"궁금해서 걸었어요. 도윤이 반응이 어떤가 해서요."

"반응이라뇨?"

"약 안 먹여보셨어요?"

"네. 아직 결정하지 못했어요."

"뜻밖이네요. 이번에 도윤이 성적이 상당히 올랐나 보던데… 그래서 벌써 약효가 나타나는구나 싶었죠."

승리의 이야기는 해수를 당황시키기에 충분했다. 도윤의 성적은 물론 시험을 봤다는 사실조차 알지 못했던 것이다. 한창 예민한 시기에 보살핌은커녕 관심조차 갖지 못했다는 사실이 죄책감으로 밀려왔다. 그러나 한편으로 도윤의 성적이 올랐다니 기쁜 마음이 드는 것도 사실이었다. 대치동으로 이사하면서 하위권으로 완전히 밀려나지 않을까 걱정했는데 결과는 정반대였다. 도윤에 대한 미안한 마음과 기특한 마음이 교차했다.

"아뇨. 그런 일 없습니다. 혹시라도 먹이게 되면, 그때 조언을 구하겠습니다."

해수는 단호하게 말하고 전화를 끊었다. 그런데 문득 불안했다. 학부모도 받아보지 못한 성적표를 입수할 수 있는 정보력이란 어떤 걸까. 태은과 용범으로도 모자라 승리까지 도윤을 위협하는 기분이었다. 시험 보는 것도 모르는 무심한 엄마일지언정 아이만은 안전하게 지켜야 했다.

———————◆———————

"와! 1등급이 세 개나 떴어."

성적표를 확인한 도윤은 기적을 경험한 기분이었다. 다른 때보다 더 치열하게 공부했다는 느낌은 없었다. 다만 집중력이 훨씬 좋아졌다는 건 느낄 수 있었다. 평소와 다른 몰입감은 같은 시간을 공부해도 높은 성적을 안겨주었다. 비록 4등급도 하나 있었지만 1등급을 세 과목이나, 그것도 국어와 수학을 포함해 세 과목이나 받았다는 건 놀라운 성과였다.

도윤은 들뜬 마음으로 주머니 속 앰풀을 만지작거리며 서점으로 들어갔다. 성적을 더 올리고 싶다는 욕망에 사로잡혀 문제집을 고르기 시작했다. 내리막길만 걷던 때에는 알 수 없었던 성취감이 그를 묘하게 흥분시켰다.

그때였다. 부드러운 손길이 뒤에서 다가와 도윤의 두 눈을 가렸다. 도윤은 당황하며 상대의 손을 더듬었다. 그러나 그를 감싼 손은 더욱 부드럽게 조여오며 그를 야릇하게 자극했다.

"누구야?"

방해를 받았다는 생각에 야릇한 감정이 끼어들자 도윤은 예민하게 반응했다. 그러자 상대가 손을 풀고 싱긋 웃어 보였다.

"나야."

목소리의 주인은 은조였다. 도윤은 반달 같은 눈을 응시하며 은조의 손을 꼭 쥐고 끌어당겼다. 그 바람에 좁혀진 두 사람의 거리가 처음 의도와 달리 은조를 설레게 했다.

"오, 김도윤."

은조는 설렘을 감추려 공연히 도윤을 놀려댔다. 그러나 도윤은 표정 변화 없이 강렬한 눈빛으로 그녀를 쳐다봤다. 사람을 압도하는 눈빛이었다. 은조는 그런 도윤에게 이끌려 그를 벽으로 밀어붙이고는 살짝 입을 맞췄다. 도윤은 여전히 흔들림이 없었다. 은조는 다시 한번 부드럽게 그의 입술을 핥았다. 그래도 도윤은 미동도 하지 않았다.

"뭐야? 자존심 상하게…."

은조는 도윤과의 거리를 넓히며 입술을 삐죽거렸다. 그러자 이번에는 도윤이 은조의 목을 감싸 안고 그녀의 입술을 거칠게 집어삼켰다. 본능에 충실한 키스였다. 예상치 못한 반격에 매료된 은조는 악착같이 매달려 그의 키스를 받아냈다.

그러나 뜻밖의 로맨스는 오래가지 못했다. 휴대폰 카메라 소리가 그들을 방해한 것이다. 자신을 몰래 촬영하던 교복 차림의 소녀와 눈이 마주치자 은조는 다가가 망설임 없이 뺨을 올려붙였다. 명문고 교복에 노란색 명찰을 달고 있는 1학년 여학생이었다.

"너 지금 뭐 했어?"

은조는 손자국이 선명한 뺨을 감싸 쥔 채 얼어 있는 상대를 거칠게 몰아붙였다.

"아… 아무것도 안 했는데요."

은조는 떨고 있는 소녀에게서 휴대폰을 빼앗아 쥐고 명령했다.

"풀어."

"네?"

"잠금 풀라고!"

은조가 다그치자 소녀는 떨리는 손으로 휴대폰 잠금을 해제했다. 은조는 바로 자신과 도윤의 키스 장면을 찾아내 영상을 삭제했다. 그사이 철없는 후배는 선배의 처분을 기다리며 훌쩍거렸다. 그러나 곧이어 은조의 무자비한 발차기가 소녀를 쓰러뜨렸다. 은조의 발길질은 소녀가 코피를 흘리고서야 멈췄다.

"이래야 공평하지. 안 그래?"

은조는 자신의 휴대폰으로 엉망이 된 소녀의 몰골을 촬영했다. 저항도 못 하고 일방적으로 맞고 있던 소녀가 그제야 울음을 터뜨렸다. 그 광경을 도윤은 무표정하게 지켜만 볼 뿐이었다.

———————

도윤은 은조와의 일을 떠올리며 잰걸음을 옮겼다. 키스와 폭행 방조는 도무지 어울리지 않는 조합이지만 둘 다 도윤을 흥분시켰다는 점에서 공통점이 있었다. 도윤은 잠시 도덕적 판단을 미뤄둔 채

새롭게 밀려드는 감정에 충실했다. 거침없이 상대를 후려치던 은조의 모습에서 태은과는 다른 카리스마가 느껴졌다. 그것은 도윤이 갖지 못한 것이었다.

도윤은 은조와 태은을 번갈아 떠올리며 대치동 거리를 걸었다. 그러다 후미진 골목에 자리한 휴대폰 수리점 앞에서 태은과 마주쳤다.

"태은아!"

반갑게 이름을 부른 도윤은 삽시간에 입가의 미소를 지웠다. 그녀의 손에 준우의 휴대폰이 들려 있었다. 그것은 애써 지워버린 태은의 어두운 과거를 떠올리게 했다. 도윤은 아직 감정을 숨기는 데 서툴렀고, 그 당혹감은 태은에게 전해져 두 사람 사이에 무거운 침묵이 흘렀다.

"떡볶이 먹으러 갈래?"

도윤이 침묵을 깨고 물었다. 다행히 태은이 호응했다. 얼어걸린 셈이지만 나쁘지 않았다.

"없애버리고 싶었는데 생각해보니 갖고 있는 게 나을 것 같아서."

태은은 망가뜨린 휴대폰의 데이터를 어렵게 살려낸 경위를 설명했다. 도윤은 입 안 가득 떡볶이를 밀어 넣고는 그녀의 이야기를 들었다.

"예전에 재판을 받은 적이 있어. 그것도 살인죄로."

뜻밖의 고백에 도윤은 음식을 삼키는 것도 잊은 채 멍하니 그녀를 바라봤다. 그러나 태은은 아랑곳없이 빨간 어묵을 입에 넣으며 고백을 이어갔다.

"죽은 꼬맹이는 내 친구 동생이었어. 이상하게 나만 졸졸 따라다녔거든. 누나가 좋다고, 누나가 세상에서 제일 좋다고…"

태은이 말을 멈추고 잠시 침묵했다. 도윤은 차분히 그녀가 말을 잇기를 기다렸다.

"그런데 어느 날, 친구한테 전화가 왔어. 날 만나러 간다던 꼬맹이가 없어졌다고."

"…죽었구나."

"어."

태은은 짧은 대답과 함께 입을 닫고는 영민한 눈동자를 굴리기 시작했다. 감정이 흔들리는 건지 할 말을 고르는 건지는 알 수 없었다.

"꼬맹이가 만나러 간다고 했던 사람도 나고, 죽은 꼬맹이를 발견한 것도 나고, 꼬맹이가 쥐고 있던 이름표도 내 거였어. 그 이름표에는 꼬맹이랑 내 피가 엉겨 있었고."

"그렇지만 무죄였으니까 이렇게 돌아다니고 있는 거 아냐?"

"판결은 그랬지. 근데 그 친구는 믿어주지 않았어."

도윤은 물끄러미 태은을 바라봤다. 갑작스레 태은이 자조적인 웃음을 터뜨렸다.

"근데 그럴 만도 해. 아빠도 날 믿지 않았으니까. 날 믿었으면, 돈으로 사람들 입막음하는 짓은 하지 않았을 거야."

"힘들었겠다."

도윤은 간신히 태은에게 동조했다.

"사람들은 그래. 결과만 보고 나머지는 제멋대로 생각해. 그래서 고민했어. 이 폰을 어떻게 할까…."

태은의 시선이 준우의 휴대폰으로 향하자 도윤도 자연스레 그녀의 눈길을 따라갔다. 그 물건을 바라보는 것만으로도 태은의 고통이 전해지는 것만 같았다.

"처음엔 없애버리려고 했어. 어차피 준우는 죽었으니까. 근데… 여기 있는 이 자식들이 다 죽은 건 아니잖아?"

태은은 포크를 들어 접시 위의 떡을 꾹 눌렀다. 포크 위로 빨간 떡볶이 국물이 울컥 올라왔다.

"태은아."

"그래서 도로 살렸어, 데이터."

"나 같아도 그랬을 거야."

도윤의 말에 태은은 가만히 그를 쳐다봤다.

"죽이고 싶었을 거라고."

도윤은 솔직한 심정을 털어놓았다.

"김준우, 내가 죽였다고 생각해?"

태은이 두 눈을 반짝이며 잠재적 공모자의 의견을 물었다.

"잘 죽었다고 생각해."

도윤이 망설임 없이 대답하자 태은의 입가에 미소가 돌았다. 냉소가 아닌 따뜻한 웃음이었다.

8

악의 발현

해수는 테니스 라켓으로 CCTV를 망가뜨리는 준우의 모습을 몇 번이고 확인했다. 무자비하게 맞고 있는 태은을 보며 그녀는 연신 몸을 떨었다. 분노와 공포에서 비롯된 떨림이었다. 아들의 친구일 수도 있었던 준우의 폭력성은 그녀에게 공포 그 자체였다. 프로파일러이기 이전에 한 아이의 엄마로, 그리고 그 시절을 겪었던 소녀의 심정으로 마음속 깊이 준우를 증오했다. 그러나 해수는 수사관이었고, 사건을 해결해야 할 의무가 있었다.

"명문고에 좀 다녀올 테니까 조 형사는 김준우가 주도한 학폭 사례가 있는지 알아봐."

해수는 기영에게 업무를 지시하고 급히 집으로 향했다. 승리와의 통화가 마음에 걸려서였다. 아이의 성적이 오르는 걸 싫어할 부모는 없다. 하지만 이상한 불안감이 그녀를 놓아주지 않았다.

그사이 경자는 살뜰하게 손자를 챙기고 있었다. 전에 없이 공부에 열중하는 도윤의 모습이 대견하기 그지없었다.

"아이고 내 새끼, 좀 쉬었다 하지 그러니?"

"네, 할머니."

문제가 술술 풀리던 참이었는지 도윤은 기분이 좋아 보였다. 경자는 이때다 싶어 비장의 무기를 들이밀었다.

"이럴 줄 알고 할머니가 준비했지."

그릇에 담긴 건 물범탕이었다. 도윤은 못 말린다는 표정을 지으며 싱긋 웃었다. 엄마가 싫어하는 걸 알면서도 고집스레 약을 먹이려는 할머니가 도윤은 좋았다. 할머니가 아니면 누구도 엄마를 이길 수 없을 것이다. 아빠도 그랬으니까.

"아이고, 니 엄마 들어오나 보다."

현관문 비밀번호 누르는 소리에 경자가 손을 휘저었다. 빨리 그릇을 비우라는 의미였다. 도윤은 텀블러에 물범탕을 채우고는 엄지를 들어올렸다. 경자는 그 순발력에 박수를 치며 딸에게 너스레를 떨러 나갔다. 하지만 해수는 언제나 그렇듯이 경자의 호들갑을 반기지 않았다. 더군다나 본능적으로 위험을 감지한 지금은 더 그랬다. 혹시라도 승리가 준 약을 도윤이 먹기라도 했을까 봐 그게 불안했다.

우습게도 애초에 그 약을 집으로 가져온 사람은 그 누구도 아닌 그녀 자신이었다. 수사관의 호기심이 아니라 엄마의 속물근성이 발동했음을 부인할 수 없었다. 도윤이 성적을 끌어올릴 수 있다는 말에 못 이기는 척 받아 온 게 사실이었으니까. 돌이켜보면 경자가 팔고 있는 시커먼 물범탕과 다를 바 없었다. 수상쩍고 기분 나쁘지만 딱히 문제 될 것은 없는 그런 물건에 불과했다.

그러나 해수는 쫓기는 심정으로 약을 넣어둔 서랍을 열었다. 그러다 약상자가 헐거워진 것을 알고 가슴이 철렁 내려앉았다. 약이 사라진 것이었다.

"그게 뭔지 알고 맘대로 먹어?"

드라이브나 하자며 도윤을 데리고 나온 해수는 강변을 산책하며 추궁을 시작했다.

"미안."

사과에 익숙한 도윤이 담담하게 말했다.

"이상한 건 없어?"

"응. 전혀. 아니, 오히려 좋아."

도윤의 목소리가 들떠 있었다.

"그래?"

"뭐랄까, 잡생각이 안 나. 그리고…."

"그리고?"

"공부 말고 다른 거엔 관심이 안 가. 목표만, 그냥 내 목표만 생각나. 오늘은 백 문제를 풀어야겠다, 오답노트 안 만들게 다 맞아야겠다, 하루에 백 단어씩 외워야겠다, 그런 거…."

도윤은 상기된 얼굴로 최근의 변화를 이야기했다. 해수는 그런 도윤이 낯설어 걸음을 멈췄다. 내 아들이 이렇게 컸던가? 해수는 여느 엄마들처럼 부푼 기대를 안고 같이 들떴다. 어쩌면 그 약은 일종의 두뇌 영양제이고, 도윤은 플라세보 효과를 느끼는 건지도 모른다. 머리가 좋아지는 약이라니 먹고 나서 정말 그렇게 느꼈을 수도 있다. 그러나 도윤이 그 약의 정체를 아직 잘 모르고 있다는 사실이 마음에 걸렸다.

"왜?"

해수의 얼굴에 드리운 그림자를 놓치지 않고 도윤이 물었다.

"그냥. 갑자기 우리 아들 같지 않아서."

해수는 꺼림칙함을 떨치고 대견하다는 표정을 지었다.

"나, 달라질 거야."

도윤이 자신만만하게 선언했다.

"어떻게?"

"멋있어질 거야. 엄마처럼."

도윤의 다짐에 해수는 가슴이 뭉클했다. 언제나 부족한 엄마라고 생각했는데 아들에게는 자랑스러운 존재였다니 놀라웠다. 강바람이 도윤의 머리카락을 부드럽게 흩뜨렸다. 해수는 말없이 아들의 머리를 쓸었다. 예쁜 내 새끼. 나는 무엇에 사로잡혀 이런 아이를 내팽개치고 밖으로만 돌았던 걸까?

해수는 아이를 와락 안아주고 싶은 충동을 느꼈다. 그러자 마치 그 마음을 아는 것처럼 도윤이 묵직하게 기대왔다. 하지만 도윤은 안겨온 것이 아니었다.

"도윤아! 왜 그래?"

도윤이 휘청거리더니 구역질을 해댔다. 그러다 머리를 감싸 쥐며 두통을 호소하다가 그대로 쓰러지고 말았다.

"도윤아! 도윤아!"

해수의 다급한 목소리가 강변에 울려 퍼졌다.

━━━◆━━━

자동차 한 대가 총알처럼 도로를 질주했다. 경광등 불빛과 사이렌 소리가 요란했다. 해수는 뒷좌석에 도윤을 눕히고 정신없이 차를 몰았다. 초조함이 극에 달할수록 액셀을 거칠게 밟았다. 그렇게라도 하지 않으면 병원에 도착하기 전에 큰일이 날 것 같았다. 하지만 액셀 따위로 잠재울 수 있는 문제가 아니었다. 결국 해수는 참지 못하고 전화를 걸었다.

"여보세…."

"당신 뭐야! 애들한테 뭘 먹이는 거야!"

승리가 말을 맺기도 전에 해수는 버럭 소리를 질렀다.

"도윤 어머님?"

고래고래 악을 써서인지 승리는 말귀를 못 알아듣는 눈치였다.

"도윤이가, 우리 도윤이가 당신이 준 약을 먹었어! 그걸 먹고 쓰러졌다고 지금!"

"네에?"

도윤이 의식을 잃었다는 소식에 좀처럼 침착함을 잃지 않던 승리조차 발 빠르게 움직였다. 그 속도가 어찌나 빨랐던지 해수가 응급실로 들어서기 직전에 승리의 차가 극적으로 막아섰다. 다행히 사고는 나지 않았지만 해수는 혹여 운전자가 다쳤을까 봐 노심초사하며 상대 차량 쪽으로 달려갔다. 그러다 상대 운전자가 승리라는 걸 확인한 순간 이성을 잃었다. 다급한 상황에 원인 제공자인 승리가 고의로 그랬으니 더더욱 용서할 수 없었다.

"지금 무슨 짓이에요?"

해수는 분노를 참지 않고 승리에게 쏟아부었다. 3초 남짓한 그 순간만큼은 도윤의 응급상황조차 하얗게 지워진 것 같았다. 그러나 해수가 이성을 잃어가는 것과 달리 승리는 침착했다.

"도윤이, 지금 차에 있나요?"

"이봐요. 응급상황인 거 안 보여요?"

해수는 초조했다. 승리가 아들의 목숨을 훔치러 온 것만 같았다. 이태은, 이용범, 하승리. 하나만으로도 벅찬 사람들이 자꾸만 도윤의 주변을 맴돌고 있었다.

승리는 차 뒷문을 열고 도윤의 상태를 살폈다. 그 모습이 마치 의료진인 듯 능숙했다.

"지금 뭐 하는 거야?"

해수는 도윤의 몸에서 승리를 거칠게 떼어냈다. 그러나 승리는 물러설 기세가 아니었다.

"비켜요."

"뭐?"

"당신 아들 살리고 싶으면 비키라고."

아들의 생사가 걸렸다는 말에 해수의 얼굴이 하얗게 질렸다. 그 사이 승리는 해수의 차에 올라타서는 문을 닫고 시동을 걸었다. 해수는 그제야 정신이 들어 닫힌 문을 두드렸다. 창문을 내린 승리는 단호한 명령을 남겨둔 뒤 차를 몰고 떠났다. 의식이 없는 도윤도 함께였다. 해수는 더 이상 생각할 겨를도 없이 승리의 뒤를 따라갔다. 기영에게 전화를 걸어 도움을 청할까 고민했지만 이내 마음을 바꿨다. 아직은 경찰이 끼어들 일이 아니었다. 적어도 아직은.

"아아아아악!"

도윤은 태은의 비명을 듣고 급히 내달렸다. 공포와 눈물에 시야가 흐려진 도윤은 그녀를 찾을 수 없어 모퉁이를 돌고 또 돌았다. 좁은 골목길을 아무리 파고들어도 미로처럼 조여들며 태은을 내놓지 않았다.

"아아아아악!"

그 와중에도 태은은 끊임없이 비명을 질러댔다. 처음에는 두려움이 흩어지는 소리였다. 그러나 가까이 다가갈수록 분노와 경멸이 뒤섞여 있었다. 그 어두운 감정이 또렷해질 때쯤 도윤은 그녀를 찾아냈다. 얼마나 맞았는지 몰골이 엉망인 채로 주저앉은 태은은 남자아이들에게 둘러싸인 채 옴짝달싹하지 못했다.

"웃어봐."

교복 차림의 남자아이가 태은에게 명령했다. 그러나 그에게 돌아온 건 경멸 섞인 눈빛이었다. 남자아이는 태은의 블라우스를 쭈욱 찢고는 빙긋 웃었다.

"사진 찍어야 하니까 웃어보라고."

사내아이의 말에 태은의 입꼬리가 올라갔다. 생존을 위한 선택이었다. 태은이 억지웃음을 짓자 남자아이가 그녀의 뺨을 후려쳤다. 태은은 얼굴이 휙 돌아가는 순간에도 악착같이 웃었다. 그러자 남자아이가 휴대폰을 들어 태은의 모습을 찍기 시작했다.

하지 마….

도윤은 입이 굳어버려 말을 할 수가 없었다. 그러나 무슨 수를 써서라도 태은을 구해야만 했다.

"하지 말라고!"

도윤은 사력을 다해 외쳤다. 그러자 그 간절한 외침이 그의 의식을 깨웠다.

낯선 곳에서 깨어난 도윤은 멀건 눈으로 천장을 봤다. 하얀 천장이 할머니의 취향과는 전혀 달랐다. 그렇다고 병원은 아닌 듯했다. 도윤은 오히려 평온함을 느꼈다. 꿈에서 벗어났다는 사실에 안도했다. 하지만 그것은 실제로 일어난 일이었다. 준우의 휴대폰에 있던 영상이 꿈으로 고스란히 재현된 것이다. 도윤은 눈을 질끈 감았다. 태은이 망가지는 모습을 더 이상 보고 싶지 않았다.

도윤이 꿈과 현실을 헤매는 동안, 해수는 승리와 마주 보고 앉았다. 해수는 승리가 권하는 커피를 가만히 내려다봤다. 검은 빛깔이 그녀가 경멸해 마지않는 물범탕을 연상시켰다.

"괜찮아요."

해수는 승리의 호의를 거절하고는 도윤이 있는 방 쪽으로 시선을 옮겼다. 겨우 5분 남짓 자리를 비웠을 뿐인데 불안해서 견딜 수가 없었다.

"한 가지 알아두셔야 할 게 있어서 보자고 했어요. 혹시라도 도윤이가 들을 수 있으니까요."

"아이가 들으면 곤란한 이야기라는 게 뭐죠?"

"만일 이 시간 이후에도 도윤이가 약을 먹고 쓰러지면…."

해수는 승리가 채 말을 맺기도 전에 그녀의 멱살을 쥐고 벽으로 밀어붙였다. 이성이 채 작동하기도 전에 벌어진 일이었다. 승리가 벽에 부딪히는 소리가 해수의 분노만큼이나 크게 울려 퍼졌다.

"잘 들어. 이 시간 이후 도윤이가 당신 약 따위를 먹는 일은 절대 없어. 그리고, 당신이 애들한테 치는 장난질의 정체, 내가 반드시 알아낼 거야. 알았어?"

"자신 있어?"

"뭐?"

"당신 자식이 당신 뜻을 거스르고 약을 먹지 않게 할 자신, 있냐고?"

"그러는 당신은 자신 있어?"

"…?"

"당신 자식이 당신을 믿고 저 약을 먹게 할 자신, 있냐고?"

"…!"

"은비는 당신이 주는 약 따위 절대로 먹지 않을 거야. 왜냐하면 은비는… 엄마를 믿지 않으니까."

순간 승리의 손바닥이 해수의 뺨을 올려붙였다. 해수 역시 승리의 뺨을 맞받아쳤다. 승리가 독이 오른 눈으로 해수를 노려보며 말했다.

"어떤 경우에도, 약을 복용하는 동안 아이에게 문제가 생긴다면, 병원이 아니라 이곳 클리닉으로 오셔야 합니다. 아시겠습니까, 강해수 경정님?"

해수는 직위를 언급하며 압박하는 승리의 화법에 열이 치밀어 올랐다. 하지만 분노를 마음껏 쏟아낼 수 없었다. 도윤이 깨어났다는 소식이 들렸기 때문이었다.

이제 다 끝난 일이다. 저 여자를 두 번 다시 볼 일은 없을 것이다. 해수가 마음을 다스리며 도윤을 데리고 클리닉을 나서려는 순간이었다. 승리가 다시 한번 그녀의 속을 뒤집어놓았다.

"또 뵙죠, 도윤 어머님."

"다시 볼 일 없을 거야. 우리 도윤이, 이런 클리닉 따위 필요 없으니까. 당신이 주는 약, 절대 먹지 않아 내 아이는."

해수는 마침내 억눌렀던 분노를 쏟아낼 참이라고 생각했다. 그러나 뜻밖에 치고 들어오는 도윤의 선언에 입을 다물 수밖에 없었다.

"먹고 싶어 엄마."

"…뭐?"

"여기 클리닉, 받고 싶다고."

해수는 한 대 얻어맞은 기분으로 도윤을 빤히 쳐다봤다. 아들에 관한 한 모르는 게 하나도 없다고 믿었건만. 지금 눈앞에 있는 도윤은 너무 낯설고 위압적이었다. 도대체 무슨 일이 일어나고 있는 건지 도윤이 걱정되는 한편 두려웠다.

그러나 도윤이 어떻게 변했건 자신의 피붙이라는 사실은 변함없었다. 도윤이 설령 괴물이 되어버린다 해도 마지막까지 끌어안아야 할 사람은 강해수, 오직 그녀뿐이었다.

집으로 돌아가며 해수는 도윤을 어떻게 설득할지 고민했다. 그 어떤 범죄자 앞에서도 냉정함을 잃지 않는 그녀였지만 이번만큼은 감정에 휩쓸릴 수밖에 없었다.

"다시는 맘대로 약 같은 거 먹지 마. 그게 뭔지 알고 네 맘대로 먹어, 겁도 없이?"

"머리가 좋아지는 약이라며."

"…."

"엄마가 녹음한 거 들었어."

도윤의 대꾸에 해수는 탄식했다.

"그 약 먹으면 태은이처럼 될 수 있다며? 그래서 먹었어."

"내 아들은 김도윤이야. 난 그냥 네가 도윤이 너로 존재하면 충분해. 그러니까….”

“그거 알아 엄마?”

“뭘?”

“사람들은 공부시키는 부모를 나쁜 시선으로 보잖아. 애들을 억압하고, 애들을 통해서 자기 욕심을 채우려 한다고.”

“….”

“내가 아는 엄마는… 항상 좋은 엄마이고 싶어 했어. 그래서 나더러 공부하란 말 대신에 많이 놀아라, 잘 먹어라, 푹 자라… 그렇게 말했잖아.”

“그래, 그랬었지. 네가 스스로 원하는 걸 찾길 바랐으니까. 널 기다려주고 싶었으니까.”

“근데 엄마가 모르는 게 있어.”

“뭔데?”

“대부분의 아이들은… 아니, 남들까진 모르겠고, 그냥 난… 내 친구들하고 비슷하고 싶었어.”

도윤은 서툴지만 담담하게 자신의 속내를 털어놨다. 남의 속내를 들여다보느라 미처 헤아리지 못했던 아이의 마음을 생각하자 코끝이 시큰했다. 해수가 누구보다 외로운 유년기를 보냈던 건 이해해주는 사람이 없어서였다. 그녀의 영웅이던 아빠는 세상에 없었고, 엄마는 기본적으로 그녀와 성향이 다른 사람이었다. 그런 이유로 해수는 크고 작은 결정을 언제나 혼자 내렸고, 두렵거나 슬픈 일이 있어도 안길 곳이 없었다. 그래서 도윤을 낳고 결심했었다. 어떤 경우에도 자신이 겪은 슬픔을 아이가 겪게 내버려두지 않겠다고. 그러나 지금 자신은 경자보다 훨씬 나쁜 엄마였다.

"친구들이 학원 다니면 나도 다니고, 친구들이 공부하면 나도 같이 하고, 성적을 걸고 내기도 하면서… 그렇게 살고 싶었어."

"도윤아."

"난 엄마의 아바타가 아니야."

"김도윤."

"난 그냥 나이고 싶어. 엄마 아들 김도윤이 아니라."

———◆———

밤이 깊었지만 대치동 학원가에는 거미줄 같은 불빛들이 걸려 있었다. 불법 수업을 하느라 창문을 가린 학원들에서 새어 나오는 불빛이었다. 해수의 방 창문도 그 틈바구니에 끼어 불빛을 뿜어냈다. 해수가 해야 할 숙제는 명문고 살인 사건이었다.

사건 파일을 검토하던 해수는 은비와 지호의 프로파일링 노트 위로 태은의 것을 던져두었다. 태은의 가족관계에 적힌 '이용범'이라는 이름이 그녀의 심기를 건드렸다. 피할 수 있다면 피하고 싶은 이름이었다. 그러나 도망쳐서 해결되는 일은 아무것도 없다는 걸 마흔이 훌쩍 넘어버린 지금에서야 깨달았다.

톡톡. 펜으로 용범의 이름을 두드리던 해수는 결심을 굳히고 용범에게 문자를 보내 전화를 청했다. 마음 같아서는 당장 집으로 쳐들어가고 싶었지만 가족이 있는 상대이니 멋대로 할 순 없었다.

"반갑네. 먼저 연락을 다 주고."

새벽 두 시가 넘은 시각인데도 용범은 해수의 연락이 반가운 눈치였다. 유흥을 즐기는 중인지 전화기 너머가 시끌벅적했다. 해수는 혹시나 결심이 흔들릴까 봐 입 안에 담긴 말을 얼른 뱉어냈다.

"하자."

"뭘?"

"방송하자고."

"듣던 중 반가운 소식이네."

"내가 퍼즐을 다 맞춰봤는데 범인은 태은이야. 그런데… 증거가 없어."

태은을 미끼로 던져본 건 일종의 전략이었다. 그가 부성애 넘치는 평범한 아빠라면 동요할 것이고, 그렇지 않다면 사이코패스 기질이 여전하다는 얘기일 것이다.

"내가 방송 출연을 수락하고 너한테서 단서를 받으면 그게 증거가 돼서 네 딸이 불리해질지도 몰라. 그래도 괜찮겠어?"

"네가 그랬지? 나더러 사이코패스라고."

"그래서?"

"사이코패스에게 자식이란 존재가 어떤 의미일 것 같아?"

개자식. 용범은 이미 해수의 속내를 훤히 들여다보고 있었다. 그에게 부성애가 털끝만큼 존재한다 해도 해수에게 쉽게 속을 만큼 아둔하지 않았다.

"아무튼 잘해보자. 내일 아침에…."

"아니, 지금."

"뭐?"

"지금 당장 관련 자료랑 기획안 메일로 보내. 10분 내로 확인 안 되면 이 결정은 무효야."

해수는 엄포를 놓으며 전화를 끊어버렸다. 분명 용범의 기분을 상하게 하려던 말이었다. 그러나 정작 용범은 웃음을 참지 못했다.

"우리 이 국장, 연애라도 하나? 얼굴이 뭐 이리 화사해?"

술기운에 얼굴이 벌겋게 달아오른 50대 후반의 남자가 의원 배지를 빛내며 호기심을 보였다.

"들켰습니까?"

"허허. 이 사람 좀 보게? 발뺌하는 시늉이라도 해야지. 그렇게 좋은가?"

"네, 좋습니다. 그 친구 잡아두려고 의원님께 부탁드렸던 겁니다."

"에에? 그럼 상대가…."

"네, 강해수 경정입니다."

사실 지금 술자리도 해수를 잡아두기 위한 그물이었다. 용범은 공모 중인 시간에 때맞춰 연락을 준 것이 재미있어 다시 한번 웃음을 터뜨렸다.

"하긴 이혼녀니 뭐… 연애가 죄는 아니지. 아니 근데, 연애를 한다면서 교수 임용은 왜 훼방을 놓으란 거야? 그깟 자리가 뭐 대단하다고."

"도망치는 물고기 잡기가 어디 쉬운가요. 더구나 그 물고기가 힘세고 똑똑한 놈이면, 그물을 더 넓고 촘촘하게 쳐야겠죠. 다시는 도망칠 수 없도록 말이죠."

교복 차림의 학생들이 무리 지어 교문을 빠져나오고 있었다. 매일 반복되는 일상이지만 하교 시간은 언제나 즐거웠다. 그러나 재잘거리는 무리들 가운데서 태은만큼은 유독 고요했다. 은조가 다가가 그 고요를 깨뜨리기 전까지는.

"나 할 말 있는데. 잠깐 나 좀 봐."

은조의 무례한 손길이 태은의 어깨를 쳤다.

"난 할 말 없는데?"

"어차피 알게 될 거면, 내 입으로 듣는 게 낫지 않겠어? 경찰을 통해서 듣는 것보다는?"

은조는 경찰이란 단어를 힘주어 말하고는 방긋 웃었다. 태은은 마지못해 그녀를 따라갔다.

은조가 향한 곳은 아이스크림 가게였다. 협박하듯 태은을 끌고 와서는 어울리지 않게 아이스크림을 사이에 두고 마주 앉았다.

"무슨 수작이야?"

태은은 자신을 보고 빙그레 웃는 은조가 수상쩍었다.

"아무래도 안전한 곳이 좋을 것 같아서. 사람도 많고 CCTV도 있는 이런 장소 말이야. 우와! 이거 되게 맛있다. 너도 먹어볼래 친구야?"

은조가 아이스크림을 떠먹으며 과장되게 말했다.

"됐고, 용건만 말해."

"그래 좋아."

은조는 자신의 가방에 손을 넣어 물건을 찾는 듯 시간을 끌며 태은을 관찰했다. 그러나 태은은 그저 담담했다. 흥미를 잃은 은조는 놀려먹기를 포기하고 목적을 드러냈다.

"찾았다."

은조가 아이스크림 옆에 뭔가를 탁 올려놓았다. 순간 태은의 눈빛이 살짝 흔들렸다. 그러나 오직 자신만이 알 수 있는 흔들림이었다.

"준우가 살해된 현장에서 찾았어. 이태은, 네 이름표."

태은은 무표정한 얼굴로 피 묻은 자신의 이름표를 봤다. 멍청하게 증거를 남기다니. 태은은 이름표를 낚아채려고 손을 뻗었다. 그러나 은조의 손이 더 빨랐다.

"아무리 급해도 이건 아니지. 어디 날로 먹으려고."

"이름표 따위가 증거가 될 것 같아? 이름표 같은 건 얼마든지…."

"너와 준우의 피가 말라붙은 이름표라면 얘기가 다르겠지. 아님… 네 이름 위에 얼룩진 피가 준우의 것이어도 좋고."

"원하는 게 뭐야?"

잠시 망설이던 태은이 협상을 제안했다. 골치 아픈 건 질색이었다.

"김도윤."

"뭐?"

"내가 개를… 좀 많이 좋아하거든."

"그래서?"

"도윤이, 나한테 넘겨."

"뭐라는 거야?"

"똑똑한 애가 왜 못 알아들어? 나랑 엮일 수 있게 판을 깔아보라는 말이잖아 지금."

은조가 본심을 털어놓고 이맛살을 찌푸렸다. 기선을 제압하겠다는 심산이었다. 그 어설픈 협박에 태은이 피식 웃자 은조가 발끈했다.

"뭐야 지금? 내 말이 장난 같아?"

"생각해볼게."

태은은 우회적으로 거절했다. 저렇게 어설픈 상대라면 도윤이라는 카드를 내놓을 필요가 없다. 이름표는 다른 방법으로도 얼마든지 빼앗아 올 수 있다.

"후회할 거야."

은조는 성미를 못 이기고는 반이나 남긴 아이스크림을 휴지통 위에 던지고 나가버렸다. 아이스크림이 휴지통 밖으로 녹아 흐르자 태은이 인상을 찡그렸다. 더러운 건 질색이었다. 태은은 뒤따라 나가 앞서 걷는 은조를 획 밀어버렸다. 그 바람에 도도한 여왕님이 바닥에 거꾸러지며 엉망이 됐다.

"야! 지금 뭐 하는 거야!"

은조는 버럭 소리를 지르다 피가 나는 무릎을 살피며 징징댔다.

은조가 무릎에 정신이 팔린 사이 태은이 그녀의 가방을 낚아채고는 냅다 달렸다.

"하… 돌겠네. 이태은! 거기 안 서?"

은조는 아픔도 잊은 채 태은을 잡으러 뛰어갔다. 그러나 운동신경이 좋은 태은을 따라잡기는 힘들었다. 오후의 대치동 학원가는 방과 후 모여든 아이들로 붐벼서 추격전을 벌이기에 적당한 장소가 아니었다.

"도둑년! 내 가방 안 내놔?"

태은이 일등건강원 앞에서 숨을 몰아쉬는 사이 은조가 기어이 따라잡아 뒤에서 덮쳤다. 은조는 막무가내였고 태은은 잔뜩 독이 오른 상태였다. 두 사람은 그곳이 길바닥이라는 사실도 잊은 채 난투극을 벌였다. 그 바람에 은조의 얼굴에 깊은 생채기가 났다.

"이태은 너, 이제 끝난 줄 알아!"

화가 폭발한 은조가 지나가는 경찰차를 막아섰다. 갑작스레 뛰어든 여학생 때문에 경찰차가 끼익 소리를 내며 급정거했다.

"저기요, 경찰 언니! 쟤가 절 이렇게 만들었어요. 이건 학폭이라고요."

은조는 경찰차에서 내린 기영에게 피해를 호소했다. 기영이 그녀가 가리키는 가해자를 쳐다봤다. 바닥에 쓰러져 있는 여학생은 태은이었다. 기영은 눈이 휘둥그레져서 그녀를 일으켰다. 기영의 도움으로 일어선 태은은 뜻밖의 인물을 발견하고 잠시 동요했다. 기영의 등 뒤에서 걸어오는 사람은 해수였다. 그러나 진짜 놀랄 일은 따로 있었다. 해수가 태은의 손목에 수갑을 채우는 것이었다.

"이게 뭐예요?"

"긴급체포."

"네에?"

"이태은. 너를 김준우 살인 사건의 범인으로 긴급체포한다."

9

중독

—저기요! 경찰이죠? 지금 저 죽어요! 저 죽는다고요!

취조실 가득 준우의 비명이 울렸다. 하지만 태은은 눈 한번 깜빡하지 않고 그의 절규를 들었다.

—살려줘 태은아! 내가! 내가 잘못했어! 아아악! 이태은… 태은… 태… 아… 날 찔렀….

준우의 신음을 끝으로 취조실에 정적이 흘렀다. 기영은 소녀의 흔한 반응을 기대했지만 태은은 원하는 걸 주지 않았다.

"이게 뭐예요?"

"듣고도 몰라? 준우 목소리잖아!"

"아, 그런가요?"

"그런가요? 이게 정말. 야! 니가 사람이야? 엉? 김준우가! 죽어가면서도! 네 이름 밝히고 죽었어! 네가 죽였다고 증거를 남긴 거라고! 이래도 잡아뗄래? 엉?"

기영이가 피붙이의 죽음인 듯 분개하며 몰아세웠지만 태은의 귀에는 아무 소리도 들리지 않았다. 그저 방금 들었던 준우의 목소리를 되새겨볼 뿐이었다.

"웃어? 어? 웃어? 야! 이게 장난인 줄 알아? 넌 살인범이야! 이제 감방에 처박힐 거라고! 알아?"

"선배님 좀 불러주세요."

흥분한 기영과 대조적으로 태은이 침착하게 말했다.

"선배님? 그게 누군데?"

"강해수 선배님이요."

"뭐? 이게 누구더러 선배님이래?"

기영이 해수를 선배라고 부르기 시작한 건 고작 반년 전부터였다. 그녀에게는 하늘 같은 존재였기에 감히 선배라고 입을 떼지도 못했다. 그런데 고작 10대 여자아이가, 그것도 살인 용의자 따위가 선배라고 부르다니. 기영은 끓어오르는 모욕감에 얼굴을 붉혔다.

취조실 유리 너머로 상황을 지켜보고 있던 해수가 기영을 다독여 내보내고는 자리를 바꿔 앉았다.

"자, 왔어. 이제 뭐부터 할까?"

"저 녹음 파일, 어디서 난 거예요?"

태은의 물음에 해수는 정신이 번쩍 들었다. 상황을 통제하려는 태은의 노림수는 어지간한 어른도 당해내지 못할 만큼 노련했다.

"경찰 조사 중에 준우가 112에 신고한 기록이 발견됐어. 들었다시피 준우는 죽어가면서 널 범인으로 지목했고."

"하지만 증거는 안 되겠죠."

태은은 혼잣말을 하고 생각에 골똘했다. 뭔가를 가늠하는 눈빛이었다.

"과연 그럴까?"

"죽어가면서 거짓말할 수도 있는 거잖아요."

"태은아."

해수는 한숨 쉬듯 그녀의 이름을 불렀다. 수사관이 아니라 또래 아이를 둔 엄마 입장에서 나온 탄식이었다.

"거짓말쟁이의 장난전화 말고는 증거가 아무것도 없죠. 지문도, 유전자도, CCTV도, 증인도."

"증거가 없다는 거야, 죽인 적이 없다는 거야?"

해수는 질문을 던지고는 태은의 반응을 살폈다. 이제껏 태은은 거짓말한 적이 없었다. 다만 입 밖으로 내보낼 말들을 영리하게 골라냈던 것뿐이다.

"네 말을 들어보면 증거가 없다는 것만 강조하지, 네가 죽이지 않았단 말은 아닌 것 같아서."

"죽였으면 죽였다고 했겠죠. 차라리 홀가분하게. 어차피 미성년이면 다 용서받는 거 아니에요?"

태은의 일격에 해수는 멈칫했다. 그녀의 말이 옳았다. 설령 태은이 범인이라 해도 준우의 영혼을 위로할 만큼의 형량은 받지 못할 것이다. 아니, 너무 분해 준우가 무덤에서 벌떡 일어날지도 모를 일이다. 그러나 태은의 반문은 다른 의미로 해수의 본능을 자극했다. 어쩐지 해수를 질책하는 것만 같았다. 자신도 피해자라는 항변의 의미로 말이다.

"보아하니 영장도 없겠네요. 저 이제 가도 되는 거죠?"

태은이 당당하게 자리를 박차고 나갔고 해수는 그녀를 잡지 않았다. 잡아둘 명분이야 있었지만 그러고 싶지 않았다. 태은의 뒷모습이 어쩐지 피해자처럼 느껴졌던 것이다.

"와! 요즘 애들 진짜 다 저래요? 아니, 쟤를 저렇게 보내도 되는 거예요?"

아직도 분이 가라앉지 않았는지 기영이 벌게진 얼굴로 물었다.

"알잖아. 통화 녹취만으론 잡아둘 수 없다는 거. 긴급체포도 사실 무리였어."

"누가 봐도 범인은 저 아인데, 이게 말이 돼요? 와, 진짜 돌겠네!"

"김준우 엄마는, 좀 어떠셔?"

해수는 화제를 돌렸다.

"그쪽도 안됐어요. 아빠 없이 엄마 혼자 키웠던데… 아직도 제정신 아니더라고요. 왜 아니겠어요. 홀몸으로 고생고생해서 아들 다 키워놨더니, 하아… 정말 짠해서 못 보겠더라고요."

편모슬하. 아빠의 부재. 해수에겐 너무나 익숙한 상황이었다.

"휴대폰은?"

해수는 다시 한번 준우의 휴대폰 행방을 물었다. 어떤 단서라도 찾아 실마리를 풀어야 했다.

"최종 접속 기지국이 명문고인데 끝내 못 찾았어요. 범인이 가져가서 초기화했거나 아예 파손됐거나, 둘 중 하나 아닐까요?"

해수와 기영이 사라진 휴대폰의 행방을 찾는 데 골몰한 사이 태은은 경찰서 정문을 나서고 있었다. 그들이 찾는 준우의 휴대폰은 말끔하게 고쳐져 태은의 손에 있었다. 태은은 준우의 휴대폰을 감싸고 있는 소녀 취향의 핑크빛 케이스를 만지작거렸다. 자신의 취향과는 거리가 멀었지만 평범한 소녀의 것으로 위장하기에 손색이 없었다. 수리 과정에서 태은은 기존 액정을 새것으로 교체하는 치밀함을 보였다. 액정에 남은 흔적이 그녀에게 불리하게 작용할 수 있었기 때문이다.

태은은 경찰서를 돌아보고는 빙긋 웃었다. 이상하게도 그녀는 해수와 얘기하는 것이 좋았다. 내용이 무엇이건 격이 맞는 상대와의 대화는 즐거운 법이었다.

"다녀왔습니다. 어…?"

건강원의 문을 열고 들어서던 도윤은 뜻밖의 인물을 발견하고는 깜짝 놀랐다. 할머니가 내어준 한방차를 마시고 있던 은조가 도윤을 보고 눈물을 글썽였다.

"도윤아…."

"무슨 일이야?"

은조는 어리둥절한 표정으로 묻는 도윤에게 다짜고짜 안겨 울었다. 이들을 지켜보던 경자는 은조의 여우짓이 밉지 않아 빙긋 웃었다.

"꼬리가 아홉은 아니어도 셋은 되겠네."

경자는 손자의 청춘사업이 흥하기를 바라며 두 사람을 내보냈다. 용돈까지 쥐여주면서.

할머니의 성화에 떠밀려 나온 도윤은 은조와 함께 골목을 배회했다. 눈이 퉁퉁 부은 여자아이와 들어갈 만한 카페는 딱히 보이지 않았다. 결국 두 사람은 놀이터로 향했다. 그네에 나란히 자리를 잡자 은조는 과장을 섞어가며 태은이 연행됐다는 사실을 털어놓았다. 순정만화 주인공 같은 눈망울에 눈물을 가득 담아 쏟아냈음은 물론이다.

"그러니까, 태은이가 체포됐다는 거지?"

은조를 달래느라 정신이 팔렸던 도윤은 그제야 태은이 걱정됐다.

"응. 얼마나 놀랐나 몰라. 살인자인 줄도 모르고 난⋯ 같이 아이스크림까지 먹었는데⋯."

"경찰서 잡혀갔다고 다 살인자는 아니니까. 재판이란 걸 받잖아."

도윤은 태은에 대한 비난이 불편해 무심결에 두둔했다.

"그렇지만 경찰이 아무 증거도 없이 잡아갔겠어? 보니까 너희 엄마도 계시던데."

은조는 노골적으로 해수를 화제에 올렸다.

"엄마가?"

"그렇다니까. 니네 엄마 완전 유능한 프로파일러잖아. 그런 분이 설마 아무나 잡아가겠어?"

은조의 반문에 도윤은 머릿속이 복잡해졌다. 이 사건을 엄마가 맡을 거라곤 미처 생각하지 못했던 것이다. 엄마라면 분명히 범인을 찾아낼 것이다. 태은이 진짜 범인이라면 절대 놓치지 않을 것이다. 만일 그렇다면….

"맞다고 쳐도…."

"맞다고 쳐도?"

"아니다. 알아서 하겠지. 똑똑한 애니까."

도윤은 태은에 대한 염려를 지우며 일어섰다. 물론 준우는 죽어도 싼 놈이다. 그러나 법이 그걸 받아들일 리 없다. 엄마도 마찬가지다. 아들의 러닝메이트가 살인 용의자라는 걸 안 이상 그냥 넘어갈 사람이 아니다. 설령 태은이 준우를 죽이지 않았더라도.

"왜? 벌써 가게?"

은조가 벌떡 일어나 도윤의 앞을 막아섰다. 도윤은 순진한 얼굴로 그녀를 쳐다봤다. 그러자 은조가 갑자기 도윤의 그네를 반대편으로 밀어버렸다. 그러고는 자신에게 날아드는 도윤의 그네를 양손으로 잡고는 그 자세 그대로 도윤에게 가벼운 입맞춤을 했다.

"나랑 사귈래?"

고백하는 은조의 입술에서 딸기 향이 났다. 도윤은 대답 대신 그 달콤한 향을 부드럽게 삼켰다.

"너 일이 어떻게 돌아가는지 알고는 있는 거야?"

사건 파일과 씨름 중인 해수에게 영길이 다짜고짜 따져 물었다.

"무슨 소리야?"

해수는 파일에 얼굴을 묻고 건성으로 대꾸했다.

"경찰대 교수 자리 말이야. 다른 사람이 내정됐단 말이 있어."

영길의 말에는 염려가 묻어 있었다. 해수는 낭패감이 들었지만 내색하지 않았다. 자리도 잃고 품위마저 잃을 수는 없었다.

"그렇다면 어쩔 수 없는 거지. 난 그냥 할 일만 할 거야."

"바보냐 너? 소도 아니고, 죽어라 밭만 간다고 농사가 되냐? 뭘 심고 뭘 거두는지 정도는 알아야 할 거 아냐?"

영길이 버럭 소리를 지르자 해수는 어쩐지 웃음이 나왔다. 좀처럼 속엣말이 부드럽게 나오지 않는 영길의 성정 때문이었다.

"의외네. 선배가 내 걱정을 그렇게까지 할 줄 몰랐는데."

"네가 이뻐서 그러냐? 정 판사 생각해서 그러지."

영길은 눈치 없이 전남편을 들먹였다. 여자가 곤경에 처했을 때 예전 세대주를 소환하는 건 남자들의 오랜 습성이었다.

"그 사람 얘긴, 하지 말자."

"도윤이 아빠야. 너 진짜 평생 안 보고 살 셈이야?"

"나 늦었다 선배. 나중에 얘기해."

해수는 영길의 말을 끊고 자리에서 일어났다. 물론 그의 마음을 모르지 않았다. 어떤 식으로든 자신을 지켜주고 싶어 한다는 걸. 그러나 생존과 안전만을 추구하며 산다면 그건 동물과 다를 바 없는 삶이다.

사실 영길 정도면 해수에게 꽤나 아군인 셈이었다. 시도 때도 없이 치고 들어오는 경자에 비하면.

"너 애미 자린 사표 썼냐?"

딸이 밖에서 무슨 꼴을 당하건 경자의 관심사는 오로지 손자뿐이었다.

"왜 또?"

"왜 또는 왜 또야? 요즘 보면 도윤이 얼굴이 반쪽이더만. 애가 굶는지 어쩌는지 도통 관심도 없고 쯧쯧…."

"알았어. 가면서 뭐 좀 사 갈게. 드시고 싶은 거 있어?"

경자와 통화를 마친 해수는 마트에 들러 손에 잡히는 대로 먹을거리를 쓸어 담았다. 닥친 일만 해도 벅찬데 잡다한 일거리를 계속 던져주는 가족이라는 존재가 정말이지 신물이 났다. 그러나 지긋지긋한 일상도 극단적 위험 앞에서는 소중한 것이 된다.

"기획안, 확인했어?"

계산하려고 줄을 섰던 해수는 용범의 전화를 받았다. 그 바람에 다시 카트를 끌고 마트를 한 바퀴 더 돌아야 했다.

"아직. 정신이 없었어."

"그러시겠지. 애 하나 잡아넣으려고 혈안이 됐던데."

"뭐?"

"애 엄마 울고불고 난리 났어. 살살 좀 하지 그래. 죽였다 쳐도 잡아넣을 재주도 없으면서."

"너 태은이 아빠야. 그게 할 소리야?"

"누구 아빠든 상관없이 사이코패스라면 할 수 있는 소리 아닌가?"

다급함이 느껴지는 해수와 달리 용범은 코웃음까지 치며 여유를 부렸다. 그의 말이 옳았다. 해수가 느끼는 감정이 보편적인 엄마의 마음이라면, 용범에게 태은은 사회적 도구에 불과했다. 물론 용범도 태은이 망가지기를 바라진 않을 것이다. 공부 잘하는 모범생 딸은 그에게도 근사한 트로피가 되어줄 테니까. 하지만 용범에게 태은은 그 이상의 무엇도 아니었다. 만일 태은의 인생이 썩어들어가기 시작한다면 가차 없이 자신에게서 딸을 도려낼 사람이었다.

"할 얘기 있으니까 방송국으로 와. 아님, 너 있는 쪽으로 내가 가도 좋고."

용범은 몸에 밴 사회적 매너로 응수했다. 해수는 방송국으로 가겠다 말하고는 전화를 끊었다. 고단한 하루가 쉽사리 끝나지 않을 모양이었다.

───────

"아, 귀 따가워 죽겠어 정말. 글쎄, 가고 있다고. 걱정 마. 내일 시험도 내가 접수할 거니까. 누가 딸바보 아니랄까 봐… 아빠는 왜 그렇게 걱정이 많아?"

교복 차림의 앳된 여자아이가 묵직한 가방을 메고 인도를 걷고 있었다. 넓지만 인적이 드문 길에서 통화하는 여자아이의 목소리가 경쾌했다. 기분 좋은 웃음소리에 빗소리까지 더해지니 청량한 느낌마저 주었다. 둔탁한 마찰음이 아스팔트 바닥에 부서져 내리기 전까지는.

쿵!

갑작스레 인도로 뛰어든 차가 그대로 소녀에게 돌진했다. 허공에 붕 떠오른 아이는 이내 바닥으로 풀썩 떨어졌다.

"아…파…."

소녀는 무슨 일이 벌어졌는지 깨닫기도 전에 극심한 통증을 먼저 느꼈다. 그러다 자신에게 다가오는 운동화를 발견하고는 이내 안도했다. 이제 통증에서 벗어날 수 있으리란 희망이었다.

"너무… 아파요…."

차에서 내린 운동화를 향해 소녀는 도움을 청했다. 그러나 다가오던 발걸음은 도로 멀어지더니 주변을 서성이기 시작했고, 곧이어 통화하는 소리가 들렸다.

"큰일 났어. 나 어떡해?"

앳된 여자아이의 목소리가 인적 없는 거리에 흩어졌다. 바닥에 쓰러진 소녀는 그녀에게 기어가 발목이라도 부여잡으려 손을 뻗었지만 이내 내동댕이쳐졌다.

"변호사에게 먼저 전화해볼게."

수화기 너머로 음성이 들려왔다. 그들 중 누구도 쓰러진 소녀에게는 끝내 관심이 없었다.

해수는 문제의 CCTV 영상을 보며 한숨을 쉬었다. 용범은 훌륭한 먹잇감이라도 구해온 양 의기양양하게 해수를 쳐다봤다.

"그러니까 뺑소니범으로 체포돼 판결까지 났지만, 아직도 자기가 한 일이 아니라고 주장한다는 거지?"

해수는 잘난 체하는 용범의 낯짝이 보기 싫었지만 적당히 장단을 맞춰줬다. 어쨌거나 해수에게도 중요한 일이었다.

"빙고! 하지만 증인도 있고 정황증거도 있어. 증거로 봤을 땐 그 친구가 범인인 건 확실해."

"그렇지만 증거는 만들 수 있고, 증언도 조작할 수 있지. 이용범, 너처럼 말이야."

해수는 무심하게 용범의 신경을 긁었다. 의도했다기보다 그에게 쌓인 감정이 자신도 모르게 터져 나온 결과였다.

"잘 들어 강해수. 네가 뭐라고 하건, 그 사건은 공소시효가 지났고 넌 공범이야. 알량한 양심 때문에 징징대는 거라면 그쯤 해둬. 인내심에도 한계가 있으니까."

용범은 완전히 다른 사람의 얼굴로 해수를 협박했다. 틀린 말은 아니었다. 공소시효가 지났으니 용범을 벌할 방법이 없고, 사건이 다시 불거지면 공범으로 엮였던 자신은 사회적으로 매장될 게 뻔하다. 그러나 해수는 조금도 위축되지 않고 용범에게 맞섰다.

"약속이 다르네."

"뭐?"

"방송 출연하면 그때 그 사건에 대해, 그리고 태은이 일까지 다 얘기해주겠다며."

"아직 계약서에 사인한 건 아니잖아? 사인하고 나면, 그때부터 시작하지."

해수가 따져 묻자 용범은 이내 사회적 미소를 띠며 거리를 뒀다. 해수는 다시 방송으로 화제를 돌렸다.

"첫 회는 저 사건이라는 거지?"

"어."

"좋아. 방송은 준비할게. 태은이는….."

"내 딸은… 범죄자가 아니야. 어떤 경우에도."

해수가 태은이 얘기를 꺼내기도 전에 용범은 단정적으로 자신이 원하는 결론을 던졌다. 진실이야 어떻든 태은이는 절대 살인자가 돼선 안 된다는 이기적인 주장이었다.

"준우가 숨을 거두는 순간에 태은일 범인으로 지목했어!"

"물귀신 작전이라면 무슨 짓이든 못 하겠어? 그 새끼, 볼 것도 없는 집에서 태어나 남을 밟고 기어오르겠다고 더러운 수나 쓰던 그런 놈이야."

"이용범!"

"잘 들어. 피해자라고 다 동정받아야 하는 약자라는 알량한 생각은 버려."

"그래서, 너도 그래서 죽였니?"

해수가 도발하자 용범은 당장이라도 뺨을 후려칠 듯 손바닥을 쳐들었다. 그러나 해수는 옛날의 그 소녀가 아니었다. 용범의 팔목을 거세게 잡아채고는 무섭게 노려봤다.

"내가, 공범이라고? 아니. 나도 피해자야. 그리고 나, 다시는 그때처럼 너에게 말려들지 않아."

해수는 자료를 주섬주섬 챙겨 자리를 박차고 일어났다. 용범은 그 모습을 보며 쓰게 웃었다. 강해수, 이 여자는 도대체 뭘까? 용범은 생각했다. 언제든 마음만 먹으면 죽여 없앨 수 있는 여자였다. 예나 지금이나. 그러나 죽이는 쪽보다 살아 움직이는 걸 보는 쪽이 흥미로운 건 확실했다. 물론 방해가 되는 순간이 온다면 어쩔 수 없이 죽여야 하겠지만. 각자의 생각과 상관없이, 적어도 지금으로서는 서로가 쓸모 있는 존재임을 인정할 수밖에 없었다. 그 쓸모가 외적인 것이건, 아니면 내적인 것이건.

며칠 뒤, 해수와 용범은 격앙된 감정을 뒤로한 채 소년원에 동행했다. CCTV 영상 속 뺑소니 사건의 범인으로 지목되어 형을 살고 있는 소년범을 만나기 위해서였다. 방송 촬영 일정이라 여러 스태프와 동행했고, 덕분에 사회적 체면을 지켜가며 지난번과 같은 충돌은 피할 수 있었다.

해수에게 소년원은 낯선 장소가 아니었다. 하지만 드물게 쨍쨍한 햇빛 탓인지 여느 날과는 사뭇 다른 느낌이었다. 왁자하게 웃고 떠드는 소리, 운동을 하는 모습 등이 흔히 말하는 '학교'라는 표현에 어울릴 정도로 평온해 보였다. 하지만 누군가의 비명 소리와 함께 짧은 평화는 삽시간에 깨졌다. 그럴싸한 그림을 놓치고 싶지 않았던 촬영팀이 반사적으로 소리 나는 쪽으로 달렸고 해수도 뒤늦게 합류했다.

일방적으로 맞고 있는 소녀는 해수와 용범이 면회하려던 서윤이었다. 때리는 무리는 열두엇이고 서윤은 혼자였지만 백 명도 너끈히 물리칠 만큼 눈에 독기가 가득했다. 그러나 소녀의 가냘픈 체구는 오기만으로 버티지 못하고 처절하게 무너지고 있었다. 결국 교도관이 개입하고 나서야 상황이 종료됐다.

면회실로 이동한 서윤은 터진 입술을 꼭 다문 채 해수와 용범을 노려봤다. 해수에겐 연민의 대상이고 용범에겐 유희의 대상이 된 소녀는 상대가 누구건 상관없다는 듯 악을 써댔다.

"내가 안 죽였어! 난 안 죽였다고! 왜? 왜 아무도 내 말을 안 믿는 거야? 왜?"

서윤이 억울함을 호소했지만 교도관은 야멸치게 문을 잠가버렸다. 절망한 소녀는 그대로 주저앉아 손바닥으로 얼굴을 감쌌다.

"그게 너니까."

해수는 냉정하게 소녀의 외침을 자르며 말을 이어갔다.

"원래 세상이 그래. 믿어야 하는 사람의 말만 믿지."

"앞뒤 모르고 나서지 말고 닥쳐."

소녀가 앙칼지게 대들었다.

"앞뒤 분간 못 하고 나서다 다친 건 너 아닌가?"

"당신, 나 알아?

"너, 제법 유명해. 사람 죽인 뺑소니범이 소년교도소에서는 흔치 않으니까."

"닥쳐."

"내가 닥치면 후회할 텐데? 그래도 좋아?"

해수가 반문하자 서윤은 입술에 묻은 피를 쓱 닦고는 침묵했다. 아무 희망도 없는 지금, 허튼소리라도 기대보고 싶은 나약한 마음이 소녀를 흔들었다.

"억울해?"

서윤은 대답 대신 울음을 터뜨렸다. 억울해서 미칠 것 같았지만 터뜨릴 수 있는 건 눈물밖에 없었다. 해수도, 용범도 알고 있었다. 소녀가 진범이 아니라는 걸.

"억울하면 네 말을 믿으라고만 하지 말고, 믿고 싶게 만들어."

"알아듣게 말해요. 짜증 나니까."

"필요한 사람이 되라고."

"누구한테요?"

"널 내보낼 수 있는 사람한테."

해수는 싸늘한 눈초리로 용범을 쳐다봤다. 방송에 협조하라는 의미였다. 용범을 돕는다는 점에선 내키지 않지만, 아무 죄도 없고 힘도 없는 서윤에게는 거의 유일한 선택이었다.

"그럼 촬영, 시작해볼까?"

용범이 능청스런 미소를 띠고 서윤을 봤다. 잘생긴 얼굴에 떠오른 미소는 누가 봐도 호감이 갈 테지만 해수는 알 수 있었다. 그의 행동이 결코 선의에서 비롯된 것이 아니라는 사실을.

수업 종료 벨이 울리자 아이들이 우리를 탈출하는 짐승처럼 괴성을 지르며 복도로 쏟아져 나왔다. 태은은 열등한 생명체들에게서 자신을 떼어내고 싶어 얼른 비켜섰다. 그러다 맞은편에서 걸어오는 도윤을 발견하고는 반가운 마음에 걸음을 재촉했다. 그러나 몇 발짝 못 가서 우뚝 멈춰 섰다. 도윤의 팔짱을 끼고 걷는 은조를 봤던 것이다.

"도윤아, 조는 정했어?"

은조는 콧소리를 내며 도윤에게 달라붙었다. 풋사과처럼 상큼한 목소리가 도윤의 목덜미를 간질였다. 도윤은 벌게진 얼굴을 들킬까 봐 퉁명스레 대꾸했다.

"무슨?"

"사회탐구 대회 말이야."

"아… 아직."

"그거 나랑 하자."

"너랑? 넌 우리 반 아니잖아."

"다른 반이랑 해도 상관없대. 우리 조는 청소년 범죄를 주제로 모의재판을 해보려고. 네 아빠, 판사라며?"

느닷없이 아빠 이야기가 나오자 도윤은 그 자리에 멈춰 섰다.

"네가 그걸 어떻게 알아?"

이혼해서 따로 사는 아빠의 신상까지 꿰고 있다니. 은조의 정보력이 놀라웠다. 부모님이 이혼했다는 사실도 알고 있는지 궁금했다.

"다 아는 수가 있지. 하자… 응?"

도윤이 찜찜해하는 것도 모르고 은조가 애교스럽게 졸랐다. 도윤과 은조는 그렇게 팔짱을 낀 채로 태은을 지나쳐 갔다. 그 순간 은조가 태은을 곁눈질하며 웃어 보였다. 승자의 미소였다. 태은은 제멋대로 게임을 하고 스스로 월계관을 쓴 은조의 꼴이 우스웠다. 하지만 속이 뒤틀리는 건 사실이었다. 이유는 알 수 없지만 그게 중요한 건 아니었다.

그런데 태은은 진짜로 속이 뒤틀리는 상황이었다. 장이라도 꼬인 건지 식은땀까지 흐르기 시작했다. 그 때문에 점심시간에는 혼자 책상에 엎드려 오지도 않는 잠을 청했다. 노란색 바나나 우유가 책상 위에 놓이기 전까지는.

"급식 시간에 안 보여서."

도윤은 멋쩍어서 핑계를 댔다.

"고마워."

태은은 우유를 챙기고는 다시 잠을 청했다.

"사탐 주제 정했어?"

도윤의 목소리가 꿈결처럼 들렸다.

"응."

"어떤 건데?"

"프로파일링."

"같이 할래?"

도윤의 말에 태은이 고개를 들고 그를 빤히 쳐다봤다. 도윤은 그녀가 무슨 말을 할지 짐작하고는 대답을 먼저 꺼냈다.

사실 복도에서 마주쳤을 때 도윤은 태은의 불편한 심기를 눈치챘다. 자신에게 엉겨 붙는 은조가 몹시 거슬렸을 것이다. 도윤은 삼각관계의 남자주인공이 되고 싶은 생각은 없었다. 다만 완전히 틀어진 태은과 은조 사이에서 애매하게 굴다가는 입장이 곤란해질 뿐이라는 걸 본능적으로 알고 있었다.

"은조랑은 안 하려고."

도윤은 자신의 생각에 쐐기를 박았다.

"왜?"

"왜일 것 같아?"

"나야 모르지. 은조 좋아하는 거 아니었어?"

태은이 단도직입적으로 물었다.

"은조, 좋아해."

비겁하게 생긴 녀석이 이런 대답은 똑 부러지게 하다니. 생각보다 멀쩡한 놈일지도 모른다고 태은은 생각했다.

"그렇지만 필요한 건 너니까."

덧붙인 대답도 제법 마음에 들었다. 태은은 소리 내서 웃었다. 다

소 괴이한 느낌을 주는 웃음이었다. 그러나 도윤은 동요하지 않고 태은을 찬찬히 뜯어봤다. 설레는 건 확실히 은조 쪽이다. 그러나 빠져드는 건 이 아이다. 설레는 것과 빠져드는 것, 그 차이가 뭘까. 어느 쪽이 좋아하는 감정에 가까운 걸까.

"너, 변했다."

도윤이 자신의 감정을 돌아보는 사이, 태은이 웃음기를 거두고 말했다.

"그게 나빠?"

"그보다는… 익숙해서."

태은의 표정은 아까와 달리 심각했다. 도윤은 그 이유를 몰라 덩달아 침묵했다. 태은은 도윤의 옆얼굴을 보며 만약에, 라는 물음표를 품었다. 그의 변화가 사춘기 남자아이들이 겪는 성장통이 아닐지도 모른다는 의문이 들었다. 설마 도윤이 그 약을 먹는 걸까? 저 정도 극단적인 변화라면 가능성이 있다고 태은은 짐작했다.

태은의 생각대로 근래 들어 도윤은 달라진 모습이었다. 한마디로 표현하자면 '주류'의 한 사람으로 변해가고 있었다. 그 주류의 기준이란 은조와 한편인지 아닌지에 따라 정해졌다. 그가 아이들의 주목을 받게 된 건 단순히 은조의 영향만은 아니었다. 잘생긴 외모와 뭘 해도 멋이 나는 훤칠한 키가 주된 이유였다.

오늘 벌어진 농구 경기만 해도 그가 가진 장점을 극대화해서 보여준 멋진 무대였다. 도윤이 골을 넣을 때마다 여학생들은 환호성을 질렀고, 은조는 치어리더가 된 듯 그의 무대에 흥을 돋웠다. 그러나 모두가 환호하는 그 무대에서 태은은 다른 모습에 주목했다. 도윤이 상대편 선수를 팔꿈치로 치거나, 심지어 슬쩍 발을 걸어서 공을 낚아채는 모습을 발견한 것이다. 그의 반칙은 은밀하고 때로는 과감했다. 심판에게 들키면 억울하다고 호소하는 뻔뻔함까지 보였다. 이제 정말 나쁜 놈이 돼가는 건가. 태은은 헛웃음이 났다.

그러나 농구 경기는 약과였다. 도윤은 알량한 인기를 등에 업고 친구들에게 청소를 떠맡긴 채 여자아이들과 어울리기 일쑤였다. 태은은 불안감을 느끼며 도윤에 대한 관심의 끈을 놓지 않았다.

어느 때처럼 태은의 시선이 자신을 향하고 있다는 사실도 모른 채 집으로 가던 도윤은 은조를 발견하고 반색했다. 그러나 그 미소는 이내 지워졌다. 은조는 일진 무리와 함께 있었고, 그 중심에는 협박당하는 한 소녀가 있었다. 은조는 손톱깎이를 들고 소녀를 협박했다. 한두 번 해본 솜씨가 아닌 듯 보였다.

"수학은 네가 톱이라며?"

은조는 위압적으로 소녀를 겁박했다.

"은조야… 나한테 왜 이래?"

"왜 이러긴, 친해지려고 그러지. 우리, 성적 좀 공유하자."

"뭐어…?"

"내일 수학 답안지 내 이름으로 써서 내."

"싫어."

"싫어?"

은조는 어이가 없다는 듯 피식 웃었다.

"그래, 싫어."

상대도 제법 단호했다.

"나도 싫은데."

은조는 연신 손톱깎이를 딸깍거리며 험악한 분위기를 고조시켰다.

"얘기 끝났으면 나 그만 갈게."

소녀가 슬머시 등을 돌리려고 할 때였다. 은조가 그녀의 머리채를 확 잡아끌었다. 그것을 신호로 옆에 있던 일진들이 일사불란하게 소녀의 사지를 꼼짝 못 하게 붙들었다.

"이제 1초면 니 손톱이 날아갈 텐데. 어때? 하긴, 손톱이 아니라 다른 게 날아갈 수도 있겠다. 그치?"

손톱깎이로 소녀의 속눈썹을 잘라내며 은조가 깔깔거렸다. 눈앞에 은빛 칼날이 스치자 소녀는 소리도 못 내고 눈물만 주르륵 흘렸다. 은조는 다시 소녀의 손끝을 노리며 손톱깎이를 딸깍거렸다.

"수학은 자고로 손맛인데 말이지. 손가락이 날아가면 수학은 뭘로 풀래?"

"은조야…."

"어때? 아직도 싫어?"

소녀가 체념한 듯 고개를 젓자 은조는 승리의 미소를 보였다.

이 광경을 몰래 지켜보던 도윤은 은조와 눈이 마주칠까 봐 황급히 뒤돌아섰다. 하지만 등을 돌린다고 곤란한 상황에서 벗어날 수 있는 건 아니었다. 마찬가지로 자신을 지켜보던 태은과 눈이 마주쳤던 것이다.

"뭔가 있지?"

도윤과 나란히 걷던 태은이 물었다.

"뭐가?"

도윤은 도망치고 싶은 마음을 애써 누르며 반문했다.

"너한테, 무슨 일이 벌어지고 있잖아."

"그래서 뭐?"

도윤은 자신도 모르게 버럭 소리를 질렀다. 숨기고 싶은 얼굴을 들키고 말았다는 부끄러움이 그의 마음속에 똬리를 틀고 있었다.

"너, 약 먹니?"

태은은 돌려 말하지 않고 바로 정곡을 찔렀다. 그리고 순식간에 변하는 도윤의 낯빛을 놓치지 않고 기세를 몰아갔다.

"맞지?"

"상관하지 마."

"네가 먹어도 되는 약이 아니야!"

"왜? 널 밟고 올라갈까 봐?"

격앙되어 소리치던 태은의 얼굴에 황당함이 번졌다. 어처구니없을 만큼 어린애 같은 도윤의 반응과 좀처럼 감정을 드러내지 않는 자신이 누군가에게 소리를 질렀다는 사실 때문이었다.

"이태은. 너야말로 너답게 굴어. 남의 상처나 범죄 따위⋯ 너 신경 안 쓰잖아."

그의 말이 옳았다.

"난 원하는 걸 이루고 싶을 뿐이야. 내가 가는 길에 걸림돌이 있으면 치워버리고 싶은 것뿐이라고."

태은은 입에서 나오는 대로 떠들었다. 사실 그녀는 혼란스러웠다. 자신의 인생만으로도 버거운데 왜 다른 사람의 인생에 이렇게까지 마음이 쓰이는지 알 수 없었다.

"네 말을 들어보니 알겠다. 내가 지금 치워버리고 싶은 사람이 누군지…."

태은은 문득 은조를 떠올렸다. 애들을 공부에 미쳐버리게 만든다는 망할 약이 문제라면 하승리 원장부터 원망하는 것이 맞다. 그러나 어쩐 일인지 태은의 원망은 은조를 향했다. 질투라는 유치한 단어가 떠올랐지만 몸서리치며 이내 지워버렸다. 난 어린애가 아니야. 태은은 속으로 되뇌었다.

"그래서 죽인 거야?"

그 말에 태은의 심장이 쿵쾅거림을 멈췄다. 태은의 싸늘한 시선에도 도윤은 기어이 하고 싶은 말을 내뱉었다.

"김준우. 그래서 죽였냐고?"

태은은 대답 대신 도윤을 쏘아봤다. 그렇게 몇 분이 흘렀지만 태은은 아무 말도 하지 않았고 둘 사이의 공기는 차갑게 식어갔다. 처음에는 기세등등하던 도윤이 슬그머니 기가 죽었다. 그리고 얼마 후 평소와 같은 눈빛을 되찾았다. 순수하면서도 어리숙한, 그렇지만 누구에게나 선하게 다가가던 예전의 그 눈빛이었다.

"미안."

이성을 되찾은 도윤이 깔끔하게 사과했다.

"그 약 먹은 지 얼마 안 된 모양인데 지금이라도 멈춰. 안 그러면 너, 정말 후회할 거야."

도윤에게 받은 모욕을 벌써 잊었는지 태은이 그를 걱정하며 약의 위험성을 강조했다. 도윤은 그제야 두려운 마음이 들었다. 어쩌면 그 약이 정말로 자신의 인생을 삼켜버릴지도 모른다는 불안감이 엄습했다.

10

사
라
진
단
서

"수고하셨습니다!"

해 저문 소년원 안팎으로 마무리 인사가 울려 퍼졌다. 촬영을 마친 방송쟁이들의 짤막한 노동요였다. 해수와 용범은 마치 모르는 사람처럼 한마디도 섞지 않고 각자의 차에 올라탔다.

"김준우 학생 어머님께서 선배님을 꼭 뵙고 싶다고 하는데, 약속 잡아도 될까요?"

운전 중인 해수에게 기영이 전화를 걸어와 물었다.

"만나는 건 상관없는데 무슨 일이야?"

"그건 저도 잘 모르겠어요."

"알았어. 일단 만나는 걸로 하고, 일정 잡히면 알려줘."

해수는 전화를 끊고 긴 한숨을 내쉬었다. 쉴 새 없이 밀려드는 업

무와 풀리지 않는 용범과의 관계가 숨통을 조여왔다. 그러나 한숨도 사치였다. 이내 승리에게서 전화가 왔던 것이다.

"저 은비 엄마예요."

그 말에 해수는 쓴웃음을 삼켰다. 하승리 원장이라는 이름은 사무적인 느낌을 주지만 누군가의 엄마라는 이름은 항상 공사의 경계를 무너뜨렸다.

"용건을 분명히 하시네요. 무슨 일이신가요, 은비 어머님?"

"은비 문제로 의논을 드리고 싶은데, 저희 집에서 잠시 뵐 수 있을까요?"

"댁에서요?"

"아이 일이라 집에서 뵙고 싶은데…."

"알겠습니다."

"지금 당장 가능하실까요? 지금 어디시죠?"

해수는 상대가 알려준 집 주소를 찍고 차를 몰았다. 만남의 목적을 추측하느라 시간을 허비하느니 바로 만나는 편이 차라리 나았다. 무엇보다 이 찜찜한 사건에서 하루빨리 벗어나고 싶었다. 사건을 깊숙이 파고들수록 그토록 벗어나고 싶어 했던 과거의 죄책감이 그녀를 괴롭혔다.

승리의 집은 예상을 넘어서는 호화로움을 자랑했다. 부유층 자제들의 운명을 좌우하는 학습 클리닉 원장이니 일반인이 가늠하기 힘든 수준으로 부를 쌓았을 게 분명했다.

"어서 오세요, 경정님."

승리는 웃는 얼굴로 해수를 맞았다. 그러나 해수의 시선을 잡아
끄는 쪽은 따로 있었다. 바로 승리의 집 가사도우미였다. 천박한 인
상에 굴곡진 인생을 말해주는 두 눈이 해수를 뚫어져라 보았다. 해
수는 그 시선으로부터 도망치듯 얼른 안으로 들어섰다.

"실례하겠습니다."

"편하게 서재에서 얘기해요, 우리."

승리는 가사도우미에게 차를 부탁하고는 해수의 팔을 잡아끌었
다. 이런 태도는 대부분 목적이 뚜렷한 경우다. 해수에게 부탁할 일
이 있거나, 그렇지 않으면 함정을 파고 있거나.

승리의 서재는 깔끔했다. 특이한 건 그 넓은 공간이 흔해빠진 소
설책이나 교육 관련 서적 하나 없이 의학 서적으로만 가득 차 있다
는 사실이었다. 해수는 묘한 기분으로 서재를 구석구석 훑었다. 딱
히 근거는 없었다. 그저 의심이 꼬리를 물고 또 다른 의혹을 키울
뿐이었다. 그러다 커다란 의혹 덩어리가 마침내 청량한 기운에 부
딪히며 산산조각이 났다. 은비의 사진 덕분이었다.

그것은 은비의 연대기라 할 만했다. 앙증맞은 테니스복을 입은
유아기의 사진을 시작으로, 아름답게 커가는 은비의 모습이 고급스
러운 액자에 가지런히 담겨 있었다. 각각의 사진들은 시기와 장소
가 달랐지만 은비가 테니스에 얼마나 진심인가를 보여주었다. 또
하나 특이점은 가족관계였다. 처음부터 끝까지 승리 모녀의 사진
만 있었다. 아빠의 부재. 해수는 그 익숙한 느낌이 싫어 자신도 모
르게 도리질했다.

"어릴 때부터 테니스가 친구였어요. 은비… 장애가 있거든요."

"그래요?"

"한쪽 귀가 아예 들리지 않아요. 다른 쪽도 청력이 절반밖에 안 되고요."

뜻밖의 말에 해수는 눈이 동그래졌다. 겉모습만으로는 장애를 짐작할 수 없을 정도로 당찬 아이였다. 다른 학부모들의 입에 오르내린 적도 없는 것으로 보아 장애를 숨기는 데 많은 노력을 했던 게 분명했다.

"미처 몰랐네요."

해수는 적당한 위로의 말을 찾지 못해 그렇게 대꾸했다. 안쓰러운 마음은 있었다. 반쪽짜리 가족에 반쪽짜리 청력이라니. 은비의 인생도 녹록지 않겠구나 싶은 마음은 자연스럽게 지난날 자신에 대한 연민으로 흘렀다. 하지만 연민을 품기에는 시기가 적당하지 않았다. 당장 그녀의 눈앞에 결코 만만치 않은 상대가 버티고 있었다.

"어릴 땐 은비도 힘들어했는데 운동 시작하고 많이 밝아졌어요. 그러다 고등학교 와서 더 좋아졌고요."

해수는 말없이 이야기를 들으며 승리를 관찰했다. 아이를 미끼 삼아 거래를 하려는 여자인지, 가족만큼은 마지막 보루로 남겨둘 여자인지 알고 싶었다.

"아이가 밝아진 게 철이 들어서려니 생각했거든요. 그런데 알고 보니 남자친구가 생겼더라고요. 그 애가… 준우였어요."

사망한 준우가 은비의 남자친구라는 사실은 이미 확인했던 일이다. 하지만 승리의 입을 통해 이 사실을 전해 듣자 해수는 모골이 송연했다. 어쩌면 은비는 들러리에 불과하고 승리가 사건의 배후가 아닐까 하는 아찔한 생각이 스쳤다.

가사도우미가 차를 들여온 건 그때였다. 승리는 그녀를 "미영 씨"라고 부르며 살갑게 대했다. 하지만 승리의 따뜻한 말투도 얼어붙은 미영의 시선을 녹이진 못했다.

"그래서 부탁 좀 드리려고 해요. 우리 은비 잘 지켜봐주시고, 혹시라도 이상한 점이 있으면 저에게 바로 알려주세요."

승리는 우아하게 차를 마시며 표면적인 목적을 말했다.

"혹시 은비도 클리닉을 받고 있나요?"

"아뇨."

"왜 안 받는 거죠?"

"은비는 어차피 테니스로 명문대 입성이 가능한 아이예요. 청소년 대표로 금메달도 땄고 활약이 대단하거든요."

"그렇군요."

"아무튼 잘 부탁드리겠습니다."

"천만에요."

해수는 틀에 박힌 대답을 하고 자리에서 일어섰다. 그러자 승리가 묘한 미소를 지으며 해수의 손목을 잡았다.

"그렇게 넘기실 일이 아니죠. 제 입장에선, 청탁인 셈이니까요."

"청탁이요?"

"그런 의미에서 도윤이 클리닉은 제가 책임지겠습니다. 물론 전

액 무료로요."

청탁이라니. 청탁이란 원하는 걸 얻기 위해 뭔가를 제공하는 거다. 그럼 이 여자는 클리닉을 제공하고 뭘 얻어내려는 걸까.

"왜 자꾸 도윤일 끌어들이려는 거죠?"

선행돼야 할 다른 질문들이 있었지만 정작 해수의 입에서는 도윤이 얘기가 먼저 튀어나왔다. 자식을 위협하는 상대에게 이빨을 드러내는 어미의 본능이었다.

"뜻밖이네요. 다른 어머님들은 돈을 싸 들고 와서도 대기가 길다고 안타까워하시는데… 이참에 사교육 시장이 어떻게 돌아가는지 공부 좀 하시는 게 좋겠네요, 도윤이 어머님."

해수는 승리의 비웃음을 뒤로한 채 도망치듯 그 집을 나왔다. 그리고 곧장 기영에게 연락했다. 그제야 비로소 수사관의 본분으로 돌아온 것이었다.

"김준우랑 고은비 관계, 다시 한번 확인해봐. 그리고 김준우 휴대폰 아직도 못 찾았는지 확인하고."

전화를 끊고 나니 의문점이 떠올랐다. 휴대폰이 사라졌다는 게 어딘지 석연치 않았다. 물론 자신이 범인의 입장이라면 휴대폰부터 처리했을 것이다. 어떤 사건이나 마찬가지겠지만 특히 이 사건은 휴대폰에 중요한 단서가 있을 것이다. 그렇다면 준우의 휴대폰은 어디에 있는 걸까. 범인은 휴대폰을 없애버렸을까, 아니면 숨겨뒀을까.

그 시각, 태은은 책상 앞에 앉아 문제의 휴대폰을 만지작거리고 있었다. 그때 왈칵 방문이 열렸다. 반사적으로 휴대폰을 숨기려던 태은이 바닥에 떨어뜨리고 말았다. 갑작스러운 침입자는 용범이었다.

"아빠가 왜 이 시간에…?"

발로 휴대폰을 밀어 넣던 태은은 순식간에 날아든 손바닥에 얼굴이 돌아갔다. 한쪽 뺨에 손자국이 선명했지만 눈 하나 깜빡하지 않고 용범을 올려다봤다. 오늘은 또 무슨 일 때문에 이러실까. 하긴. 이유를 알고 얻어터진 게 몇 번이나 된다고. 언제나 그랬지. 일단 때리고 나서 이유야 필요하면 만들고.

"당신 미쳤어?"

하경이 비호처럼 달려와 용범을 밀쳐내고는 태은을 끌어안았다. 태은은 하경의 품에 안긴 채로 용범을 쏘아봤다.

"밖에서 무슨 짓을 하고 돌아다니는 거야? 내가 집안에 먹칠하는 짓, 하지 말라고 했지?"

망할. 김준우 그 자식의 신고 내용을 듣고 온 모양이었다. 그렇다면 곤란한 문제는 다른 문제로 덮는 게 좋다.

"그러는 아빠는 뭐 하고 다니는 건데?"

"뭐?"

"강해수. 아빠랑 같은 학교 나왔잖아."

뜻밖의 폭로에 놀란 건 하경이었다. 용범은 죽일 듯이 태은을 노려봤다. 성가신 일을 만들면 용서하지 않겠다는 표정이었다.

"둘이 뭔가 있잖아. 아니야?"

태은은 아예 판을 엎어버리기로 작심했다. 그 방법이 통했는지 용범의 눈에 불꽃이 튀었다.

"강해수에게 약점 같은 거 잡히지 마. 나까지 피곤해지니까."

태은은 끝내 두 사람 사이에 불을 질러놓고는 밖으로 나가버렸다. 용범이 뒤따라 나가려고 했지만 하경이 그를 놔주지 않았다.

"태은이 말 뭐야?"

하경은 속았다는 사실에 분개하며 용범을 추궁했다.

"뭐?"

용범은 대수롭지 않은 일인 듯 넘기려 했다. 하경이 무서운 건 아니었다. 하지만 골치 아픈 일은 질색이었다.

"당신, 도윤 엄마랑 아는 사이였어?"

하경이 연신 용범을 채근했지만 그는 건성으로 대꾸하고 자리를 피해버렸다. 홀로 남은 하경은 황당했다. 용범도 그렇지만 해수에게도 배신감이 들었다. 사람을 감쪽같이 속였으니 반드시 되갚아주리라 생각했다.

───────

태은은 하경의 푸념을 뒤로하고 등굣길 버스에 올랐다. 언제나 그랬지만 오늘은 더더욱 엄마 차를 타고 싶지 않았다.

태은은 구석 자리에 앉아 준우의 휴대폰을 꺼내고는 이리저리 뒤지다 사진첩을 열었다. 그러자 은비와 준우의 커플 사진이 주르르 펼쳐졌다. 거기서 거기인 포즈와 표정으로 뭘 그리도 많이 찍었는지 이해할 수 없었다. 물론 태은은 대체로 은비를 이해하지 못했다. 그깟 테니스가 뭐라고, 그보다 더 하찮은 김준우가 뭐라고 그렇게 열성을 쏟는지 이해하기 힘들었다.

태은은 그 답을 찾고 싶어 테니스 코트 앞에 서서 운동하는 은비를 지켜봤다. 통통 튀어 오르는 테니스공 소리가 암울한 학교 분위기에 걸맞지 않게 경쾌했다. 라켓을 휘두르는 은비의 모습은 확실히 선수다운 면모가 돋보였다. 하지만 은비의 마음은 그렇지 못했다. 컨디션이 좋지 않은지 평소의 기량이 나오지 않았다. 급기야 공을 놓친 뒤 중심을 잃고 바닥에 넘어지기까지 했다.

"공이 아니라 사람이 튀어 다니네."

지호가 그 모습을 보고 빈정대자 은비가 차갑게 쏘아봤다.

"연습 중이야. 꺼져."

은비가 날카롭게 소리쳤지만 앳된 목소리가 비속어를 소화하지 못해 우스꽝스럽게 들렸다. 귀가 잘 들리지 않아서 그렇다는 사실을 아이들은 몰랐다. 더군다나 지호는 성품이 그리 따뜻한 아이가 아니었다.

"곤란하지. 나도 연습하러 왔는데."

"연습? 도둑질하러 온 거겠지."

은비 역시 호락호락한 상대는 아니었다. 승리의 유전자를 확실히 물려받기도 했지만 비장애인들과 함께 살아온 그간의 내공을 무시할 수 없었다.

"뭐어?"

"너 취미잖아. 내 사물함 뒤지고 나 훔쳐보는 거."

"야!"

지호가 은비의 멱살을 쥐며 소리쳤다. 은비도 지지 않고 라켓으로 지호를 후려쳤다. 몸싸움이 막 벌어지려는 찰나에 감독이 나서서 둘을 뜯어말렸다. 그 와중에도 은비는 운이 좋은 줄 알라며 지호에게 으름장을 놨다.

"지호는 그렇다 치고, 너까지 왜 이래? 요즘 정신 안 차리지?"

감독이 큰 소리로 은비를 나무랐다.

"죄송합니다."

"어린놈이 연애질이나 하고 돌아다니더니, 시합은 안중에도 없어? 어!"

몸담고 있는 학교의 학생이 죽었는데 이 사람에게는 고작 연애질 하나로 정리되다니. 은비는 경멸이 담긴 눈으로 감독을 노려봤다. 하지만 오래가지는 못했다. 감독에게 밉보여서 득 될 것은 아무것도 없었다. 평범한 아이들이라면 몰라도 자신은 달랐다. 청각장애로 많은 어려움이 있었으나 이제껏 자신을 키워낸 인물이 바로 감독이었다.

"라켓이 바뀌어서 그런 거예요. 새 라켓에 적응하면… 괜찮아질 거예요."

은비는 애꿎은 라켓 펑계를 대다 입술을 깨물었다. 준우를 죽인 흉기가 라켓이라는 사실이 떠오른 것이다. 은비는 생각을 떨치려 서둘러 코트를 떠났다. 그러다 마주 오는 태은을 보고는 눈에 불을 켰다.

"살인자."

스치는 순간, 은비가 태은의 귀에 속삭이듯 독설을 뱉었다. 그러나 태은은 생긋 웃으며 은비를 봤다.

"자기 고백이라도 하는 건가?"

태은의 조롱에 은비는 금방 얼굴이 벌게졌다.

"뭐?"

"그렇잖아. 느닷없이 살인자라니. 설마 나한테 하는 얘긴 아닐 거고."

"준우가 죽어가면서 너를… 네 이름을 불렀다고 했어!"

"네가 그걸 어떻게 알아?"

이 땅에 수사 기밀 같은 건 존재하지 않는 건가. 태은이 의문을 숨기고 반문했다.

"그게 중요해? 준우가 왜 네 이름을 부르며 죽었는지가 중요한 건 아니고?"

"어리광 부리지 마."

"어리광? 네 눈엔 이게 어리광 같아?"

"그럼 아니야? 너! 만날 준우 옆에 달라붙어 액세서리처럼 굴다가, 걔가 없으니까 주인 잃은 강아지처럼 징징대는 거잖아. 내 말이

틀려?"

"야! 이태은!"

은비가 참지 못하고 태은을 후려쳤다. 태은도 맞서서 은비의 정강이를 걷어찼다. 그렇게 치고받는 육탄전이 벌어지자 아이들이 삼삼오오 모여들기 시작했다. 시끌벅적한 소리에 호기심이 생긴 도윤도 악착같이 싸우는 태은의 모습을 흥미롭게 지켜봤다. 이상하게도 그는 태은이 싸우는 방식이 궁금했다.

"재밌어?"

어느새 바짝 다가온 은조가 도윤의 귓가에 대고 속삭였다.

"그럭저럭."

도윤은 태은의 한 방이 아쉬워 애를 태웠다. 태은이 은비의 머리카락을 야무지게 잡아챌 때까지 싸움에서 눈을 떼지 못했다.

"내가 더 재밌는 거 보여줄까?"

도윤이 태은에게서 시선을 거두지 못하자 은조가 흥미로운 제안을 했다. 도윤은 결국 육탄전의 결말을 보지 못하고 그 자리를 떠나야 했다.

도윤이 미련을 갖든 어쩌든 은조는 기분이 좋아 보였다. 흥겹게 콧노래를 부르기 시작하자 도윤도 어느새 리듬에 빠져들었다.

"재밌는 게 뭔데?"

옥상에 도착하자 도윤이 물었다.

"이거."

은조는 벽에 기댄 도윤과 마주 서서는 교복 블라우스 단추 하나를 툭 풀었다. 자신의 하얀 목덜미에 도윤의 시선이 꽂히자 미소와 함께 두 번째 단추도 툭, 풀어버렸다. 그러나 도윤의 얼굴에서는 어떤 감정도 드러나지 않았다. 은조는 다시 세 번째, 네 번째 단추를 차례로 풀었다. 벌어진 블라우스 사이로 사랑스러운 브래지어가 드러났다. 봉긋한 가슴도 함께.

"재미없네."

도윤이 건조하게 말하고 뒤돌아섰다. 자존심이 상한 은조는 그의 손을 휙 잡아채서는 제 품속에 가둬버렸다.

"넌 정말 재미없는 아이야."

"그러니까 네가 재밌게 해줬어야지."

도윤이 퉁명스레 말할수록 은조는 더 깊이 파고들었다. 좀처럼 뛰지 않을 것 같던 그의 심장이 서서히 고동치자 은조는 자신감에 미소 지었다.

"그거 알아? 너 정말 딴사람 같아진 거."

"요즘 그 말 많이 듣네."

도윤은 사람이 변했다며 펄펄 뛰던 태은을 떠올렸다. 그러는 동안에도 은조는 도윤의 셔츠 단추를 차례차례 풀어내며 그의 품속을 파고들었다. 부드러운 맨살의 감촉에 도윤은 갑작스러운 충동을 느꼈다.

"나 좋아해?"

은조가 야릇한 미소를 흘리며 물었다.

"응."

"나랑 사귀고 싶어?"

"아마?"

"그럼 이 자리에서, 네가 할 수 있는 가장 나쁜 짓을 해봐. 마음에 들면, 사겨줄게."

바보가 아닌 이상, 은조의 말이 무엇을 의미하는지 모를 수가 없었다. 그것은 자신의 몸뚱이를 송두리째 주겠다는 유혹의 언어였다. 문제는 은조가 아니라 도윤 자신이었다. 원한다면 은조는 곧 자신의 것이 된다. 용기가 있다면 말이다.

잠시 고민하던 도윤은 주머니 속에 손을 넣었다. 차갑고 딱딱한 유리병이 그의 본능을 자극했다. 도윤은 망설임 없이 앰풀을 열어 차가운 액체를 목구멍으로 삼켰다. 은조가 흥미로운 표정으로 그 모습을 지켜봤다. 잠시 후 그의 눈빛에 낯선 기운이 차올랐다. 도윤은 강렬한 충동에 사로잡혀 은조를 거칠게 안았다.

───────

소년원에서 촬영한 영상을 검토하던 해수는 갑자기 걸려온 강주의 전화에 긴장했다. 살인 사건이 벌어진 후로 담임의 전화번호만 봐도 심장이 두근대는 해수였다.

"그러고 보니 도윤이 부회장 되고도 연락을 못 드렸네요. 죄송해요, 선생님."

"아닙니다. 더 많은 아이들을 지켜주고 계시니 이해합니다. 그런데 오늘은 바쁘신 분께 부탁 좀 드려야겠습니다. 괜찮으시죠?"

"그럼요. 말씀하세요."

"짐작하시겠지만 준우 일로 아이들 분위기가 영 뒤숭숭해요. 그래서 부모님들께 도움을 좀 청해야 할 것 같은데, 사안이 사안인지라 부탁드릴 분이 많지 않네요. 그런데 마침 도윤이 어머님께서 전문가시라…"

담임이 빙빙 돌려 말했지만 처음부터 해수에게 맡겨진 숙제였다.

"시간이랑 장소 알려주시면 제가 찾아뵐게요. 일정이 어떻게 될까요?"

긴급 학부모 회의라니. 살아생전 그런 자리엔 나갈 일이 없을 줄 알았다. 해수는 학생 때부터 엄마들 치맛바람에 질렸었다. 그런 이유로 자신이 학부모가 되면 결코 그들과 섞이지 않으리라 다짐했고, 실제로 이를 지켰다. 그러나 이번만큼은 도무지 피할 방도가 없었다. 도윤이 임원으로 나서지 않았더라면 몰라도.

해수는 도윤이 원망스러웠지만 이내 마음을 다스렸다. 어쨌건 도윤이 스스로 선택한 길이고, 그 경험은 아이의 내적 성장에 큰 도움이 될 수도 있는 것이다.

며칠 뒤 학교 상담실로 향하던 해수는 복도에서 하경과 마주쳤다. 그나마 아는 얼굴이라 먼저 반갑게 인사를 건넸다.

"네, 안녕하세요."

하경도 인사를 했지만 말투가 냉랭했다. 언제나 밝고 사교적이던 하경이 돌연 까칠하게 구는 걸 이해 못 할 바 아니었다. 태은을 용의자로 긴급체포해 서로 데려갔으니 그럴 만도 했다. 하경의 심기를 건드린 건 용범과의 관계를 비밀로 했던 것이지만 해수는 이를 눈치채지 못했다.

"태은이 일로 많이 놀라셨죠?"

"증거도 없이 체포라뇨? 이러다 우리 애 대학 가는 데 지장이라도 생기면, 책임지실 건가요?"

하경은 흥분해서 목소리를 높이려다 체포라는 단어에서 숨을 죽였다. 학교에서 목소리를 높여 좋을 건 없었다.

"마음 상하셨겠지만 증거가 없지는 않았죠. 어쨌건 준우의 음성 파일이 있었으니까요."

"음성 파일이라뇨?"

하경은 황당한 얼굴로 해수를 봤다. 정말 아무것도 모르는 표정이었다. 그렇다면 용범이 태은의 일을 전혀 얘기하지 않은 걸까. 해수는 뭐라고 말을 해야 할지 난감했다.

"안녕하세요, 어머님들."

해수가 고민하는 사이 승리가 구세주처럼 나타났다.

"왜 여기 서 계세요? 같이 들어가시죠."

해수는 하경과 승리의 관계가 궁금해 말없이 두 사람의 모습을 지켜봤다. 승리가 미소를 띠고 다가갔지만 하경은 좀처럼 호응하지 않았다. 승리가 뜻밖이라는 표정을 짓는 걸로 보아 평소와는 사뭇 다른 모습이 분명했다.

"오늘은 저희 셋만 모이는 건가요?"

해수가 조심스레 물었다.

"아뇨. 준우 어머님도 오신다고 들었어요."

하경의 대답에 승리의 눈썹이 미세하게 꿈틀거렸다. 해수는 준우가 은비의 남자친구였다는 사실을 떠올렸다. 승리의 입장에서 준우의 엄마가 달가울 리 없었다.

"준우 어머님께서요?"

해수가 되물어보며 승리의 기색을 살폈다. 준우 엄마의 등장이 확실히 못마땅한지 승리가 이맛살을 찌푸렸다.

"왜 온다는 건지 모르겠어요. 미안한 이야기지만, 준우가 지금 학교를 다니고 있는 것도 아닌데… 안 그래요?"

하경이 불만스레 말하며 승리에게 동의를 구했다.

"앞으로는 더 학교에 오실 일도 없을 텐데요 뭐. 자식 잃은 마음이 오죽하겠어요."

승리는 이해심 깊은 척 마음에도 없는 소리를 했다. 해수는 그런 승리가 미심쩍었다. 그러고 보니 하경도 여느 때와 달리 예민하게 반응했다. 태은이 일과는 상관없는 듯 보였다. 승리와 하경, 두 사람은 각자의 방식으로 준우 엄마의 존재에 대해 날을 세우고 있었다. 이 분위기는 뭘까. 해수는 이들의 관계에 본능적으로 촉각을 곤두세웠다.

"선생님 오시나 봐요."

하경의 말과 함께 모두의 시선이 상담실 문으로 향했다. 하지만 안으로 들어서는 사람은 다른 얼굴이었다. 저 얼굴을 어디서 봤더라. 해수의 뇌 회로가 빠르게 작동했다. 그러다 문득 상대의 정체를 깨닫고는 잠시 혼란에 빠졌다. 승리의 집에서 마주쳤던 가사도우미 미영이었던 것이다.

해수는 반사적으로 승리를 봤다. 승리 역시 해수에게 눈을 맞추며 느긋하게 웃었다. 무슨 생각을 하는지 알고 있다는 표정이었다. 그제야 해수는 미영이 준우의 엄마라는 사실을 깨달았다. 은비 엄마와 준우 엄마가 고용주와 고용인의 관계라니. 더군다나 가사도우미라니. 정말 뜻밖이었다. 그럼 아이들과의 관계는 도대체 뭐란 말인가. 해수는 상황을 정리하느라 머리가 터질 지경이었다.

"안녕하세요, 준우 엄마예요."

미영은 승리에게 목례한 뒤 안으로 들어섰다.

"여기 앉으세요. 너무 힘드시죠? 아우 정말 어떡해요."

하경은 옆자리 의자를 빼주며 유난을 떨었다. 조금 전까지의 냉랭함과는 완전히 상반된 태도였다.

해수의 우려와 달리 엄마들의 모임은 순조롭게 마무리됐다. 미영은 아들의 졸업식에나마 참석할 수 있게 해달라고 요청했고, 모두가 이를 기꺼이 받아들였다. 대신 아이들이 더 이상 동요하지 않도록, 또한 학교의 이미지가 실추되지 않도록 언론과 접촉하지 않겠다는 약속을 받아낸 후였다.

"그럼 조심히 가세요."

해수는 피로감을 느끼며 작별인사를 건넸다.

"커피 한잔 마실까 하는데, 같이 안 가세요?"

둘이 있을 때 날을 세우던 하경이 친근하게 말했다. 해수는 새삼
그녀의 양면성이 역겨웠다.

"일이 있어서요. 다음에 뵐게요."

해수는 누가 붙잡을세라 서둘러 건물을 빠져나왔다. 그런데 그
녀보다 더 다급한 발걸음이 뒤따라왔다.

"잠시만요, 도윤 어머니!"

헉헉대는 목소리가 해수를 붙잡았다. 미영이었다.

"준우 일로… 드릴 말씀이 있어요."

해수는 얼른 주변을 살폈다. 아니나 다를까, 승리와 하경이 각기
다른 표정으로 두 사람을 지켜보고 있었다. 해수는 미영과 함께 근
처 조용한 카페로 걸음을 옮겼다.

"안 그래도 연락하려던 참이었어요. 여쭤볼 일도 있고요."

해수가 먼저 입을 뗐다.

"범인은 찾으셨나요?"

미영이 초조한 얼굴로 물었다.

"죄송해요… 아직 찾는 중이에요."

"우리 준우… 단순하게 살해된 거 아니에요. 분명… 있어요, 뭔가
가…."

"네, 알고 있습니다. 살인 사건이니까요."

"아뇨. 그런 게 아니에요. 보여드릴 게 있어요."

미영이 갑자기 테이블 위에 가방을 올려놓더니 안을 뒤지기 시작

했다. 그리고 잠시 후 테이블에 물건을 내려놓았다. 순간 해수의 눈에 불꽃이 일었다.

"준우가 먹던 약이에요."

그것은 승리에게서 받은 것과 똑같은 앰풀이었다.

"이 약이 우리 준우를 죽였어요."

미영은 기어이 울음을 터뜨렸다. 그러나 정작 울고 싶은 건 해수였다.

11

괴물

　"그럼 준우가… 하승리 원장의 클리닉을 받고 있었다는 말씀이세요?"

　해수는 약병에서 시선을 떼지 못한 채 겨우 입을 열었다. 그러자 미영이 오히려 놀라서 반문했다.

　"클리닉을 아세요?"

　"네, 조금은요."

　차마 내 아들이 먹고 있다고 말할 수는 없었다. 해수의 그런 속내를 알 리 없는 미영은 사건의 내막을 쉽게 설명할 수 있다고 판단했는지 한시름 놓는 눈치였다.

　"그 약을 먹고부터 우리 준우가 달라졌어요."

　"어떻게 달라졌다는 말씀이세요?"

"착하고 따뜻한 애였어요, 우리 준우는. 그런데 어느 날부터 눈빛이 달라지더라고요."

아들의 눈빛이 달라졌다는 미영의 증언을 들으며 해수는 태은을 떠올렸다. 학교 화장실에서 처음 마주쳤던 날, 그 아이의 날카로운 눈빛이 잊히지 않았다.

"예전에는 엄마가 끼니를 한 끼만 걸러도 제 용돈으로 간식을 사다 주던 그런 아이였는데… 언제부턴가 뭐랄까… 그냥 딴 아이 같았어요."

해수는 미영의 말 한마디 한마디에 도윤을 떠올렸다. 준우처럼 도윤도 근래 부쩍 달라진 모습을 보였다. 대치동으로 이사 오기 전까지는 그저 어린애 같았는데 최근에는 대체로 냉랭하고 건조했던 것이다.

"그럼, 준우가 변해서 원한을 샀다는 말씀이신가요?"

해수는 살짝 어지러움을 느꼈다.

"아니요. 준우는… 이 약 때문에 죽은 거예요. 뭐라고 설명할 길은 없지만 난 알아요. 우리 준우는… 이 약 때문에 죽었어요."

미영은 단정적으로 말했다. 의심의 여지가 없을 만큼 확신하는 어조였다. 해수는 갑자기 속이 메슥거렸다.

미영과 헤어진 후에도 울렁이는 속을 간신히 달래며 해수는 집으로 달렸다. 당장 그 약을 갖다 버리지 않으면 도윤에게 큰일이 날 것만 같았다.

"어유, 정신 빠진 년! 허구한 날 정신을 놓고 다니나 그래."

1층 건강원에서 약을 포장하던 경자가 유리문 너머로 뛰어오는 딸을 보며 혀를 끌끌 찼다. 그러나 채 5분도 되지 않아 경자는 또다시 정신없이 밖으로 달려 나가는 딸의 모습을 발견했다.

"선배, 나 급하게 성분 분석 맡길 게 있어서 지금 그쪽으로 가거든? 내일은 안 돼! 지금 당장! 당장 결과를 봐야 해!"

집에서 약을 챙겨 나온 해수는 그길로 차를 몰아 국립과학수사연구원을 찾았다. 약의 성분을 알아낸다면 뭐라도 건질 수 있을 터였다.

해수가 어찌나 채근을 해댔는지 연구원 선배는 앞선 순번을 제쳐두고 앰풀의 성분 분석 결과지를 들이밀었다.

"치매약이라고?"

"지금 3상까지 진행된 치매약이랑 성분이 거의 같아. 안정제 등등 비율의 차이는 있지만 네가 생각하는 그런 약은 아니야."

"그렇다면 아무 문제가 없다는 거야?"

"아무 문제가 없다고는 할 수 없지. 어쨌거나 치료를 위한 약이니 다른 용도로 쓴다면 정상인에게는 치명적일 수도 있지."

"치명적이라니? 뭐가 치명적이라는 거야?"

"좀 더 검사를 해봐야겠지만 전두엽이나 다른 뇌신경에 영향을 끼칠 수 있어. 좋은 쪽으로건, 나쁜 쪽으로건 말이야."

전두엽이니 뇌신경이니 하는 단어들은 하나같이 위험하게 느껴졌다. 내 손으로 내 아이의 머릿속을 헤집어놨다니. 해수는 불안해서 미칠 것만 같았다.

"이 약, 누가 먹는 건데?"

해수가 안절부절못하자 선배는 평소답지 않게 호기심을 보였다. 누가 봐도 사건이 아닌 사생활 문제라는 걸 알 수 있었다. 해수는 대답 대신 고맙다고 말하고는 다시 차를 몰았다.

———————◆———————

"급한 일이라니, 무슨 일 때문에 그러세요?"

하경이 현관문을 열어주며 물었다. 안으로 들어서던 해수는 흠칫 놀라며 걸음을 멈췄다. 거실에 걸린 커다란 가족사진 때문이었다. 자신을 바라보는 것 같은 용범의 시선도 불편했지만 그보다 해수의 마음을 흔들어놓은 건 태은이었다. 아빠와 딸이라니. 해수는 새삼 유전자의 힘을 상기하며 몸서리쳤다.

"하승리 원장이 준 약, 이상하다는 생각 안 해보셨어요?"

해수는 하경이 내어온 차를 입에도 대지 않은 채 용건을 쏟아냈다.

"원장님 약이 왜요?"

"위험하다는 생각, 한 번도 안 해보셨어요?"

"그게 무슨 말씀이세요?"

"도윤이가… 그 약을 먹고 쓰러졌어요."

해수는 망설이다 아들이 겪었던 일을 얘기했다.

"…뭐라고요?"

하경은 진심으로 놀라는 눈치였다.

"약물 쇼크가 의심돼 응급실로 가는데, 하 원장이 필사적으로 막더군요. 클리닉에서 해결할 문제라면서요."

"그럼 지금, 그 약이 문제가 있다는 말씀이신가요?"

"그렇게 짐작하고 있어요."

"짐작이라뇨. 프로파일러도 경찰이잖아요. 조사를 안 해보셨어요?"

"국과수 분석 결과로는 특별한 문제가 없어요. 그렇지만 준우 어머니도 그 약이 이상하다고 했어요. 그 약을 먹고부터 준우가 달라졌다고요."

날카롭게 따져 묻는 하경 앞에서 해수는 자신도 모르게 방어막을 쳤다. 하경은 금방 안도하더니 이내 비웃음을 흘렸다.

"약이 이상한 게 아니라 준우가 이상한 애였죠. 그 엄마 되게 웃기네요? 자기 자식 성격 이상한 걸 남 탓으로 돌리다니. 말이 나와서 말인데 준우 걔, 우리 태은일 얼마나 괴롭혔는지 아세요?"

해수는 그녀를 빤히 쳐다보며 생각했다. 하경은 과연 태은이 준우에게 무자비하게 얻어맞았다는 사실을 알고 있을까. 아니면 단순한 적개심인 걸까.

"네, 알고 있어요."

해수는 폭행 사실을 공유하기로 마음먹었다.

"알고 있다고요?"

"네, 조사 중에 알게 됐어요. 사실은 태은이가…."

"그럼 더 들을 것도 없겠네요. 애가 죽었는데 그 엄마가 무슨 소리를 못하겠어요? 뭐가 됐건 남 탓을 하고 싶겠죠."

"준우 문제가 아니에요. 태은이, 그리고 우리 도윤이 문제예요."

"도윤 엄마까지 왜 그러세요? 우리 태은이, 그 약 1년 넘게 먹었지만 아무 이상 없구요, 도윤이는 오히려 성적이 올랐다고 하던데요? 도대체 뭐가 걱정돼 이러세요? 혹시 다른 일 때문에 오신 거 아니에요?"

"다른 일이라뇨?"

해수는 무슨 이야기를 하는지 가늠할 수 없어 이맛살을 찌푸렸다. 그러자 하경이 사진 한 장을 해수에게 내밀었다.

"청소하다가 이걸 찾았어요."

사진을 확인한 해수는 다시 표정이 일그러졌다. 교복 차림의 자신과 용범이 빛바랜 사진 속에 나란히 서 있었다. 그것은 고등학교 졸업사진이었다.

"절 속이셨더라고요?"

하경의 말꼬리가 올라갔다. 기선을 제압하겠다는 의미였다.

"기분 상하셨을 수 있겠네요. 죄송합니다. 그렇지만 굳이 알릴 만한 사이가 아니어서 그랬어요."

"알릴 수 없는 사이는 아니고요?"

"네⋯?"

"우리 그이, 통화 기록을 좀 봤어요. 도윤이 어머니랑 지속적으로 연락하고 있었던데요?"

"일 때문이에요. 이용범 국장이 태은이 아빠인 걸 알기 전부터 진행된 일이고요."

"역시 언변이 남다르시네요."

하경은 헛웃음을 지으며 경멸의 눈빛을 보냈다. 이쯤 되면 상대의 감정 따위 상관없었다. 해수도 결국 폭발하고 말았다.

"무슨 생각을 하시는지 모르겠지만, 뭐가 됐건 불쾌하네요."

"불쾌한 쪽은 오히려 저죠. 내 남편이 매일 이혼녀랑 통화하고 만나고 돌아다니는 걸 알았는데 기분이 좋을까요 제가?"

하경의 입에서 이혼녀라는 말이 나오자 해수도 대놓고 빈정거렸다.

"사랑하시나 보네요, 이 국장을?"

"남편을 사랑하고 지키려는 건, 아내로서 당연한 일 아닌가요?"

"남편이 아니라 자기 자신을 지키는 게 좋겠네요, 태은 어머니는."

"그게 무슨 뜻이죠?"

당신 남편은 살인마야. 해수는 목구멍까지 차오른 말을 겨우 삼켰다. 이성을 찾을 수 없을 때는 말을 아끼는 것이 상책인 것이다.

"실례가 많았습니다. 걱정되는 일 생기면 또 연락드릴게요."

해수는 일어서서 목례하며 상황을 마무리했다. 아무래도 하경의 협조를 구하기는 어려울 모양이었다. 갈수록 첩첩산중이었다.

그러나 고단한 일과는 여기서 끝나지 않았다. 집으로 돌아온 그녀에게 또 다른 난관이 기다리고 있었다.

"약 어디 있어?"

귀가하자마자 책가방을 거실에 던져놓은 도윤이 다짜고짜 앰풀부터 찾았다.

"버렸어."

해수는 차갑게 대꾸했다. 일말의 여지도 주고 싶지 않았다.

"약을 버렸다고?"

재차 확인한 도윤이 싸늘한 시선으로 엄마를 쳐다봤다. 해수는 그 살벌한 눈빛이 익숙해 소름이 돋았다. 용범의 눈빛이 떠올랐던 것이다. 해수는 아들에게 무슨 짓인가 싶어 자신을 나무랐다.

"그래, 버렸어."

"그걸 버리면 어떡해!"

도윤은 전에 없이 버럭 소리를 지르며 흥분했다. 그 기세에 해수는 놀라서 당황했다. 품 안의 자식이라 몰랐는데 어느새 사내가 되어 있었던 것이다. 도윤은 이제 목소리만으로 상대의 기를 누를 수 있는 수컷이었다.

"김도윤. 너 지금 뭐 하는 거야?"

해수는 밀리지 않으려고 날을 세웠다. 고함 소리에 기가 눌렸다는 걸 들키고 싶지 않았다.

"낼모레 시험이라고! 근데 그걸 버려? 엄마 제정신이야 지금?"

말버릇이 뒷목을 잡고 쓰러질 노릇이었다.

"잘 들어 김도윤. 네가 찾는 그 약, 안전하지 않아. 널 망가뜨릴 수도 있다고."

"엄마가 망가뜨리는 건 아니고?"

"…뭐?"

"엄마는 뭐든 망가뜨리잖아. 멋대로 이혼하고, 멋대로 이사하고, 멋대로 전학시키고! 아빠가 힘들건! 내가 힘들건! 그저 엄마 성공! 엄마 이름! 엄마는 그냥! 엄마만 중요하잖아!"

도윤은 고래고래 악을 쓰며 해수를 노려봤다. 해수는 숨을 고르고 차분하게 도윤을 지켜봤다. 어차피 목청으로는 도윤을 이길 수 없다. 그렇다면 할 수 있는 걸 해야 한다. 아니나 다를까, 해수가 평정심을 찾자 무안해진 도윤이 지레 화를 눌렀다. 이제 대화가 가능할 것이다.

"무슨 얘긴지 알겠어. 네 말이 맞아. 내가 널 힘들게 했어."

"…"

"그렇지만 그 약은 널 힘든 정도가 아니라 아주 죽여놓을 거야. 그러니까, 다시는 그 약 찾지 마."

도윤은 이런 말투의 엄마를 잘 알았다. 어떤 방법을 써도 절대 요구를 들어주지 않을 거라는 사실을. 결국 도윤은 화를 참지 못하고 밖으로 나가버렸다. 긴장이 풀린 해수는 그 자리에 풀썩 주저앉았다.

"아니 쟤는 뭔 일이 났다고 저렇게 문을 때려 부수고 나간다니?"

손자 먹일 간식을 만드느라 분주했던 경자가 씩씩대며 나가는 도윤을 보고는 딸의 방을 찾았다.

"너 아들이랑 싸웠니?"

경자는 눈치 없이 해수의 속을 긁었다. 어쩌면 알고 그러는지도 몰랐다.

"이게 다… 엄마 때문인 거 알아?"

애꿏은 화살은 언제나 엄마에게 날아갔다.

"뭐…? 아니, 아들한테 뺨 맞고 왜 나한테 난리냐?"

"그냥 다… 그냥 다 엄마 때문이야. 엄마 때문이라고…."

억지를 쓰던 해수는 결국 소리 내어 울었다. 경자는 그제야 입을 다물고 딸의 눈물을 받아냈다. 무슨 말인지는 모르지만 무슨 일인 지는 알 것 같았다. 부모와 자식이란 그런 것이었다. 감정을 터뜨려 야 할 때와 받아줘야 할 때의 합이 매번 어긋나기만 하는 그런 관계.

───◆───

새벽녘, 자료에 파묻혀 깜빡 잠들었던 해수는 불길한 소리에 잠 이 깼다. 휴대폰 알림이었다. 해수는 기계적으로 휴대폰을 열어 문 자 메시지를 확인했다. '발신번호 표시제한'이라는 메시지에는 인 터넷 주소만 덩그러니 걸려 있었다. 그것은 유튜브 영상이었다. 해 수는 잠시 망설이다 주소를 클릭했다. 그러자 날카로운 비명이 고 막을 파고들었다.

"제발… 제발 살려주세요… 아악!"

누군가의 피습 장면이 생중계되고 있었다. 해수가 동료들에게 연락하는 사이, 화면 속 여자아이는 숨을 고르지 못한 채 간헐적인 울음만 토해냈다. 해수는 여자아이의 정체를 몰랐지만 도윤이 봤다면 비명을 지를 만한 사람이었다. 피를 쏟으며 쓰러져 있는 여자아이는 바로 은조였다.

"와우! 아직도 움직이네?"

기계음으로 변조된 남자의 목소리에 비웃음이 묻어났다. 그 와중에도 은조는 칼 맞은 복부를 움켜쥔 채 도망치려고 사방을 기어다녔다. 그러다 더 이상 움직일 수 없는 상태가 되자 흐느낌이 터져나왔다.

"아직 살 만한가 본데, 다시 찔러볼까?"

범인은 실시간 상황임을 강조하며 공격을 이어갔다. 동물을 탐색하듯 집요한 촬영자의 시선이 휴대폰에 고스란히 담기더니 둔탁한 소리와 함께 화면이 암전됐다. 아무래도 휴대폰이 떨어진 모양이었다.

정적이 깨진 건 그로부터 20여 분 뒤였다. 시신 위로 여명이 비치자 홍건하게 번져 있던 피가 검붉은색을 띠기 시작했다. 현장에 도착한 해수는 참담한 심정으로 은조의 시신을 내려다봤다. 또다시 명문고등학교였다. 당장 도윤을 전학시켜야겠다는 생각에 집중력이 흐트러졌다. 그러다 규칙적인 진동음에 정신을 차렸다. 은조의 손 아래에 반짝이는 뭔가가 있었다. 휴대폰이었다. 해수는 장갑을 끼고 조심스레 휴대폰을 꺼냈다. 피 묻은 액정에 '엄마'라는 두 글자가 떠 있었다. 망설이던 해수는 감식요원의 동의를 구하고 통화 버튼을 눌렀다.

"여보세요? 준우야! 우리 준우니?"

순간 해수는 상황이 파악되지 않아 멍하게 있었다. 그러다 발신자의 울음소리를 듣고서야 휴대폰 주인이 준우라는 사실을 깨달았다. 피살된 아이의 손에서 준우의 휴대폰이 발견되다니. 이렇게 되면 두 사건은 한 명의 범인으로 귀결될 가능성이 높다.

"이거 김준우 휴대폰이야. 서둘러 확인하고, 증거가 될 만한 건 싹 다 정리해."

해수는 기영에게 휴대폰을 건네며 신신당부했다.

"알겠습니다. 아까 발견된 증거품은 보셨어요?"

"무슨?"

"이 학생이 쥐고 있던 물건에서 김준우 학생 혈흔이 발견됐대요."

휴대폰도 모자라 혈흔이라니. 범인은 얼마나 나르시시즘에 빠져 있는 걸까. 범인의 행태를 보면 두 사건 모두 자신이 벌인 일이라고 떠벌리지 못해 안달을 하는 수준이었다.

해수는 경찰서에 도착하자마자 증거보존실로 들이닥쳤다. 그러고는 먼저 와 있던 영길은 아랑곳하지 않고 기영이 말한 증거품을 찾아냈다. 비닐백 안에 든 증거물을 확인한 해수는 머릿속이 하얘졌다. 이태은. 그 아이의 이름표에 피가 얼룩져 있었다.

"현장에서 발견한 거야. 피해자가 손에 꼭 쥐고 있더라고."

손에 쥐고 있던 물건이라면 범인이 심어놓은 물건은 아니다. 하지만 휴대폰은 이야기가 다르다. 마치 누군가가 일부러 내려놓은 듯 부자연스러웠던 것이다.

"김준우 학생 휴대폰도 같이 발견됐어. 휴대폰이랑 이름표를 단서로 하면… 뭔가 나올지도 몰라."

"그럼 강 경정은 이름표 주인 잡아와서 신문해. 난 감식반 보고 받는 대로 영장 칠 테니까."

영길의 목소리에 자신감이 묻어 있었다.

"일단 영장은 기다려줘, 선배."

"무슨 소리야? 증거가 딱 나왔는데. 이태은이 이름표에서 김준우 혈흔이 나왔어! 지난번 112 신고도 범인이 이태은이라는 증거라고! 그 이상 뭐가 필요해?"

"신고 전화만으론 잡아둘 수 없다는 거 알잖아. 이름표도 다른 이유 때문일 수 있어. 태은이도…."

해수는 말을 하려다 아차 싶었다. 누가 봐도 개인적인 감정이 담긴 표현이라는 걸 알 수 있었다. 아니나 다를까, 영길이 말 속에 묻어난 감정을 놓치지 않았다.

"태은이도?"

"…"

"강 경정 너, 잠깐 나 좀 보자."

영길은 주변을 의식하며 해수를 비상계단으로 데려가 호되게 나무랐다. 해수를 보호하려는 것이었지만 달팽이 같은 계단 구조상 소리가 쩌렁쩌렁 울렸다.

"이미 너! 수사에 객관성을 잃었다고! 교수 자리는 고사하고, 지금 네가 서 있는 그 자리까지 흔들리고 있어. 그런데 뭐? 유력한 용의자를 두고 태은이?"

"미안해, 선배."

해수는 군말 없이 잘못을 인정했다.

"너 정말 이딴 식으로 할 거야?"

"도윤이 친구여서 말이 잘못 나온 건 인정해. 프로답지 못했어. 하지만 이태은도 김준우한테 폭행당한 피해자야. 혈흔도 그 과정에서 묻었을 수 있고! 아직 발견하지 못한 다른 폭행 사건이 더 있을 수도 있다고! 왜 피해자와 가해자, 흑백으로만 생각하는데? 피해자가 가해자일 수 있고, 가해자가 피해자일 수도 있는 거 아니야?"

"우리가 수사하고 있는 건! 김준우! 강은조 사건이야! 이태은 폭행 사건이 아니라!"

"그게 어떻게 다른 사건이야? 인과관계라는 거 몰라 선배?"

해수는 팽팽하게 맞서다 이내 호흡을 가다듬었다. 무턱대고 언성이나 높일 일이 아니었다. 영길의 말대로 앞서 해결해야 할 숙제는 두 건의 살인 사건이고, 태은은 얽혀 있는 사건의 자물쇠임이 분명했다. 그렇다면 열쇠는 어디 있을까. 그 열쇠를 찾아야 태은 역시 자유로워질 것이다.

"이태은, 내가 정리해볼게. 나한테 일주일만… 시간을 줘."

영길은 못마땅한 표정으로 마지못해 고개를 끄덕였다. 달리 대안이 없기도 했지만 그녀의 눈빛에서 확신을 읽었던 것이다. 근거는 없지만 항상 들어맞았던 그녀만의 방식이었다.

"강은조 학생 부검 결과 나왔는데요…."

어색하게 서 있는 두 사람에게 기영이 달려와 소식을 전했다.

"나왔는데 뭐?"

영길이 애꿎은 기영에게 화풀이했다.

"사인은 예상대로 흉기에 의한 과다출혈인데요…."

"뭔데 그렇게 뜸을 들여? 똑바로 말 안 해?"

"임신…이더라고요."

해수는 겨우 비명을 누르고 상황을 가늠했다. 임신이라니. 해수는 본능적으로 아이 아빠부터 떠올렸다. 이런 경우 아이의 친부가 유력한 용의자로 떠오르기 마련이니까.

"언론은, 제대로 막았어?"

해수는 현실적인 문제부터 확인했다. 기영이 철통 보안을 장담했지만 기자들은 언제나 그렇듯이 집요하고 잔인했다.

"오늘 새벽, 여고생이 살해되는 장면을 생중계하는 사건이 일어나 충격을 주고 있습니다."

해수와 동료들이 현장 검증을 위해 공을 들이는 사이, 밖에서는 취재 경쟁이 한창이었다. 기자들은 상처받은 아이들의 마음은 아랑곳없이 자극적인 질문을 던지며 기삿거리를 건져내기에 바빴다. 용범의 후배로 보도국에 소속된 연우 역시 그들 중 하나였다.

"청소년 범죄가 날로 심각한 가운데 벌어진 이번 사건의 피해자는 해당 학교의 이사장인 강 모 씨의 외동딸로 밝혀졌습니다."

수사는 본격적으로 시작도 못 했는데 언론에서는 벌써 피해자의 신상을 공개하기 시작했고, 아이들은 충격에서 헤어나기도 전에 기자들의 질문 공세에 시달렸다.

"빅 뉴스! 빅 뉴스!"

지호가 교실로 들어서며 난리법석을 피웠다.

"강은조 부검 결과가 나왔는데… 완전 대박!"

"시끄럽고! 뭔데?"

모두가 호기심에 귀를 쫑긋 세운 가운데 지호 패거리 중 하나가 재촉했다.

"강은조, 임신이래."

순간 태은과 도윤의 샤프 연필이 동시에 멈췄다. 두 사람은 약속이나 한 듯 서로를 쳐다봤다. 그러나 둘 다 상대의 감정을 느낄 수 없었다. 거울을 마주한 것처럼 무표정한 서로의 얼굴만 확인했을 뿐이었다.

"이거 완전 대박 사건 아니냐? 천하의 강은조가 임신이라니!"

지호가 도윤의 어깨에 팔을 걸치며 시비를 걸었다. 도윤과 은조의 교제는 전교생 모두에게 화제가 됐었다. 그런 이유로 지호가 목소리를 높이기 전까지는 모두가 도윤의 눈치를 살피고 있던 상황이었다. 그러나 도윤은 어떤 감정도 내비치지 않았다. 아이들은 그것이 슬픔을 표현하는 그만의 방식이라고 이해했다. 하지만 태은의 생각은 달랐다. 도윤이 먹고 있는 약이 그에게서 감정을 모두 앗아

간 게 틀림없다고 생각했다. 지호의 도발이 도윤의 상태를 확인하는 가늠자가 될 테니 일단 지켜보기로 했다.

"닥쳐."

도윤은 싸늘하게 대꾸하고는 다시 문제를 풀기 시작했다.

"근데 이 자식은 왜 나한테 성질이야? 내가 죽였냐? 내가 애 아빠냐고!"

도윤이 더 이상 참지 않겠다는 듯 책을 덮고 벌떡 일어섰다.

"뭐냐 김도윤? 한판 붙자는 거냐?"

"은조 일, 입 닥치고 있어."

"네가 뭔데?"

내가 뭘까? 도윤은 잠시 생각했다. 남자친구. 네 글자가 떠올랐지만 권한이 있는 존재는 아니다. 그럼 난 이 상황이 왜 싫은 걸까? 은조가 죽어서? 아니다. 그냥 내가 조롱받는 게 싫은 거다. 그렇다면 나는 왜 여자친구가 죽었는데 슬프지 않은 걸까? 누군가가 죽었다는 사실보다 조롱받는 것을 더 참지 못하는 걸까? 도윤은 혼란스러웠다. 갑작스레 자기 자신이 완벽한 타인처럼 느껴졌다.

도윤은 자신의 존재를 새삼스러운 객체로 바라봤다. 여자친구의 죽음이 슬프지 않다는 건 어떤 의미일까? 그 아이가 중요하지 않아서일까? 아니면 감정을 느낄 수 없는 사이코패스였던 걸까? 하지만 이상한 일이다. 엄마와 아빠가 이혼하던 날은 가슴이 빠개질 듯 슬펐는데. 갑자기 슬픔이 다 어디로 사라진 걸까?

"아… 존나 꼽네. 꼴에 사귀는 사이였다 이거지? 야! 애 아빠가 혹시 너냐?"

"뒈지고 싶어?"

도윤은 기어이 멱살을 잡았다. 지호는 마땅히 그렇게 나왔어야한다는 듯 실실 웃으며 도윤과 한바탕 난투극을 예상했다. 그대로뒀으면 벌어질 일이었다.

"다들 그만두지 못해?"

담임이 들이닥쳐 소리를 지르면서 상황은 일단락됐다.

도윤이 그제야 쥐고 있던 지호의 멱살을 놨다. 주먹을 날렸다면아마 자신을 놀렸기 때문일 것이다. 은조 따위, 죽었어도 상관없다.도윤은 그게 너무 이상했다. 갑자기 자신이 괴물처럼 느껴졌다.

12

죄의 무게

반복되는 진동음과 함께 휴대폰 액정이 반짝였다. '도윤 엄마'라는 네 글자가 화면에 떴지만 휴대폰의 주인은 방 안에 없었다.

하경은 딸의 방을 청소하고 있었다. 계절이 바뀌기 전 옷장을 정리하려는 것이었다. 하경은 딸의 옷들을 보며 흐뭇해하다 갑자기 표정이 어두워졌다. 태은의 방 한쪽 구석에 있는 벽장 때문이었다. 도어록으로 잠긴 벽장 문은 이때껏 한 번도 열린 적이 없었다.

하경은 여느 때처럼 한숨을 쉬며 호기심을 눌렀다. 그러다 새삼스러운 충동에 사로잡혀 도어록에 다가가 숫자를 눌러봤다. 하지만 그렇게 쉬울 리가 없었다. 비밀번호 오류를 알리는 경고음이 울렸다. 하경은 다시 한번 손가락을 움직였다. 결과는 마찬가지였다.

"도대체 안에 뭘 넣어둔 거야."

하경은 신경질적으로 같은 동작을 반복했다. 그러다 가사도우미의 기척을 느끼고는 헛기침하며 시치미를 뗐다.

"사모님, 아까부터 전화가 계속 울리는데요."

"누군데요?"

"도윤 엄마라고…."

강해수. 그 여자가 또 무슨 일일까? 태은과 엮여도, 혹은 용범과 엮여도 기분 나쁠 수밖에 없는 여자였다. 그러나 무시할 수 없는 여자였다. 가만히 두면 어쩐지 큰 사고를 칠 것만 같았다.

"탁 트여서 좋네요. 애 키우면서 가는 곳이 매번 거기서 거기였는데. 역시 일하는 분들을 만나면 재밌는 일들이 생기네요."

한강이 내다보이는 카페에서 해수를 만난 하경은 짐짓 여유를 부렸다. 반쯤은 진심이었다.

"중요한 일이 있어서 연락드렸어요."

해수는 무겁게 본론부터 꺼냈다.

"그러시겠죠. 도윤 어머니처럼 대단하신 분께서 이유 없이 저랑 시간을 보내시겠어요?"

하경은 대놓고 빈정거렸다. 해수는 그 말에서 가시를 느꼈지만 지금은 그게 중요한 게 아니었다.

"태은이 일이에요."

"도대체 왜 자꾸 태은이한테 그러세요? 우리 태은이… 그냥 어린 애예요. 걔 좀 그냥! 내버려두시면 안 돼요?"

태은이 일이라는 말에 하경은 극도로 예민한 반응을 보였다.

"다칠까 봐 그래요."

"다치게 하려는 건 아니고요?"

"태은이 명찰에서 김준우의 혈흔이 발견됐어요."

해수는 하경이 진지하게 받아들이도록 정공법을 택했다.

"뭐라고요?"

"죄송하지만 당분간은, 태은이를 조사할 수밖에 없어요. 이 말씀을 드리려고 뵙자고 했어요. 아무래도, 먼저 말씀드리는 게 예의 같아서요."

순간 하경의 입에서 헛웃음이 새어 나왔다. 해수는 하경의 시선을 피하지 않았다.

"재미있는 분이네요, 도윤 어머니. 아니, 강해수 씨."

하경은 독이 오른 눈으로 차갑게 쏘아붙였다.

"솔직히 불쾌하네요. 남편하고 얽힌 것만 해도 기분 나쁜데 우리 딸까지 자꾸 들쑤시고…."

"태은 엄마."

해수는 하경이 진정하기를 기다려 차분히 말을 이었다.

"오히려 태은이기 때문에 더 조심하고 있어요. 도윤이랑 친구라서."

"남의 딸 걱정 말고 그쪽 아들이나 제대로 건사하세요. 죽은 은조랑 도윤이, 사귀는 사이였던 거 알고는 있어요?"

"…?"

"역시 모르고 계셨네요. 세상 모르는 거 없는 분께서 어떻게 그건 몰랐을까요?"

하경은 조소를 머금고 자리에서 먼저 일어났다. 그러나 그건 상관없었다. 도윤이 은조의 남자친구라는 얘기를 듣는 순간 해수는 머릿속의 퓨즈가 나가버린 기분이었다. 남자친구라니! 해수는 바로 은조의 임신 사실을 떠올렸다.

"말도 안 돼! 그럴 리 없어… 하지만, 혹시라도…."

해수는 주차장으로 달려가 바로 시동을 걸었다. 아이 아빠가 누군지부터 알아야 했다. 그래야 뭐든 해결할 수 있었다. 해수는 다급한 마음에 목적지도 정하지 않고 가속 페달을 밟았다. 그러다 마주오는 트럭을 발견하고 급히 핸들을 꺾었다.

쿵!

충돌음과 함께 해수의 차가 빙글 돌았다. 순간 해수는 극한의 공포를 느꼈다. 죽음을 목전에 둔 자가 느끼는 공포였다. 하지만 이대로 죽을 수 없었다. 이렇게 죽어버리면 아무도 도윤을 지켜주지 않을 것이다. 해수는 살아야겠다는 의지 하나로 핸들에 매달려 다시 차를 몰았다. 그러나 얼마 못 가서 결국에는 가로수를 들이받고서야 멈춰 섰다.

해수는 놀란 가슴을 가라앉히며 핸들에 얼굴을 파묻었다. 그녀의 휴대폰이 연신 울어댔다.

"도윤 아빠…."

죽도록 미워했던 남편의 전화에 해수는 눈물을 쏟았다. 지금 이 순간 그 사람만 한 아군은 없었다. 적어도 그는 도윤의 아빠였다.

"이게 뭐지?"

폴리스라인이 둘러쳐진 현장에서 기영은 반짝이는 뭔가를 발견하고 허리를 숙였다. 기영이 찾아낸 건 깨진 앰풀 조각이었다. 반으로 깨진 그 조각은 어쩐지 심상치 않은 느낌을 줬다.

"팀장님, 이것 좀 봐주세요."

기영이 영길의 눈앞에 유리 조각을 내밀었다.

"이게 뭔데?"

"앰풀 같아 보이는데요… 단서가 되지 않을까요?"

"여기 널브러진 쓰레기가 한둘이야? 치우고, 얼른 혈흔이나 다른 단서 될 만한 거 없는지 찾아봐."

영길은 건성으로 대꾸했다. 조급해하는 그의 입장도 이해는 갔다. 기영이 얘기하는 동안에도 쉴 새 없이 휴대폰이 울려댔다. 사건이 시끄러운 만큼 경찰은 몇 배로 더 시달려야 했다. 언론과 직접 부딪쳐야 하는 영길의 피로감은 말할 필요도 없었다.

"네, 청장님. 네, 그게 말이죠."

영길은 휴대폰에 대고 연신 변명을 늘어놓으며 다른 곳으로 이동했다. 기영은 영길의 말대로 유리 조각을 버리려다 마음을 바꿨다. 그건 형사의 직감이었다. 기영은 자신의 직감을 확인하기 위해 해수에게 전화를 걸었다.

"어, 얘기해."

수화기 너머로 가라앉은 목소리가 말했다. 누구라도 힘든 시기이니 해수의 기분이 나쁘다 해도 이상할 건 없었다.

"강은조 사건 현장에서 수상한 앰풀 조각을 발견했는데요."

"…?"

"팀장님은 별거 아니라는데 전 좀 별거 같기도 해서요. 이거 감식반으로 넘기면 혼날까요?"

기영이 말을 맺자 잠시 정적이 흘렀다. 물론 해수도 생각할 시간이라는 게 필요할 것이다. 그러나 그녀답지 않게 침묵이 길었다. 곤란한 부탁을 한 걸까. 기영은 폐를 끼치는 게 미안해 신경 쓰지 말라고 얘기하려 했다. 바로 그 순간, 해수에게서 원하던 답이 돌아왔다.

"일단 훼손되지 않게 잘 보관해. 감식반엔 내가 비공식적으로 부탁할게."

"역시 선배님! 그러실 줄 알았다니까요! 감사합니다."

기영은 순수하게 선배의 도움에 감사했다. 그러나 그녀의 순수함과 감사함은 해수에게 죄책감으로 돌아왔다. '앰풀'이라는 단어가 도윤과 은조의 교제 사실만큼이나 충격이었다. 하나씩 발견되는 단서가 도윤이 은조를 죽였다고 증명하는 것 같아 해수는 불안했다. 그러나 절대 그럴 리 없었다. 그녀가 아는 한, 도윤은 여전히 소심하고 착한 아이였다.

"와주셔서 감사합니다."

환하게 웃고 있는 은조의 영정사진을 등지고 서서 청규가 예를 갖췄다. 그는 명문고등학교 이사장이자 은조의 아빠였다.

"뭐라 드릴 말씀이 없습니다."

해수도 머리를 숙여 조의를 표했다. 은조의 말간 미소를 보자 심장이 쿡 아파왔다. 그 아픔에 해수는 자신이 왜 이곳에 왔는지조차 잊을 뻔했다.

"영원히 저 모습으로 남겠죠."

백발의 아버지는 꽃 같은 딸의 영정사진을 보며 조용히 흐느꼈다. 또래를 키우는 해수에게도 그의 비통함이 고스란히 전해졌다. 하지만 슬픔에만 빠져 있을 수는 없었다. 혹시라도 도윤이 사건에 얽혀 있다면 수단과 방법을 가리지 않고 아이를 빼내야 했다.

"부검 결과는…."

"네, 들었습니다."

두 사람은 암묵적으로 '임신'이라는 두 글자를 삼켰다. 그 뒤로 한동안 침묵이 이어졌다.

"…같은 놈일까요?"

침묵을 깬 건 청규였다.

"네…?"

"은조를 죽인 놈과 그 지경으로 만든 놈이 같은 놈인지를 묻는 겁니다."

청규는 딸을 임신시킨 장본인과 살인범이 같은 인물인지를 의심했다. 당연한 의심이었다. 해수 역시 그 생각을 먼저 했으니까. 하지만 아들 건사 제대로 하라던 하경의 일갈이 떠올라 도저히 공정해질 수가 없었다.

"글쎄요. 그건 수사를 해봐야 알 수 있겠죠."

"용의자가 전부, 우리 학교 학생이라고 들었습니다만."

"일단은 그렇습니다."

"그 녀석들은 아니었으면 좋겠군요."

해수는 핏발 선 청규의 눈을 보며 그의 심정을 헤아려봤다. 명색이 스승이니 제자를 범죄자로 마주하고 싶지는 않을 것이다.

"학교에만 20년 넘게 있다 보니 별의별 사건을 다 보게 되더군요. 당연히 학생들 범죄도 비일비재하구요. 절도, 폭력, 성범죄, 자살… 살인 빼고는 다 지켜봤다고 해도 과언이 아닙니다. 하지만 그중 어떤 사건도 죗값을 제대로 치르는 걸 본 적이 없습니다."

"소년법이 적용되는 나이니 그럴 수밖에요."

해수는 형식적으로 대꾸했다.

"은조가 죽었습니다. 어른이 죽였건 아이가 죽였건, 그 녀석이 돌아올 수 없다는 건 달라지지 않겠죠. 그런데 왜? 범인이 누구냐에 따라 죗값이 달라져야 하는 걸까요?"

해수는 그제야 범인이 제자가 아니었으면 하는 청규의 바람을 읽었다. 범인이 미성년자라면 그가 원하는 만큼의 죗값을 치르게 할 수 없다. 그러니 딸을 잃은 아버지 입장에서는 범인이 법망을 피해 갈 수 없는 성인이길 바랄 것이다. 해수 역시 그와 같은 마음이었다.

제발 그의 제자 중에 범인이 없기를. 설령 있다 하더라도 도윤이 아
니길.

———— ◆ ————

　지친 몸을 이끌고 귀가하던 해수의 시야에 익숙한 그림자가 어른
거렸다. 민석이었다. 갑작스런 전남편의 등장에 해수는 울컥했다.
여전히 그는 싫은 존재였다. 그러니 그리움이 북받쳤다거나 한 건
아니었다. 그러나 온전히 같은 편이라는 이유만으로 그의 등장은
상상 이상의 힘을 발휘했다.

　"여긴 웬일이야?"

　해수는 마음에도 없이 퉁명스레 물었다.

　"너야말로 무슨 일이야?"

　그의 목소리는 그녀가 기억하는 만큼 따뜻했다. 여전히 식지 않
은 온도가 해수의 마음을 무너뜨리기에 충분했다.

　"도윤이가⋯."

　"도윤이가 왜?"

　"모르겠어. 도윤이가 아닐 수도 있겠지?"

　해수는 혼란스러운 마음에 무심코 말했다.

　"그게 무슨 소리야? 설마⋯ 지금 명문고 살인 사건 얘기야?"

　해수는 조용히 고개를 끄덕였다.

　"지금 우리 아들이 사람이라도 죽였다는 거야?"

"그렇게 간단한 문제가 아냐."

"그럼 도대체 뭔데?"

"나도 실마리를 풀어야 해. 하지만 확실한 건, 이번에 죽은 여자 애랑 도윤이가 사귀었다는 거고, 저번에 죽은 남자애랑 도윤이가… 아, 모르겠다. 정말 모르겠어."

"알아들을 수 있게 말을 해."

"일단 정리할 시간을 줘. 그럼 당신에게 도움을 청할게."

"해수야."

"일반적인 상황이 아니어서 그래."

이 사건에 이상한 약이 얽혀 있다고 어떻게 말할 수 있을까. 자식이 좋은 성적을 내길 바라는 마음에 뭔지도 모르는 이상한 약을 먹게 내버려뒀다는 말을 차마 할 수 없었다.

"그래. 알았다."

민석은 별수 없이 한숨을 뱉었다.

"들어가볼게."

"해수야."

하루에도 수없이 불리는 이름이었지만 그 순간 새삼 뭉클한 감정을 자아냈다.

"모든 걸 혼자 하려고 하지 마."

"그래. 그럴게."

해수는 감정을 들킬세라 얼른 뒤돌아섰다. 괜한 오해를 사고 싶지는 않았다. 혼자 감당하기 벅차서 기대고 싶지만 그건 재결합을 향한 갈망이 아니었다. 해수는 알고 있었다. 민석이 아직 그녀를 원하고 있다는 사실을. 그걸 아는 이상 그에게 상처 주고 싶지 않았다. 그가 도윤의 아빠로만 존재하기를 바랐다.

해수는 탈진한 상태로 거실에 들어섰다. 어둠 속 열려 있는 도윤의 방에서 한 줄기 빛이 새어 나오고 있었다. 평범한 풍경이었지만 해수에게는 일종의 계시처럼 느껴졌다. 그녀는 이끌리듯 아들의 방으로 향했다.

도윤은 문제 풀이에 골몰하고 있었다. 그 모습이 어쩐지 기이해 보였다. 해수는 왜곡된 자신의 시선에 자책감을 느꼈다. 아직 착하고 여린 아이. 그런 아이를 두고 쓸데없는 생각을 하는 자신이 싫었다. 해수는 맴도는 의심을 지우려 그에게 말을 걸었다.

"괜찮아?"

"뭐가?"

"은조 말이야."

"아….'

도윤은 심드렁하게 한마디 뱉고는 입을 꾹 다물었다. 그 무심한 반응에 해수는 심장이 쿵 내려앉았다. 여자친구가 죽었다. 한 달을 좋아했건, 단 하루를 설레게 했건, 그런 아이가 죽었는데 저렇게 무심할 수 있다니. 겁 많고 사람 좋아하던 내 아들이 아니다. 저 낯선 눈빛은 뭘까.

"어쩔 수 없지."

도윤은 마지못한 듯 말을 이었다.

"어쩔 수 없다고?"

"그렇잖아. 다시 살려낼 순 없는 거니까."

해수는 멍한 눈으로 아들을 봤다.

"나 시험 기간이라 공부해야 하는데."

도윤은 노골적으로 불편함을 드러냈다.

"어… 어, 그래. 알았어."

해수는 말을 얼버무리고 방을 나왔다. 확실한 건, 지금 도윤은 그녀가 이제까지 품고 키워온 그 아이가 아니라는 사실이었다. 정말로 약이 문제일까.

해수는 조급한 마음에 전화를 들었다.

"난데 기영아. 부탁 하나만 들어줄래?"

"이게 무슨 짓이죠?"

연락도 없이 경찰이 들이닥치자 승리가 앙칼지게 소리쳤다.

"수색영장 들고 밀어붙이기 전에, 협조하시죠."

해수의 부탁을 받은 기영은 에이스클리닉이 문을 열자마자 밀고 들어간 상황이었다.

"수색영장이요? 그럴 능력은 되시고요?"

승리는 기가 찬 표정으로 항의했다.

"서로 번거롭게 하지 말죠. 서류 하나만 보자는 거잖아요."

"거절합니다."

"그럼 별수 없네요. 여기 학생이고 학부모고 오는 시간까지 죽치고 있다가 수사란 어떻게 하는 건지! 드라마에서만 보던 그 장면, 여기서 한번 재연해보죠."

기영이 물러설 기색이 없자 승리는 차갑게 그녀를 노려봤다. 하지만 기영은 아랑곳없이 느긋하게 소파에 몸을 묻을 뿐이었다.

"그러니까, 재원생 리스트만 드리면 된다는 거죠?"

승리의 눈빛에 체념이 묻어났다.

"빙고."

기영이 빙그레 웃으며 말했다. 선배가 맡긴 임무를 해냈다는 만족감이 묻어 있었다. 기영의 짐작대로라면 해수는 김준우와 강은조, 두 사람 사건의 실마리를 에이스클리닉에서 찾을 모양이었다. 기영은 곧장 해수에게 전화를 걸어 임무 완수를 알렸다.

"똑바로 앉아. 너 용의자야."

해수는 삐딱하게 앉아 있는 지호에게 주의를 줬다.

"용의자요?"

지호는 가당치도 않다는 듯 헛웃음을 쳤다.

"이거, 네 것 맞지?"

해수는 책상 위에 박살 난 휴대폰을 올렸다. 깨진 액정 사이에 피가 말라붙어 있었다. 그때까지 삐딱하게 앉아 있던 지호가 휴대폰을 보고 소스라치게 놀랐다. 자신의 물건을 단번에 알아본 것이다.

"은조가 살해될 당시 이 폰으로 영상이 송출됐어. 현장에서 발견
됐고."

"그래서요?"

지호는 최대한 호기롭게 응수했다. 당황했다는 사실을 들키면
자백이나 다름없다고 생각했다.

"은조가 살해된 현장에 네 폰이 있었어. 그 폰으로 살해 장면을
찍고, 그 영상을 이걸로 뿌렸어. 그런데도, 그래서요가 다야?"

"그 휴대폰, 사흘 전에 잃어버린 거예요. 그다음 날 바로 새 폰으
로 바꿨고요."

"확실해?"

"조사해보세요 그럼."

"지호야."

"아… 또 뭔데요?"

"작년에 선수 자격 정지된 적 있지?"

"지랄. 도대체 뭘 어쩌자는 건데요?"

"그때 먹었던 약이 뭐니?"

"아, 빡쳐. 적당히 하세요 좀."

"혹시, 이거니?"

해수는 휴대폰 옆에 문제의 약병을 올려놨다. 순간 지호의 얼굴
에 당혹감이 번졌다. 해수는 기세를 몰아 지호를 추궁하려 했다. 그
런데 그때 문이 열리고 기영이 들어섰다. 해수가 부탁한 재원생 리
스트를 전하기 위함이었다. 해수는 리스트를 찬찬히 들여다보다

지호에게 물었다.

"에이스클리닉 재원생 리스트야. 근데 이 안에 네 이름은 없어."

"…!"

"은비 사물함에서 훔치려던 게 라켓만이 아니라 이 약이었니?"

지호가 갑자기 자리를 박차고 일어섰다.

"김준우 그 자식이!"

"…?"

"그 자식이 먼저 그랬다고요!"

"…!"

"은비네 엄마가 하는 클리닉에서 이 약을 쓴다고! 그거 먹고부터 집중도 잘되고 성적도 오르고 그랬다고요!"

해수는 차분히 지호를 응시했다. 불안한 마음에 지호는 입에서 나오는 대로 떠들었다.

"그렇지만 전 아무도 죽이지 않았어요. 걔네들 죽여서 내가 얻을 게 뭔데요?"

지호가 소리치며 억울함을 토해냈다. 물증은 강력하지만 심증이 들지 않았다. 해수는 논리를 거스르는 막연한 예감을 싫어했다. 사람을 귀찮게 하는 까닭이었다. 증거를 들이밀면 다수가 수긍하지만, 예감을 설득하려면 집요하게 파고들어 모두가 동의할 만한 무기를 찾아내야 한다. 그것도 각자의 눈높이에 맞춰서.

해수는 지호가 범인이 아니라는 결론을 내리고 있었다. 물론 몇 가지 검증 절차는 필요했다. 그건 해수에게 결코 달가운 일이 아니었다. 누군가가 범인이 아니라면 도윤이 범인이 될 확률이 그만큼 높아지기 때문이었다.

해수는 에이스클리닉 재원생 명단에서 도윤의 이름을 찾기 시작했다. 도윤에게 화살이 돌아가면 불리한 증거로 작용할 게 뻔했다. 그러나 어쩐 일인지 도윤의 이름 석 자는커녕 동명의 다른 아이조차 발견할 수 없었다. 혹시 놓친 게 없나 다시 명단을 뒤지기 시작할 즈음 휴대폰이 울렸다. 승리였다.

"선물은 마음에 드시나요?"

해수는 선물이라는 말에 맥이 풀렸다. 그제야 상황을 파악한 것이다.

"명단에서 도윤이 이름 빼느라 나름 힘들었어요. 그래도 공직자고 공인이신데, 이런 구설에 오르면 곤란하지 않겠어요?"

"지금 뭐 하자는 거죠?"

해수는 안도하는 한편 날을 세웠다. 주는 것이 있으면 두 배는 되가져가는 것이 이런 자들의 속성이다.

"거래를 하자는 거죠."

"거래라고요?"

"에이스클리닉에 관한 모든 수사를 중단해주세요. 그러지 않으면 분명… 후회하실 거예요."

승리는 자신에 차 있었다. 아마 해수라도 그랬을 것이다. 자식의 미래를 걸고 하는 약속을 거절할 수 있는 엄마는 없다. 그건 해수도 마찬가지였다. 그러나 수사관으로서의 사명감이 발목을 잡았다. 해수는 차마 요구에 응할 수 없어 말을 돌렸다.

"김준우 학생 이름은 왜 명단에 없는 거죠? 은조는요?"

화제를 돌리려는 목적도 있었지만 명단을 확인할 때부터 궁금했던 대목이었다. 이 모든 사건의 발단이 클리닉의 약 때문이라는 가설을 입증해야 했다.

"준우 엄마 꼴을 보고도 명단에 그 이름이 있을 거라고 생각하신 건가요? 남의 집에서 식모살이나 하는 형편에 고가의 클리닉을 받을 수 있겠어요?"

빈정대는 승리의 목소리 너머로 둔탁한 소리가 들렸다. 누군가 문을 여는 소리였다.

"손님이 오셔서 이만 끊어야겠네요. 저의 제안, 새겨들으시길 바랍니다."

승리는 일방적으로 전화를 끊었다. 해수는 무거운 마음으로 자리에서 일어섰다. 커피라도 한잔 마시지 않으면 미쳐버릴 것 같았다. 살펴봐야 할 일이 너무 많았고, 그중 어느 것도 놓칠 수 없었다. 사실, 중요한 것 하나를 이미 놓쳤지만 해수는 미처 알아채지 못하고 있었다.

"명단에 있는 학생들, 다 조사하실 거예요?"

커피를 내리는 해수 곁으로 기영이 다가서며 물었다.

"생각 중이야."

"약물 분석 결과 특이사항은 없다면서요. 선배님 감을 못 믿는 건 아니지만, 방향을 잘못 잡으신 거 아닐까요?"

기영의 말이 맞을지도 몰랐다.

"일단, 김준우 학생 약물반응검사 보고서 검토해줘. 거기서 발견된 약물이랑 에이스클리닉 약물 검사 결과를 대조해보면 답이 나올지도 몰라."

"네, 알겠습니다."

"그리고, 강은조 부검 결과도 같이 확인 부탁해. 김준우랑 같은 성분이 발견된다면… 분명 문제가 있는 거야."

"안 그래도 물어보실 것 같아서 체크해봤는데요, 강은조 학생은 해당 약물에 대한 반응이 없던데요?"

"확실해?"

"그럼요. 제가 세 번이나 비교해봤어요."

"그래…."

"참! 그때 부탁드렸던 거요."

기영이 내민 것은 사건 현장에서 발견한 앰풀 조각이었다. 절반 이상 깨졌지만 해수는 단번에 그 조각을 알아봤다.

"알겠어. 알아볼게."

해수가 조각을 넘겨받으며 말했다. 만일 이 앰풀이 도윤이 거라면 어떻게 될까. 아니, 이런 질문도 비겁하다. 이제는 똑바로 물어야 한다. 정말 도윤이 범인인 거냐고. 그러면 김도윤의 엄마인 너는 어떻게 할 거냐고.

해수는 머릿속 질문들을 하나도 내려놓지 못한 채 집으로 들어섰다.

"네 아들은 어디 두고 너만 오냐?"

뉴스를 보던 경자는 습관처럼 손자부터 찾았다. 맹목적인 사랑이었다. 해수는 종종 손자를 향한 경자의 애정에 박탈감을 느끼곤했다. 자신이 어릴 때도 저런 애정을 줬더라면. 아니 반의반만큼이라도 관심을 줬더라면 그런 험한 꼴을 겪진 않았을 거라는 억울함마저 들었다.

"도윤이는 학원 갔지."

해수는 미운 마음을 슬쩍 밀어놓고 대답했다.

"그나저나, 뉴스에 도윤이 학교가 계속 나오더라. 어디 뒤숭숭해서 애들이 공부나 하겠니?"

세상이 떠들썩한 뉴스이니 경자가 모를 리 없었다. 그러나 집에서까지 사건 얘기를 듣고 있자니 머리가 지끈거렸다.

"이번에 죽은 여자애는 새벽에 나갔다가 변을 당한 모양이던데… 요즘 애들은 겁도 없나 봐. 그 새벽에… 난 도통 모르겠다. 도윤이도 만날 새벽에 들어오고 그러던데."

"…?"

"그러고 보니, 며칠 전에도 너랑 어쩌고저쩌고하다 나가서는 동트고 들어오지 않았니?"

경자의 말에 해수는 머리카락이 쭈뼛 섰다. 그 말대로라면 도윤의 활동 시간은 은조의 사망 시각과 겹친다. 도윤의 알리바이를 확인해봐야 할까. 다시 머리가 빙빙 돌기 시작했다.

"엄마."

"왜?

"그 얘기, 아무한테도 하지 마."

"응…?"

경자가 순진한 표정으로 딸의 얼굴을 마주 봤다.

"도윤이가 새벽에 들어왔단 얘기! 아무한테도 하지 말라고!"

해수는 자신도 모르게 버럭 소리를 질렀다. 어쩌면 도윤을 지킬 수 없을지도 모른다는 불안감이 그녀를 엄습했다.

◆

그 시각, 하경은 불안하게 집 안을 서성이고 있었다. 해수에게 큰 소리를 치긴 했지만 현실은 달라지지 않았다. 살인 사건 현장에서 태은의 흔적이 발견됐다는 건 그냥 지나칠 일이 아니었다. 남편과 의논할까 싶었지만 하경은 이내 생각을 접었다. 확실한 것도 없는 상황에서 그를 자극하고 싶지 않았다.

용범은 대체로 조용한 편이지만 사회적 명예가 훼손되는 상황이라면 완전히 딴사람이 되었다. 만일 딸이 살인 용의자로 지목돼 경찰서를 들락거린다는 사실을 알게 된다면? 하경은 절대 그 얼굴만큼은 보고 싶지 않았다.

생각의 고리를 끊어낸 건 태은의 전화였다. 딸의 전화를 받고서야 하경은 정신을 차렸다.

"어머 어떡해! 태은아, 미안. 엄마가 너 픽업하는 거 까맣게 잊어버렸네."

태은은 일언반구도 없이 전화를 끊어버렸다. 익숙한 딸의 반응에 하경은 새삼 허무해졌다. 항상 이런 식이었다. 자신은 최선을 다하지만 딸은 냉정했다. 그런 딸을 그저 이해할 수 없는 아이라고만 생각했다. 하지만 그런 게 아니라면? 그보다 더 무서운 존재라면?

꼬리에 꼬리를 물고 생각을 이어가던 하경은 새삼 해수의 말을 떠올렸다. 클리닉에서 제공한 약이 준우를 죽였다는 말. 그리고 그 약을 먹고 도윤이 쓰러졌다는 말이 머릿속을 뱅뱅 맴돌았다. 정말 약이 문제인 걸까? 태은이도 약을 먹고 달라진 걸까?

돌이켜보면 대여섯 살 때 태은은 다정한 아이였다. 초등학생 때에는 어쩐지 조용해지기는 했지만 그래도 순진한 구석이 있어 종종 웃음을 주기도 했었다. 그러고 보니 태은의 감정이 얼어붙던 시기가 클리닉을 시작하던 때와 맞물리는 것 같기도 했다. 하경은 불안해서 미칠 지경이었다. 조바심을 내며 승리에게 전화를 했지만 통화가 되지 않았다.

하경은 태은의 방으로 향했다. 일단 망할 약부터 찾아 없애야겠다고 생각했다. 그러나 도대체 어디에 숨겨뒀는지 보이지 않았다. 하경은 앰풀을 찾겠다는 일념으로 온 방을 다 헤집었다. 그러다 새삼 도어록으로 굳게 닫힌 벽장에 시선이 갔다. 언제나 그렇듯 문은 열리지 않았다.

"아우, 정말."

애가 탄 하경은 숫자를 이리저리 조합해가며 눌러봤다. 태은이

다시 전화를 걸어온 건 그때였다.

"엄마, 나 현금카드 비밀번호가 뭐였지?"

난데없이 천진한 목소리였다.

"글쎄… 〈지킬 앤 하이드〉 개봉 연도 아니었어?"

"아 맞다, 그랬지!"

"근데 현금카드는 갑자기 왜?"

"그냥. 갑자기 붕어빵 사 먹고 싶어서. 붕어빵 사려면 현금 필요하잖아."

"애는 애네. 알았어. 맛있게 먹고 수업 잘해."

애어른같이 굴어도 아직은 어린애였다. 붕어빵이라니. 하경은 피식 웃다가 문득 뭔가를 떠올렸다. 비밀번호의 단서였다. 그녀는 휴대폰을 꺼내 '지킬 앤 하이드 개봉 연도'를 검색했다. 1931. 그제야 태은이 비밀번호를 알려주려고 전화했다는 사실을 깨달았다. 붕어빵 따위는 먹어본 적도 없는 아이였다. 한순간 태은을 보통 아이들과 같은 부류로 착각했던 것이다.

하경은 태은과 자기 사이의 벽을 새삼 느끼며 허무해하다 이내 정신을 차렸다. 다시 숫자를 누르는 손끝에 정신을 집중했다.

1, 9, 3, 1.

삐리릭, 소리와 함께 벽장이 열렸다. 드디어 해냈다는 기쁨도 잠시, 하경은 곧 충격에 휩싸이고 말았다. 벽장 안쪽에 가득 붙어 있는 폴라로이드 사진 때문이었다. 교복 차림의 아이들을 구타한 뒤에 찍은 사진들로 어느 것 하나 피로 얼룩지지 않은 것이 없었다.

하경은 떨리는 손으로 한 장씩 살펴보다 털썩 주저앉았다. 피를 흘리며 죽은 은조의 사진도 거기 있었다.

"이게 다… 뭐야…?"

몸이 얼어붙고 전신에 소름이 쫙 끼쳤다. 바로 그때, 차갑고 축축한 손이 하경의 어깨를 감싸 쥐었다.

"여기서 뭐 해?"

익숙한 음성에 하경은 부들부들 떨며 위를 올려다봤다. 용범이 위압적인 기운을 뿜어내며 그녀를 내려다보고 있었다.

13

봉인된 거울

"어머, 도윤이구나!"

퇴근길의 승리가 도윤을 보고 반색했다.

"안녕하세요."

도윤이 반사적으로 가볍게 머리 숙여 인사했다.

"네가 이 시간에 웬일이니? 학원은?"

"학원 마치고 오는 길이에요."

승리는 시계를 흘깃 봤다. 밤 10시가 조금 넘은 시각이었다. 그러고 보니 학원들마다 쉴 새 없이 아이들을 쏟아내고 있었다.

"시간이 벌써 그리 됐구나. 근데, 무슨 일 있니?"

"약이 필요해요."

도윤은 머뭇거리지 않고 용건을 꺼냈다. 승리는 새어 나오는 웃음을 애써 참았다.

"그 약, 더 주실 수 있나요?"

승리가 대답하지 않자 도윤이 재차 물었다. 잠시 고민하던 승리가 도윤의 귀에 대고 속삭였다. 도윤은 그제야 만족스러운 미소를 지었다.

그러나 해수의 사정은 그렇지 못했다. 이제 막 듣지 말았어야 할 소식을 들은 탓이었다. 정신 나간 사람처럼 달려 나가는 딸을 보고 경자는 이혼하더니 제정신이 아니라며 혀를 끌끌 찼다. 새삼스럽지도 않은 핀잔이었지만 해수의 귀에는 가닿지 못했다.

해수가 정신없이 달려간 곳은 국과수 감식반이었다. 기영이 찾아낸 앰풀 조각에서 지문이 발견됐다는 소식이었다.

"선배, 그게 정말이야? 정말… 우리 도윤이 지문이야?"

국과수 선배를 찾아간 해수는 이성을 잃고 목청 높여 물었다. 그녀답지 않게 허둥대는 모습에 선배가 의아해하며 결과지를 건넸다. 해수는 넋 나간 표정으로 그가 건넨 감식 결과를 확인했다. 자신이 제출했던 도윤의 지문과 앰풀 조각에서 나온 지문이 완벽하게 일치한다는 결과였다.

"왜? 이게 뭔데? 혹시 사건이랑 관련…?"

"아니야!"

해수는 그제야 정신을 수습하고 주섬주섬 둘러댔다.

"도윤이가 공부… 아니, 카페인이니 뭐니 너무 먹어서 단속을 좀 했는데… 애가 말을 안 듣네. 허구한 날 노느라 정신없더니 이제 발등에 불이 떨어졌나 봐."

"강해수 아들인데 오죽할까."

선배는 눈치를 챘는지 못 챘는지 해수의 말에 맞장구를 쳤다. 해수는 살뜰하게 샘플 회수를 부탁했고, 선배에게 몇 번이고 비밀엄수를 다짐받았다.

감식반을 나선 해수는 비틀거리며 주차장으로 향했다. 가까스로 차에 다가가던 해수는 거의 쓰러질 지경이었지만 눈앞에 나타난 사람을 보고는 이내 정신을 가다듬었다.

"여긴 웬일이야?"

갑작스런 민석의 등장에 해수는 당황했다. 도윤이 범인이라는 증거가 차곡차곡 모이고 있는 이 시점에 민석의 존재가 득일지 실일지 알 수 없는 까닭이었다. 물론 해수도 모르진 않았다. 민석이 그 누구보다 아들을 사랑하고 있다는 사실을. 그러나 간과할 수 없는 것이 있었다. 그는 고지식한 판사이자 징글징글할 정도로 융통성이 없는 원칙주의자였다. 그가 지방을 전전하는 존재감 없는 판사로 살아가는 이유 역시 그런 성격 때문이었다.

"지금 그게 중요해?"

"그러게."

해수는 어디까지 얘기해야 하나 고민에 빠졌다.

"차 두고 내 차로 가."

"아니야."

"너 지금 운전 못 해. 네 차는 대리 불러서 갖다 두라고 할게."

민석의 배려에 해수는 잠시 마음이 약해졌다. 하늘 아래 이 사람만큼 한편이 돼줄 사람도 없다는 생각이 기댈 곳 없는 해수의 외로움을 자극했다. 결국 해수는 민석에게 가슴속 묵직한 돌덩이를 내려놓았다. 심정적으로 도윤이 유력한 용의자이며, 이제 막 그걸 뒷받침할 증거까지 발견했다는 사실을 털어놓았다.

"사실이라면, 경찰에 알려야 해."

맙소사. 한순간이라도 이 남자를 믿었다니. 해수는 10분 전 자신에게로 돌아가 뺨이라도 갈기고 싶었다.

"제정신이야? 도윤이! 당신 아들이야!"

"그래. 도윤이 내 아들이야! 그러니까 더 알려야지. 만일 도윤이가 범인이라면, 그걸 덮는다면, 앞으로 망가져가는 거 막을 수 있을 것 같아?"

"그렇다고 애를 감옥에 보내? 그럴 순 없잖아!"

"단정 짓지 마. 당신이 말한 것들, 모두 정황증거야. 직접적인 살인 증거가 아니라고!"

"그래! 그러니까 당신이 도와줘. 당신 판사잖아. 그렇지? 그러니까… 모두 정황증거니까… 만일 도윤이가 체포되면…."

"해수야."

"제발… 도윤 아빠…."

"너답지 않게 왜 이래? 너, 강해수잖아."

"아니, 나 강해수 아니야. 나 그냥 도윤이 엄마야."

해수는 이성을 잃고 울며 매달렸다. 민석은 흥분한 그녀를 담담히 바라보다가 울음이 잦아들자 달래기 시작했다.

"도윤이 지키고 싶으면… 도윤이 엄마 말고 강해수가 돼."

"…"

"네 힘으로 범인 찾아내서 도윤이 혐의 벗겨내. 그게, 우리 아들 살리는 길이야."

민석의 말이 옳았다. 문제는 옳기만 하다는 거였다. 도덕책에서 베낀 듯 뻔한 위로를 듣고 싶었던 게 아니었다. 해수가 원한 것은 수단과 방법을 가리지 않고 내 새끼를 살려내겠다는 다짐이었다. 그러나 민석은 끝내 원하는 답을 주지 않았다.

───────

아이들이 각자의 집을 향해 엉키는 대치동 사거리에서 도윤과 태은이 마주쳤다. 한순간 두 사람은 건조한 시선을 주고받다 도윤이 먼저 웃음을 터뜨렸다. 태은이 붕어빵을 쥐고 있는 모양새가 우스운 까닭이었다.

"하나 먹을래?"

도윤의 웃음에 태은 역시 사교적으로 응수했다. 그러다 지나친 친절이었을까 되짚어보던 태은은 남아봤자 버리기만 귀찮아질 뿐이라고 스스로를 합리화했다.

"기분이 어때?"

그네에 걸터앉아 발을 구르던 태은이 물었다.

"맛있네."

붕어빵이 도윤의 대답을 절반이나 집어삼켰다.

"기분이 맛있는 거냐?"

"그러게. 그럼 뭐? 어떤 기분?"

"은조, 죽었잖아."

태은이 정곡을 찌르자 도윤의 표정이 차갑게 굳었다.

"너희 사귀었다며?"

도윤은 한동안 말이 없었다. 그러다 결심을 했는지 붕어빵을 꿀꺽 삼키고는 천천히 입을 열기 시작했다.

"어제 우리 엄마 방에서 은조 사건 파일 찾아봤어."

"그래?"

태은이 흥미가 동했는지 눈빛을 반짝였다.

"희한하게도 은조가 준우 휴대폰을 쥐고 죽었다더라. 근데 그거, 내가 너한테 준 거잖아."

"그래서?"

"그게 왜 은조한테 있어?"

도윤은 자신이 쥔 패를 던지고는 태은을 빤히 바라봤다.

"글쎄. 어떻게 된 일 같아 너는?"

"깊게 생각하지 않는다면….

"않는다면?"

"네가 죽인 거라고 생각해."

도윤의 대답에 태은의 양 볼이 부풀어 올랐다. 그러더니 결국은 참지 못하고 웃음을 터뜨렸다. 발작적인 그녀의 웃음에도 도윤은 크게 동요하지 않았다. 태은은 한동안 웃어젖히더니 이내 표정을 가다듬고는 차갑게 쏘아붙였다.

"도윤아. 은조, 네가 죽인 거잖아."

배달원이 해수의 이름을 부르자 기영이 잽싸게 선배의 물건을 대신 받았다. 그러다 발신인이 '국립과학수사연구소'로 되어 있는 걸 보고는 봉투를 열고 서류를 꺼냈다. 평소 같으면 감히 선배의 서류에 손을 대지 않았을 테지만 자신이 부탁한 일이라 급한 성미를 이기지 못한 것이다. 그러나 기영은 이내 후회했다. 앰풀 조각에서 나온 지문이 도윤의 것과 일치한다는 충격적인 내용을 마주했던 것이다.

"이걸 어떡하지…?"

기영은 해수에게 전화를 하려다 이내 그만두었다. 직업윤리와 개인적 친분 사이에서 갈등이 시작된 것이다. 선배로서의 해수는 기영에게 은인이나 마찬가지였다. 경찰이라는 직업을 포기하고 싶은 순간이 올 때마다 용기를 북돋아준 고마운 선배였다. 도윤 또한 애틋하기는 마찬가지였다. 젖먹이 때부터 쭉 봐왔으니 비록 피붙이는 아닐지언정 조카나 다름없는 아이였다. 만일 자신의 선택으로 인해 도윤의 인생이 진창에 던져진다면 분명 견딜 수 없을 터였다.

하지만 그녀는 경찰이었다. 빌어먹을 직업을 그만둘 생각이 아니라면 사실을 상부에 보고하는 것이 자신이 해야 할 일이었다. 기영은 그길로 영길에게 달려갔다.

"서장님, 큰일 났어요!"

"또 뭔데?"

"강은조 학생 사망 현장에서 새로운 증거가 발견됐어요."

"증거야 많으면 좋은 거지. 그래서 뭐야?"

"사건 현장에서… 도윤이 유전자가 발견됐어요."

"도윤이? 도윤이가 누구더라?"

"해수 선배 아들이요."

"뭐?"

"그리고 하나 더 있는데요. 그게…."

기영은 결국 해수가 증거를 은폐하려 했다는 사실까지 보고하고야 말았다. 영길은 주저 없이 상부에 이 사실을 보고했고 경찰 내부는 발칵 뒤집혔다. 그러나 민석과 설전을 벌이느라 전화를 받을 수 없었던 해수는 집 앞에 도착해서 믿을 수 없는 광경을 목격하기 전까지 이 난리를 알아채지 못했다.

"저게 뭐야?"

민석의 차에서 내리던 해수는 혼이 나간 얼굴로 달렸다. 울고불고하는 경자를 뒤로한 채 도윤이 체포되고 있었다.

"도윤아!"

절규하는 해수를 기영이 막아섰다.

"죄송해요 선배."

기영은 진심으로 미안해했지만 해수의 시선을 피하진 않았다. 자신의 선택을 해수 역시 존중해줄 거라는 생각에서였다. 해수는 흔들림 없는 기영의 눈빛을 보며 더 이상 매달려봐야 소용이 없다는 사실을 인정했다. 도윤은 말없이 경찰차에 올랐고 해수는 멀어지는 아들의 모습을 그저 바라볼 뿐이었다.

"해수야, 이게 무슨 일이니? 응?"

경자가 목 놓아 울부짖자 민석이 그녀를 달래기 시작했다. 경자는 그런 사위를 판사님이라 부르며 손자를 살려달라 애원했다. 해수는 뭐부터 해야 할지 몰라 머리를 싸쥐었다. 그러다 시끄럽게 울리는 휴대폰 소리에 정신을 차렸다. 경찰청장 김만배. 위풍당당한 일곱 글자가 해수의 가슴을 짓눌렀다.

"네, 청장님."

"강 경정."

"네."

"자네, 이번 교수 임용에서 제외됐다는 소식이야. 이유는 나보다 자네가 더 잘 알겠지?"

"죄송합니다 청장님."

"우리 당분간… 거리를 두자고. 내 말뜻, 알아듣지?"

"알겠습니다."

"직위 해제 막아준 걸로 내 도리는 다한 줄 알아."

당연한 결과였다. 일말의 미련도 없었다. 교수 자리가 아니라 경찰 배지를 내려놓더라도 견딜 수 있었다. 도윤이 무사하다면, 경찰이라는 이름에서 놓여나자 해수는 주저 없이 아들을 구하러 달리기 시작했다. 서둘러 간다면 도윤의 취조 현장을 확인할 수 있을 터였다.

"은조가 사망한 옥상에서 네 머리카락이 발견됐어. 그것도 아주많이."

기영은 최대한 사적 감정을 누르겠노라 다짐하며 취조실에 들어섰다. 그러나 굳은 결심이 무색하게 도윤은 더없이 차가운 얼굴로응수하고 있었다. 기영은 처음 보는 아이처럼 도윤이 낯설었다. 그의 말투 또한 건조하기 그지없었다.

"그래서요?"

"은조랑 같이 있었니?"

"그 옥상에는 누구라도 갈 수 있어요."

틀린 말은 아니었다.

"그래서, 은조랑 같이 있었어?"

"은조랑 저, 사귀는 동안 자주 올라갔어요. 머리카락이라는 거,그러다 떨어질 수도 있는 거고, 같이 놀다 보면 달라붙을 수도 있는거 아니에요?"

"그럼 이건?"

기영은 탁자 위에 깨진 앰풀 조각을 올려두고 도윤의 반응을 살폈다. 도윤의 표정은 심드렁했지만 자신의 물건이라는 걸 알아챈눈치였다.

"난 안 죽였어요. 죽일 이유도 없고요."

"그렇지만 옥상에서 발견된 유전자는 너랑 은조 것밖에 없어."

"그게 더 이상하지 않아요? 거기 드나드는 애들이 몇인데. 다른 아이들 흔적은 다 지워버렸단 얘기잖아요. 그게 누구건요."

도윤은 막힘없이 방어하는 스스로에게 놀랐다. 미리 준비한 것처럼 망설임 없이 대꾸하는 자신이 낯설었다. 기영 역시 그런 모습을 망연하게 바라봤다. 그녀가 기억하는 꼬마 도윤은 더 이상 세상에 존재하지 않았다.

"조 형사! 잠깐 나 좀 봐."

영길의 호출에 기영은 잠시 취조를 중단하고 밖으로 나갔다.

"무슨 일이세요?"

"강은조가 들고 있던 김준우 휴대폰… 잠금 풀었어. 근데…."

"그런데요?"

"그 안에 이런 게 있었어."

영길이 기영에게 휴대폰을 건네려는 순간 누군가 들이닥쳐 문제의 증거품을 낚아챘다. 해수였다.

"뭐 하는 짓이야?"

영길이 버럭 호통치며 해수에게서 휴대폰을 빼앗으려 했다. 그러나 해수는 결코 물러서지 않고 휴대폰 속 증거를 확인하고야 말았다.

"강해수! 너 정말 이럴래? 이러고도 네가 경찰이야?"

"이게 사실이라면 우리 도윤이 아무 혐의 없잖아. 아니야?"

해수는 지푸라기라도 잡겠다는 마음으로 억지를 썼다. 아주 틀린 말은 아니지만 맞는 말도 아니었다. 문제의 휴대폰 속, 모두를 경악하게 한 영상은 태은의 성폭행 현장을 담고 있었다. 준우에게 성폭행당하는 태은의 모습이 고스란히 담겨 있었던 것이다.

"해수야. 김준우가 이태은을 성폭행했다는 증거가 어떻게 도윤이 혐의를 벗길 수 있다는 거야? 제발 진정해 좀!"

"김준우는 원한을 사서 죽었고, 그 증거를 갖고 있던 은조가 살해됐어. 죽은 은조는 그 증거인 휴대폰을 쥐고 있었고. 이건 도윤이가 들어갈 판이 아니야."

"속단하지 마. 우린 증거로 움직일 뿐이야. 퍼즐이 완성될 때까지 용의자 중 누구도 빠져나갈 수 없어!"

"도윤이 내가 데려갈 거야."

"강해수!"

"더 잡아둘 법적인 근거도 없잖아!"

해수가 악을 쓰자 영길은 조용히 입을 다물었다. 사실이 어찌 됐건 지금 도윤을 붙잡아둬서 얻을 수 있는 건 아무것도 없었다. 해수는 취조실로 들어가 도윤의 손을 잡아끌었고, 영길은 그녀를 그냥 내버려두었다.

"엄마."

집으로 가는 길, 도윤의 목소리가 밤공기를 갈랐다.

"나 손 아파."

해수는 그제야 정신이 들어 도윤의 손을 놓았다. 혹여 놓칠세라 꼭 붙잡고 있던 손이었다. 도윤의 손목에 남은 빨간 손자국이 해수의 절박함을 고스란히 드러내고 있었다.

"미안."

"아니야. 내가 미안."

아들의 짤막한 사과에 해수는 왈칵 눈물이 솟았다. 비로소 예전의 그 아이로 돌아온 것만 같았다.

"김준우 휴대폰, 풀었대?"

"어."

"그럼 태은이는 어떻게 되는 거야?"

"태은이라니?"

느닷없이 튀어나온 이름에 해수는 눈이 동그래졌다.

"태은이 동영상 발견된 거지?"

"네가 그걸 어떻게 알아?"

"김준우 휴대폰 처음 발견한 게 나야."

"뭐어?"

"노점상 아줌마가 주운 거라고 해서 받아왔는데 그날 준우가 죽었어. 그래서 못 돌려줬고."

"그런 얘기를 왜 이제야 해?"

해수는 열이 올라 저도 모르게 언성을 높였다.

"그걸 어떻게 말해. 안에 그런 동영상이 있는데. 사람들한테 알리면 태은인 또 피해 보는 거잖아."

도윤의 항변에 해수는 새삼 안도했다. 아들의 마음 한구석에 타인에 대한 존중과 배려심이 남아 있다는 사실이 해수의 불안을 잠재웠다.

"엄마."

"응?"

"김준우 휴대폰은 태은이가 피해자라는 증거지 가해자라는 증거가 아니야. 그러니까 엄마가 태은이 좀 도와줘."

도윤은 진지한 태도로 태은을 변호했다. 여자친구가 죽었다는 소식에도 끄떡없던 눈빛에 알 수 없는 확신이 담겨 있었다. 일종의 유대감 같은 것이었다.

"태은이가 네 여자친구를 죽인 걸 수도 있어."

"그럴 수도 있겠지."

도윤은 해수의 말을 부정하지 않았다.

"근데 엄마. 준우도, 은조도, 좋은 애들은 아니었어."

"좋은 애들이 아니라고 죽어도 되는 건 아니야."

"그렇다고 내가 죽을 순 없잖아."

"뭐?"

"준우도, 은조도, 자기들이 먼저 죽지 않았으면 누구라도 죽였을 거야. 그건 내가 알아."

"어른들이 해결할 문제야. 경찰이 해결할 문제고."

"잡혀봐야 소년범 아니야? 어차피 금방 풀려나면 또 보복할 텐데. 어른들이 그때 가서 또 지켜줄 수 있을까?"

도윤의 반문에 해수는 말문이 턱 막혔다. 해수가 포장지를 이야기할 때 도윤은 알맹이를 꺼내고 있었다. 그럼에도 어른이라는 이유로, 통하지도 않을 모범답안을 꺼내놓아야 한다고 생각할 때쯤 용범에게서 전화가 왔다.

"잠깐 나 좀 보자."

불 꺼진 방송국 사무실에 앉아 있던 용범은 집 안에서 벌어졌던 일을 복기했다. 하경이 비밀의 방을 열기는 했지만 크게 신경 쓸 일은 아니었다. 어차피 자신에게 학습된 여자이고, 그의 허락이 없는 한 외부에 발설할 용기 따위 없을 테니까. 만일 방 안에서 본 걸 발설한다면 하경은 이제껏 누리고 살았던 모든 걸 내려놓아야 한다. 용범이 아는 한 하경은 돈 없이는 하루도 살 수 없는 여자였다.

문제는 하경이 도어록 비밀번호를 어떻게 알아냈냐는 사실이었다. 분명 태은이 고의적으로 발설한 것이 틀림없었다. 말하자면 그에게 선전포고를 해온 것이나 다름없는 이야기였다.

"너 있는 쪽으로 가려고 했는데."

용범이 자신을 찾아온 해수에게 의례적인 인사를 건넸다.

"그럴 거 없어. 내 공간에 침범하는 거 싫으니까."

평소와 다를 바 없는 싸늘한 말투였다.

"교수 자리 미끄러졌다며?"

"덕분에."

"뭐야? 남 탓이나 하는 성격이었던 거야 강해수?"

"도윤이 학교 문제로 잡음 만들고 다녔던 거, 내가 모를 줄 알았어?"

"알고도 당했다면 무능한 거네. 실망이야 강해수."

용범은 해수의 말을 부정하지 않았다. 도윤이 사고를 친 건 사실이지만 이를 경찰 안팎으로 떠벌리고 다닌 건 자신이었다.

"용건이 뭐야?"

"당연히 일 때문이지. 방송 준비는 잘돼가?"

용범은 뺑소니 사건을 끄집어냈다.

"어."

"그래서, 프로파일러로서 네 견해는 뭐야? 무죄를 주장하는 뺑소니 혐의의 소년범. 진실이야, 아님 거짓이야?"

용범은 연극 대사를 하듯 과장된 억양으로 해수를 조롱했다.

"명색이 방송인이라면 내 결론을 미리 공유하지 않을 거라는 거 잘 알지 않아?"

"내가 책임자야."

"난 진행자고."

"미리 정보를 공유하지 않으면 돌발 상황은 어쩌라는 거야?"

"정말 방송 때문에 이러는 거야? 다른 목적이 있어서는 아니고? 그래. 대단하신 국장님이니까, 한 가지 결론만 말해줄게. 감옥에 갇힌 그 아이, 범인 아니야. 누군가 그 애한테 덮어씌운 게 맞아. 예전에 네가 그랬던 것처럼."

해수는 감정적으로 의견을 쏟아내다 마지막 말에 뼈를 심었다. 그러자 용범이 비릿한 웃음을 흘리며 궤변을 늘어놓기 시작했다.

"만일 그랬다면 이유가 있었겠지."

"뭐?"

"알잖아. 어차피 이 세상이라는 거, 유능한 10퍼센트가 무능한 나머지 인간들을 먹여 살리는 구조라는 거."

용범은 당당했고 해수는 기가 막혔다.

"그때 내가 감옥에 가고 인생이 망가졌다면, 그게 얼마나 큰 사회적 손실인지 그런 생각은 안 해?"

"그 질문에 대한 답이 뭐일 것 같아?"

물론 용범에게 양심 따위를 기대한 적은 없었다. 그런 게 존재하는지 궁금하지도 않았다. 하지만 그의 속셈이 뭔지는 알아야 했다. 방송을 명분으로 얽어매는 이유가 뭔지. 자신을 끌어내리려는 목적이 뭔지. 그리고 도윤에게 어떤 위협이 될지.

"강해수. 교수 자리 다시 꿰차고 싶으면 내 손 잡아. 너라면 잡아서 끌어올릴 만한 가치가 있다고 생각하니까."

용범은 그 와중에도 자신의 능력을 과시하며 해수를 통제하려 했다. 결국 용범은 해수를 길들이기 위해 그녀가 올라갈 사다리를 모조리 불살라버린 거였다. 오직 자신만이 해수의 미래를 결정할 수 있다는 걸 과시해서 기어이 제 발 앞에 무릎 꿇도록 만들기 위해.

"네가 왜 무죄인지 증명할 수 있겠어?"

스튜디오 화면에 서윤과 대화하는 해수의 모습이 비춰졌다. 방송을 진행하던 해수는 긴장의 끈을 놓지 않고 자료화면을 주시했다.

"그걸 증명할 수 있었으면 내가 여기 들어왔겠어요?"

"좋아. 그럼 질문을 바꿔볼게. 네가 왜 무죄인지 설명해줄래?"

"사건이 일어났던 날, 난 학교에 있었으니까요."

"그렇지만 네가 있었다던 그 시각 도서관 CCTV에는 네가 없었어."

"그건 조작이에요! 증명할 방법은 없지만 난 도서관에 있었어요!"

"CCTV 조작은 그렇게 쉬운 일이 아니야. 더군다나 학교 같은 공공시설의 CCTV를 누가 조작할 수 있다는 거지?"

"아빠가 학교 이사장이라면 가능하죠."

"가해자의 아빠가 명문재단 이사장이라는 뜻이야?"

해수의 마지막 질문에서 명문재단 이사장 강청규의 이름이 호명되었지만 방송에서는 묵음으로 처리되었다. 서윤이 지목한 진범의 이름도 마찬가지였다. 강은조라는 이름 석 자는 방송에 노출되지 않았다. 하지만 정황상 누구라도 그녀를 떠올릴 수 있을 만큼 진술 내용이 구체적이었다. 덕분에 방송이 진행되는 내내 온라인 공간에서는 벌써부터 은조의 이름이 오르내리고 있었다.

"2년 전, 미성년자가 몰던 뺑소니 차량에 치여 한 소녀가 숨졌습니다. 그리고 당시 경찰은, 영상 속의 소녀를 범인으로 지목하고 긴급체포했습니다. 하지만 소녀는 재판이 끝나고 구금 중인 지금까지도 자신의 무죄를 주장하고 있습니다. 그리고 그 소녀가 지목한 진범은, 얼마 전 학교에서 살해된 소녀로 밝혀져 충격을 주고 있습니다. 이 말은 과연 사실일까요? 그리고 두 사건은 어떤 연관이 있을까요? 학생이 살해되기 불과 몇 달 전, 같은 학교에서 발생한 살인 사건은 어떤 연결고리가 있을까요?"

해수는 노골적으로 진범의 실체를 드러내며 방송을 마무리했다. 그녀가 이런 선택을 한 건 은조가 뺑소니 사건의 진범이라고 확신했기 때문이었다.

"대단하네 강해수."

방송이 끝나자 용범은 과장되게 웃으며 해수를 추켜세웠다.

"근데 감당할 수 있겠어? 명문재단 강청규 이사장, 반격이 만만치 않을 텐데 말야. 게다가 강은조가 살해된 상황에서 고인을 모욕했다는 반발… 만만치 않을 거야. 자신 있어?"

"네가 겁나는 건 아니고?"

"내가?"

용범은 코웃음을 쳤다.

"이용범, 나 이제 도망치지 않아. 그때 도망친 다음부터 너무 힘들었거든."

"이 방송 나가면 네가 아니라 네 아들이 피해를 볼 거야. 니 아들도 명문재단 학생이니까."

용범은 여지없이 도윤을 들먹이며 해수를 압박했다. 상대의 약

짐을 끌고 들어오는 건 용범의 오랜 습관이었다.

"나한테, 그리고 내 가족한테 돌아오는 것들이 무서워서 그동안 너무 먼 길을 돌아왔어. 근데 누가 그러더라. 도윤이 엄마가 아니라 프로파일러 강해수가 돼야 내 아들을 지킬 수 있다고."

일부러 으름장을 놓았지만 해수의 결심과 크게 다르지 않았다. 더 이상 도망갈 구석이 없다면 맞서 싸울 수밖에. 도윤을 지키기 위해서는 뭐든 할 준비가 되어 있었다.

◆

"선배."

해수가 경찰서에 들어서자 기영이 겸연쩍은 얼굴로 다가왔다.

"뭐 그런 얼굴을 해?"

해수는 후배의 마음을 읽고 조용히 다독였다.

"죄송합니다. 도윤이 일인데, 선배한테 먼저 연락을 못 했어요."

"잘했어. 내 후배이기 전에 형사잖아."

해수는 진심으로 기영에게 사과했다.

"내가 미안해. 도윤이 일이라서… 내가 자제력을 잃었어. 부끄럽더라."

"누구라도 그랬을 거예요."

"그래서 말인데 나, 이제부터라도 망가졌던 것들 다잡아보려고."

해수는 굳은 결심을 전하며 자료를 뒤졌다. 깊숙이 묻어뒀던 과거, 자신의 과오를 바로잡기로 한 것이다. 애초에 용범이 살인을 저질렀을 때 물러서지 말고 그의 범죄를 밝히는 게 옳았다. 엉뚱한 사람이 그 죄를 덮어쓰고 소년원에 갔을 때, 그 아이는 죄가 없다고 밝혔어야 했다. 하지만 지난날 해수는 그걸 하지 못했었다. 그러니 지금이라도 진실을 밝히는 게 마땅했다.

"이 얼굴, 알아보시겠어요?"

소년원을 찾은 해수는 교도관에게 오래된 사진 한 장을 내밀었다. 교복을 입은 여자아이의 사진이었다.

"글쎄요."

"학교에서 테니스 라켓으로 동급생을 찔러 죽인 혐의로 들어왔던 아이예요."

해수는 찬찬히 과거의 사건을 상기시켰다. 그러자 교도관이 무릎을 쳤다.

"아아아, 기억나네요. 1604번. 맞네요. 성질머리가 아주 끝내줬는데. 여기 들어올 때부터 나갈 때까지 자기는 무죄라고. 범인이 누구라더라? 맞아요. 이용범. 그 죽일 놈이 범인이라고 고래고래 소리 지르고 그랬는데. 내가 어떻게 이 얼굴을 잊었나 몰라."

"수감 당시의 특이 사항에 대해 듣고 싶은데요, 기억나시는 대로 말씀 부탁드릴게요."

윤경선. 해수는 1604로 불리던 그 아이의 본명을 떠올렸다. 한때는 친구였지만 어느새 자신도 공범이 되어 사지로 몰아넣었던 아이. 이제 와서 찾아가 속죄한다는 건 더없이 비열한 일이다. 하지만 도윤을 구할 수만 있다면 더한 짓도 할 수 있다고 생각했다. 인정할 수밖에 없었다. 그때나 지금이나 자신은 이기적이고 속물적인 인간이라는 사실을.

해수는 최악의 속물만큼은 면하고자 윤경선을 찾아 나섰다. 그녀의 집은 달동네라 불리는 곳에서도 가장 높고 비좁은 골목 끝에 위치해 있었다. 해수가 문을 두드리자 일흔은 족히 넘어 보이는 노인이 쉰소리를 내며 문을 열었다.

"누구세요?"

"경찰입니다."

"경찰…이요?"

노인은 당혹감을 숨기지 못한 채 멈칫거렸다. 치졸한 방법이지만 해수는 종종 상대방의 이런 당혹감을 이용하곤 했다. 공권력이라고 하면 무조건 몸을 낮추는 평범한 사람들의 감정을.

"강남경찰서 강해수 경정입니다. 사람을 찾는데요."

해수는 경찰 신분증을 보여주고는 바로 용건을 말했다.

"혹시 이 사람 아세요?"

해수는 교도관에게 내민 것과 똑같은 사진을 내밀었다.

"어머! 이거 해주댁 딸이네. 아이고, 이게 언젯적 사진이야."

노인의 얼굴에 반가움이 스쳤다. 잊고 살았던 추억이 사진 한 장으로 어제의 일인 듯 생생하게 떠오르는 모양이었다.

"기억하시죠? 이 댁에 세 들어 살았다고 들었어요."

"아이고, 기억을 하다마다. 그때 이 집 딸, 사람 죽였다고 잡혀가고, 그 엄마 홧병에 쓰러져 세상 떴잖아요. 에이그, 안됐지 안됐어. 남편 일찍 보내고 딸 하나만 보고 살았는데… 그 이름이 뭐더라?"

"윤경선이요."

"맞네 경선이. 윤경선."

노인은 진심으로 안타까워했다.

"혹시 이분, 지금 어디서 뭐 하는지 알 수 있을까요?"

"글쎄, 워낙 오래된 일이라…."

"아주 작은 단서라도 좋습니다. 혹시라도 생각나는 게 있으시면 저한테 연락 부탁드릴게요."

해수는 자신의 연락처를 남기고는 그 집을 나왔다. 지금이라도 진실을 바로잡고 싶었다. 자신의 과오를 사죄해야만 도윤에게 닥친 화를 막을 수 있을 것 같았다. 그 과정에서 책임져야 할 일이 있다면 마땅히 책임질 각오가 돼 있었다. 아들을 지킬 수만 있다면 해수는 어떤 결과도 두렵지 않았다.

14

유죄추정의 법칙

　　아이들은 너나 할 것 없이 책상에 코를 박고 문제를 풀고 있었다. 모의고사 시간이었다. 바짝 긴장한 아이들 속에서 도윤이 남모르게 잔잔한 미소를 띠고 있었다. 문제가 술술 풀리는 모양이었다. 태은 역시 문제 풀이에 막힘이 없었지만 도윤만큼 좋아 보이지는 않았다. 태은의 최근 관심사는 시시한 성적 따위가 아니었다.

　"잠깐 나 좀 봐."

　시험이 끝났다며 환호하는 아이들 속에서 태은은 바로 도윤을 찾아냈다. 태은의 부름에 반색했지만 도윤은 그녀의 용건을 확인하고는 이내 뽀로통했다.

　"너, 또 먹었구나."

　"뭘?"

"에이스클리닉."

"네가 그걸 어떻게 알아?"

"김도윤. 내 말 잘 들어. 그 약, 먹으면 먹을수록 끊기 힘들어져. 그러니까 힘들겠지만 거기서 멈춰."

타인을 걱정하는 자신이 낯설었지만 태은은 주저 없이 싫은 소리를 늘어놨다. 어차피 마음 가는 대로 하는 게 태은의 방식이었다. 이유를 막론하고, 막고 싶은 일이 생겼으니 최대한 막고 싶었다.

"내가 너 이길까 봐 그래?"

"그래. 나 이길까 봐 그래."

한심한 물음에 한심한 답을 돌려줬다.

"나 알고 있어. 너도 그 약, 끊지 못했다는 거."

도윤은 유치한 소리는 집어치우고 정곡을 찔렀다.

"왜냐하면 난 벌써 2년째 먹고 있으니까."

"덕분에 2년간 전교 1등 놓치지 않았잖아."

"그렇지만 너도 알잖아. 네가 변하고 있다는 거."

"…"

"어느 순간이 되면 너 자신을 스스로 제어할 수 없을 때가 와. 그때 가서는 너, 선택이라는 걸 할 수가 없어."

"원장님이 괜찮다고 했어. 안전한 약이라고."

"하승리, 그 여자가 어떤 사람인지 알고도 그런 소리를 할까?"

"…?"

"난 네가 날 이기는 것도 싫고, 네가 변하는 것도 싫고, 하승리 그 여자가 우리를 마음대로 조종하는 것도 싫어. 그러니까 김도윤, 약 끊어."

"싫어."

도윤은 어린애처럼 막무가내였다. 태은은 슬슬 짜증이 났다. 하지만 그래도 막고 싶었다. 도윤이 자신과 같은 괴물이 된다면 지금보다 훨씬 짜증 날 것 같았다.

"너, 나처럼 되고 싶다고 했지?"

"어."

"약을 끊으면 나보다 대단한 사람이 되는 거야. 네가 날 이기는 거라고."

태은이 얼러대자 도윤은 헛웃음을 쳤다. 하다 하다 이제는 어린애 취급이라니.

"내가 너를 제일 닮고 싶은 게 뭔지 알아? 목표를 위해선 수단과 방법을 가리지 않는다는 거야. 지금 너처럼."

"…."

"걱정 마. 아직은 널 성적으로 누를 정도는 안 될 테니까. 하지만 어떤 경우에도 나… 그 약, 끊지 않을 거야."

도윤은 제 말만 늘어놓고는 횡하니 가버렸다. 그의 뒷모습을 바라보던 태은이 애꿎은 돌멩이를 차며 혼잣말을 했다.

"저 멍청이."

"그게 무슨 소리야? 애 아빠가 밝혀졌다니!"

"은조의 시신을 부검하는 과정에서 태아의 유전자 검사도 진행했는데요."

"그래서 누구라는 거야?"

해수는 숨 막히는 긴장감에 손을 덜덜 떨었다.

"차마… 제 입으로 말씀드리기가…."

기영은 죄인인 양 고개를 푹 숙였다. 여느 때 같았으면 그런 후배를 다독여 차분히 답을 들었을 테지만 지금은 그럴 여유가 없었다.

"지금 취조실에 있어?"

해수는 당장 자신의 눈으로 확인하겠다는 듯 한달음에 취조실로 들이닥쳤다. 그러나 막상 문을 열고 나서는 너무 놀라 한 걸음도 더 떼지 못했다.

"말도 안 돼…."

해수는 온몸에서 피가 빠져나가는 듯 어지러움을 느꼈다. 은조를 임신시킨 장본인은 다른 사람도 아니고 아이들 담임인 강주였다.

"선생이라는 인간이 어떻게 제자한테 그런 짓을 할 수 있어요?"

기영이 분개하며 소리쳤다.

"내가 들어가봐야겠지?"

진학 상담이나 나눠야 할 사람을 취조라니. 해수는 끔찍한 악몽을 꾸는 것 같았다. 하지만 취조실에 있는 아이가 도윤이 아니라는 사실에 가슴을 쓸었다.

"괜찮으시겠어요?"

"괜찮지 않지만 어쩔 수 없잖아. 모든 사건이 실타래처럼 얽혀 있는 데다 어느 쪽에서 실마리가 풀릴지 알 수가 없으니까."

기영은 말없이 고개를 끄덕였다.

"게다가 이강주는 우리 도윤이 담임이기도 해. 그러니까 애들을 위해서라도… 내가 해야만 해."

해수는 각오를 단단히 하고 취조실 안으로 들어갔다. 하지만 막상 강주와 마주 앉자 뭐라 입을 떼야 할지 떠오르지 않았다. 이 상황 자체가 그저 기가 찰 노릇이었다.

"왜 이 자리에 왔는지는 들으셨죠, 이강주 선생님?"

해수는 침착하게 취조를 시작했다.

"뭔가 잘못된 겁니다. 애 아빠라니요. 그게 말이 됩니까?"

"그러게요. 말도 안 되는 짓을 하셨네요, 이강주 선생님."

"도윤 어머님… 저는….'

"강해수 경정입니다."

해수는 말허리를 자르며 관계를 분명히 했다.

"네, 경정님. 정말 억울합니다. 전 정말, 임신한 것도 몰랐다고요."

"그걸 지금 말이라고 하세요?"

"은조가 먼저 유혹한 겁니다. 전 그냥… 넘어간 것뿐이라고요."

"선생님 제자였습니다. 미성년자였구요."

"중간, 기말고사 문제 유출을 조건으로 한 거래입니다. 그걸 먼저 제안한 건 은조고요. 그런데… 저만 잘못한 겁니까?"

"판단 능력이 부족한 미성년자에게 모든 책임을 떠넘기시겠다는 겁니까? 그것도 지금 세상에 없는 제자한테요? 정말 비겁하시네요 선생님."

"미성년자요? 미성년자는 사람 아닙니까?"

"뭐라고요? 그게 제자를 성폭행한 선생 입에서 나올 소린가요?"

"성폭행이라니요? 합의에 의한 겁니다."

"그럴 리가요."

"증거, 있습니다."

"무슨 증거가 있다는 거죠?"

"은조와 함께 작성한 계약서가 있습니다. 거기에 보면… 제가 뭘 주고 그 친구한테 뭘 받는지 상세히 기록돼 있습니다. 못 믿겠다면 사람을 보내서 저희 집 책상 서랍에 있는 계약서 찾아오시죠."

부끄러운 줄도 모르는 교사의 낯짝에 해수는 그저 헛웃음만 나왔다. 그러나 저런 짐승 같은 놈들조차 주장할 수 있는 법적 권리가 있었고, 해수는 일단 그를 놓아줄 수밖에 없었다. 아직 그가 살인범이라는 증거는 없었다. 하지만 해수와 달리 그에게 당장 죄를 물을 수 있는 사람이 있었다. 명문고 이사장 강청규였다.

소식을 들은 청규는 그길로 경찰서에 달려와 다짜고짜 강주에게 주먹을 날렸다.

"은조 아버님! 이러시면 안 됩니다!"

해수는 강하게 저지했지만 이성을 잃은 그에게 해수의 외침이 들릴 턱이 없었다.

"버러지 같은 새끼! 네가 내 딸한테 어떻게!"

해수가 기영에게 강주를 데리고 나가라고 지시했고 그녀는 충실히 임무를 수행했다. 그러나 자식 잃은 아버지를 이기기엔 역부족이었다. 청규는 기어이 해수에게 다가와 대뜸 따귀를 올려붙였다.

"내 딸이 살인자라고? 내 딸이 뺑소니범이라고? 네깟 년이 뭔데 내 딸을 모욕해? 네가 도대체 뭔데? 뭔데 방송에 나와서 불쌍하게 죽은 내 딸을 범죄자로 만들어?"

청규가 고래고래 악을 썼다. 해수는 뺨을 맞은 사실도 잊은 채 그의 분노에 맞섰다.

"이사장님 따님 때문에 누군가의 딸이 억울한 옥살이를 했습니다. 아니! 따님 때문이 아니라 이사장님 때문에! 이사장님의 잘못된 자식 사랑 때문에! 한 아이가 죽고 다른 아이가 옥살이를 했습니다. 아시겠어요?"

"실수였습니다! 일부러 죽인 게 아니라 딱 한 번 실수였다고요! 그것 때문에 내 딸이 감옥에라도 갔어야 했단 말입니까?"

"보여드릴 게 있습니다."

해수는 광분하는 청규를 자료실로 데려갔다. 그러고는 탁자 위에 종이 한 장을 올려놨다.

"은조가 시험 때 제출했던 OMR 카드입니다."

"…?"

"여기 보시면, 은조가 적어낸 이름의 필체가 전부 다르더군요."

"그게 무슨…?"

청규가 반문했지만 얼굴은 이미 사색이 되어 있었다. 명색이 학교 이사장인데 해수가 하는 말의 의미를 모를 리가 없었다.

"혹시나 해서 필적을 감정했는데 전부 다 강은조 양의 필적이 아닌 걸로 나왔습니다."

해수의 말에 청규는 한동안 침묵했다. 어쨌거나 그도 교육자였다. 그랬기에 부정한 딸의 답안지 앞에서만큼은 차마 변명을 늘어놓을 수가 없었다.

"은조는 철없이 차 끌고 나갔다가 실수로 사람을 죽인 그런 아이가 아닙니다. 지속적으로 아이들을 괴롭히고, 어른들을 이용하고, 누군가를 죽이고, 다른 친구에게 죄를 떠넘긴 그런 아이였습니다."

"하고 싶은 얘기가 뭡니까? 지금 우리 딸이 죽어도 마땅한 애라는 겁니까? 경찰이란 사람이? 은조는 미성년자였습니다! 철없는 애였다고요!"

궁지에 몰리자 청규는 다시 소리를 질렀다.

"이사장님께서 그러셨죠? 같은 죄를 지었는데 왜 나이에 따라 그 값이 다르게 매겨져야 하냐고요. 그 말 그대로 돌려드리겠습니다. 은조는 범죄를 저질렀던 가해자입니다. 살인 사건의 피해자가 된 건 안타까운 일이지만, 그렇다고 자신이 저지른 범죄에서 도망갈 수는 없습니다. 나이에 따라 죗값이 다르게 매겨지면 안 되니까요."

"…"

"어떠한 경우에도 죽음이 면죄부는 될 수 없습니다. 아시겠습니까, 강청규 이사장님?"

청규와 한바탕 설전을 벌인 해수는 쓰러질 것 같은 몸을 이끌고 주차장으로 향했다. 그런데 자신의 차량 앞유리에 서류 봉투 하나가 끼워져 있었다. 봉투 겉면에 적힌 발신인은 '킬에이저'. 봉투를 열어 내용물을 확인한 해수는 아연실색했다. 피투성이가 된 교복 차림의 아이들 사진과 함께, 과거 용범이 경선에게 누명을 씌웠던 사건의 신문 기사가 들어 있었다. 하지만 무엇보다 해수를 놀라게 한 것은 은조의 시신을 찍은 사진이었다.

해수가 급히 주위를 살피는 사이 그녀의 휴대폰이 울렸다. 메일 도착 알림이었다. 발신인은 역시 '킬에이저'였다.

방송 재밌게 봤습니다. 피해자 강은조가 가해자로 뒤집히는 순간이 특히 인상적이었습니다. 저에게 즐거움을 주셨으니 선물을 드릴까 합니다. 제 짐작대로라면 경찰은 강은조가 김준우를 살해했을지도 모른다는 가설을 세우고 있을 겁니다. 하지만 경정님은 다르시겠죠? 만약 같은 생각이시라면 정말 실망입니다. 왜냐하면 김준우를 죽인 것도, 강은조를 죽인 것도 바로 저, 킬에이저니까요.

경정님에게만 특별히 선물을 드렸으니 저에게 화답하시길 바랍니다. 다음 방송에서도 저를 즐겁게 해주신다면, 지금보다 더 큰 선물을 드리겠습니다. 그러면, 아주 어쩌면, 당신이 날 잡을지도 모르겠습니다.

당신의 팬, 킬에이저.

"와! 이거 완전 미친놈이네. 살인자 새끼가 아주 사람을 갖고 노는구만! 이런데도 소년법인지 뭔지를 지켜야 하는 거야? 어?"

은조의 사건 현장 사진을 공유하자 영길이 분노를 토해냈다.

"진정해 선배."

"내가 흥분 안 하게 생겼어?"

"화나니까, 화나고 분해 죽겠으니까 더 이상 말려들지 말자."

"그래서 뭘 어쩌자는 건데?"

"나한테 시간을 좀 줘. 만약 두 사람을 죽인 게 킬에이저 하나라면, 범인이 하나라는 가정하에 퍼즐을 다시 맞춰볼게."

해수는 책상에 내동댕이쳐진 봉투를 물끄러미 쳐다봤다. 해묵은 경선의 기사를 동봉했다는 건 상당히 의미 있는 일이었다. 킬에이저는 경선이 죄를 덮어썼다는 사실과 해수가 그 사건을 안다는 사실 모두를 인지하고 있다는 이야기였다. 해수는 자신이 아는 사실을 상대도 모두 알고 있다는 가정하에 김준우와 강은조 사건을 되짚어보기 시작했다.

가해자 김준우. 사망 장소는 명문고 도서관. 살해 도구는 지문이 남지 않은 테니스 라켓. 피해자는 사망하기 전날 도서관 CCTV를 파손, 그리고 용의자 이태은을 폭행함. 살해 도구인 테니스 라켓의 주인은 고은비. 죽은 김준우의 여자친구이자 에이스클리닉 하승리 원장의 딸.

메모를 마친 해수는 준우의 사진 옆에 태은과 은비의 사진을 나

305

란히 붙였다.

피해자 강은조. 명문고 이사장 강청규의 딸. 사망 장소는 명문고 옥상. 동일 장소에서 남자친구 김도윤의 지문이 묻은 약병 조각 발견. 그리고 김도윤의 머리카락 다수 발견.

해수는 은조의 사진 옆에 도윤의 사진을 붙이려다 동작을 멈췄다. 비록 사진일지언정 두 사람을 나란히 붙여놓고 싶지는 않았다. 하지만 부질없는 생각이었다. 해수는 한눈에 들어오게 사진을 정리한 뒤 다시 메모를 이어갔다.

준우의 원한 관계는 학생회장 선거의 경쟁자였던 이태은. 그리고 김도윤. 강은조의 원한 관계는 러닝메이트였다 갈라선 이태은. 그리고 강은조에게 폭행당한 것으로 추정되는 명문고 학생들. 강은조 때문에 감옥에 간 정서윤. 그리고 은조를 임신시킨 이강주. 죽은 강은조에게서 발견된 김준우의 휴대폰.

그렇다면 범인은 마지막에 김준우의 휴대폰을 갖고 있던 사람. 도윤이?

"엄마."

갑작스러운 도윤의 목소리에 해수는 심장이 덜컥 내려앉았다.

"어… 언제 왔어?"

"조금 전에."

"엄마가 일하느라 오는 줄도 몰랐네."

해수는 아이를 의심했던 사실을 들킬까 봐 애써 평온한 모습을 보였다.

"나, 보여줄 게 있어."

"뭔데?"

해수는 무슨 일로 자신을 놀라게 할까 싶어 가슴이 옥죄어왔다. 그러나 뜻밖에도 도윤이 내민 건 성적표였다. 그것도 아주 괜찮은 성적표를.

"죽이지? 내가 전국 상위 5퍼센트래."

"대단하네 김도윤."

"그렇지? 아빠한테도 자랑해야겠다."

도윤은 성적표를 찍어 민석에게 바로 보냈다. 메시지를 보고 깜짝 놀란 민석이 전화를 걸어 도윤을 칭찬했다. 그러나 해수는 마냥 웃을 수만은 없었다. 성적이 오른 이유가 에이스클리닉의 앰풀 덕분이라면 달갑지 않은 일이었다.

해수의 휴대폰이 울린 건 그때였다. 전화를 받지 않을 생각으로 휴대폰을 밀쳐두려 했다. 그러나 발신자의 이름을 확인한 순간 전화를 받지 않을 수 없었다. 경선의 행방을 수소문하러 찾아갔던 달동네 노파의 전화였다.

길에서 우연히 경선을 만났다는 노파는 그녀에게서 받은 명함을 찍어 보내겠다 말하고는 전화를 끊었다. 그러나 사진 찍는 게 서툴렀던지 메시지는 한참이 지나서야 도착했다. 명함을 확인한 순간, 해수는 온몸의 피가 식는 느낌에 전율했다.

해수는 곧바로 명함의 주인을 만나기 위해 달려갔다. 다행히 길이 엇갈리지 않아 가까스로 상대를 붙잡을 수 있었다.

"윤경선 씨!"

해수는 큰 소리로 이름을 불렀다. 그러자 익숙한 얼굴이 해수를 향해 고개를 돌렸다. 승리였다.

"이제야 절 알아보시네요, 강해수 경정님. 아니, 해수야."

승리는 미소를 머금고 해수에게 다가왔다. 해수는 자신의 눈을 의심하며 그녀에게서 시선을 떼지 못했다.

"나, 경선이야. 네가 용범이한테 팔아먹었던 그 윤경선."

15

아킬레스건

"입금은 확인하셨죠? 네, 알겠습니다. 이제 두 번 다시 만나지 말죠, 준우 어머님."

승리는 미영에게 입금 소식을 알리며 전화를 끊었다. 살면서 준우와 은비가 일절 엮이지 않도록 입을 다무는 대가였다. 가사도우미를 그만두는 대가로 지급한 퇴직금도 함께였다.

"윤경선 씨."

승리는 등 뒤에서 들려오는 해묵은 이름에 실소했다.

"이제야 절 알아보시네요, 강해수 경정님. 아니, 해수야."

승리는 노골적으로 자신의 정체를 드러내며 해수에게 다가섰다. 일그러지는 해수의 표정에 죄책감이라는 게 있는지 확인하기 위해서였다. 어차피 아무 소용 없는 일이긴 했다. 다만 자신이 괴로웠던 시간의 절반만이라도 해수 역시 괴롭길 바랐다. 다행히 해수의 미간에는 그 오랜 세월의 자책감이 도드라지게 드러나 있었다.

"이제 알아보겠니? 용범이랑 네가 소년원에 처넣었던, 그 윤경선."

승리는 충격에 휩싸인 해수를 보며 얄궂은 미소를 지었다.

"처음부터 다 알고 있었던 거구나."

"다 알고 있는 정도였을까?"

"그래, 일부러 접근했겠지. 이용범한테. 그리고 나한테."

"역시! 예나 지금이나 머리 회전은 빨라, 강해수."

"그래서 도윤이랑 태은이한테 접근한 거야? 나랑 이용범한테 복수하려고?"

승리가 입술을 비틀며 웃었다.

"넌 하나도 안 변했구나 강해수. 여전히 넌 겁쟁이야. 비겁하고, 속물이고, 너밖에 모르지."

"그래 맞아. 나 비겁하고, 속물이고, 항상 나만 중요했어. 그래서 그때… 입을 다물었어. 네가 억울한 거 알면서, 사실은 이용범이 죽인 거 알면서."

순간 승리의 손이 날아와 해수의 뺨을 후려쳤다. 해수는 그저 묵묵히 맞았다. 승리는 반대쪽 뺨도 갈겼다. 그러나 해수는 미동도 없었다. 이깟 뺨 두 대로 되갚겠다는 수작일까? 어림도 없는 일이었다.

"일단 기분은 좋다. 30년 전 그 차가운 소년원 바닥에서부터 이 순간을 상상했거든."

승리는 해묵은 고통을 속사포처럼 쏟아냈다.

"경선아."

"그 이름 부르지 마. 범죄자로 낙인찍힌 패배자의 이름, 듣고 싶지 않으니까."

누명이건 사실이건 윤경선이라는 이름은 사회적 약자의 이름이었다. 승리로 개명한 이후, 그녀는 절대 과거의 이름을 떠올리지 않았다. 그 이름을 생각하는 것만으로도 어둡고 축축한 과거가 달라붙는 것만 같았다.

"진실을 말하지 않은 벌, 달게 받을게. 그러니까 애들은 망가뜨리지 말자."

해수는 진심을 다해 승리에게 매달렸다.

"그때의 일들이 잘못됐다는 거 이제야 알았어. 아니, 예전부터, 아주 훨씬 전부터 알았어. 그러니까 여기서 멈추자. 지금 내가 되돌려 받는 것처럼 네가 하는 일들, 그리고 하려는 일들, 다른 방식으로 너한테 되돌아갈 거야."

"무슨 소릴 하고 싶은 거야?"

"애들이 먹는 약, 뭐니?"

"이거 왜 이러실까? 이미 국과수 분석 돌려본 거 아니었어? 아무 이상 없다는 거, 보고 받았을 텐데?"

"성분은 문제없지만 분명 애들이 먹었을 때 뭔가를 건드리는 거 잖아. 아니야?"

"진실을… 알고 싶어?"

"그래, 알고 싶어."

"그럼 따라와."

퇴근하려던 승리는 해수와 함께 다시 사무실로 올라갔다. 불 꺼진 복도를 걷는 사이 해수는 승리가 자신의 목을 조르는 상상을 했다. 만일 그런 일이 벌어진다면 저항하지 않고 묵묵히 받아들이겠다는 생각을 하다 문득 도윤이 떠올랐다. 내가 없으면 도윤이는 누가 지켜줄까? 해수는 이대로 죽을 순 없다는 결론에 이르렀다. 그러나 이 모든 망상이 무색하게 승리는 차분했고, 해수에게 위해를 가하는 일은 없었다.

사무실에 들어선 승리는 자료 영상을 찾아 보여줬다. 한 무리의 노인들이 주사를 맞고 있는 모습이었다.

"내가 명문제약 연구실에 있을 때 개발했던 알츠하이머 치료제의 3상 실험 장면이야. 실험 결과, 투약 후 인지능력이 200퍼센트 이상 향상됐고, 집중력과 문제 해결 능력도 급격하게 좋아졌어. 덕분에 식약처 인증도 어렵지 않게 받았고, 인센티브로 에이스클리닉을 열 수 있었어."

"치매 치료제와 같은 성분이란 건 이미 알고 있어. 그렇지만 멀쩡한 애들한테 치매 치료제라니. 부작용은 생각 안 해봤어?"

"안정성, 당연히 중요하지. 검증도 필요할 거고. 그래서 태은이랑 도윤이 같은 애들이 필요한 거야. 차곡차곡 내 통장을 불려주면서, 내가 만든 약에 어떤 효과가 있고 어떤 부작용이 있는지 증명해줄 아이들이."

"뭐…?"

"감히 내 딸의 남자친구라고 우기는 우리 집 가사도우미의 아들 김준우! 그 천박한 놈이 내 약을 훔치고 있다는 걸 내가 몰랐을 것 같아? 진즉에 알고 있었지. 그렇지만 굳이 말릴 필요가 있을까? 잔고는 불려주지 못해도 임상 데이터는 차곡차곡 쌓아줄 텐데."

"너, 미쳤구나."

"당연히 미쳤지. 소년원 들어갔을 때! 그때 내 나이 겨우! 열일곱이었어! 갇혀 산다는 게 뭔지! 소년원이 어떤 곳인지! 강해수 네가 알기나 해?"

승리의 처절한 분노에 해수는 침묵했다. 지난날 자신의 비겁한 행동이 악의 씨앗이 되어 막강한 생명력을 가진 괴물로 돌아온 것이었다. 해수는 연민 가득한 시선으로 승리를 봤다. 그러나 미안함과 연민의 감정 따위로 해결될 문제가 아니었다.

"난 지금도 밤마다 소년원 바닥에서 일어나는 꿈을 꿔. 그 더러운 곳에서 더러운 음식을 먹고, 더러운 인간들하고 부대끼며 사는 하루하루가 내 꿈에서 매일같이 반복된다고!"

"그래서, 이제 네 계획은 뭐야? 복수는 끝난 거니, 아니면 이제 시작인 거니? 준우랑 은조는 복수의 대상인 거니, 아니면 희생양인 거니?"

"난 아무도 죽이지 않았어."

"알아. 넌 죽이지 않았을 거야. 왜냐하면 넌, 다시는 감옥으로 돌아가고 싶지 않을 테니까. 그 축축하고 어두운 방에 다시는 돌아가고 싶지 않을 테니까."

"강해수."

"너랑 얘기해보니 알겠다. 너는 똑같은 방법으로 갚아주고 싶은 거야. 아이들에게 누군가를 죽였다는 누명을 씌워 억울함에 절규하며 감옥에서 썩게 만드는 거. 네가 생각한 복수는 그런 거였어."

"그렇게 믿고 싶겠지. 네 아들이 살인자라는 사실을 받아들이고 싶지 않을 테니까."

승리는 놓치지 않고 해수의 폐부를 찔렀다. 그러나 해수는 확신했다. 도윤은 절대로 범인이 아니라는 사실을.

"내가 만든 약이 네가 지키고 싶어 하는 애들을 살인마로 만들 거야. 네가 그걸 막을 수 있을까?"

"틀렸어."

해수는 승리의 도발에 맞서 결론을 전했다.

"이 사건의 범인은 따로 있어. 그건 너도 알잖아?"

───────◆───────

승리가 바로 경선이라는 사실을 확인한 해수는 급히 경찰서로 향했다. 에이스클리닉의 폭주를 막을 방법을 찾아야 했다. 법망을 요리조리 빠져나가 영업할 게 뻔한데 이대로 뒀다간 어떤 파국을 몰고 올지 알 수 없었다.

그러나 그보다 시급한 일이 벌어졌다. 해수의 메일함이 울린 것이다. 발신인은 '킬에이저'였다.

강해수 경정님. 어떤 경우에도, 김준우와 강은조 사건에서 살인을 입증할 증거를 찾을 수 없을 겁니다. 왜냐하면 난 전문가니까요. 하지만 약속하죠. 만약 당신이 날 찾아낸다면, 적어도 당신에게만큼은 내가 무죄라는 거짓말은 하지 않겠다는 걸요.

당신의 팬, 킬에이저.

나에게만큼은 거짓말을 하지 않겠다고? 이건 또 무슨 과시욕인가. 해수를 통제할 수 있다는 자만심, 그녀를 조종하겠다는 욕망, 그녀가 아는 한 이런 심리를 가진 자는 용범 하나였다. 그러나 증거가 없다면 어떻게 그를 잡아들일 수 있을까?

문득 용범의 결벽이 그를 옭아맬 족쇄가 돼줄지도 모른다는 생각이 들었다. 거짓말을 하지 않겠다고 약속했으니 그 말은 결국 지켜낼 것이다. 그렇다면 그 자신이 살인을 저질렀다는 사실을 실토하게 하면 법정에서 유효한 증언이 될 것이다.

"나야. 지금 보자. 급한 일이야."

해수는 함정을 파기 위해 용범에게 전화를 걸었다.

"별일이네. 강해수가 먼저 보잔 소리를 다 하고. 네가 그렇게 나오니까 갑자기 궁금해지네. 우리 경정님, 도대체 무슨 속셈이실까?"

"만나서 얘기해. 지금 당장 만나."

"미안한데, 내가 지금 손님이 와서 곤란하다 해수야."

상대는 멋대로 전화를 끊어버렸다. 해수는 다시 통화를 시도했다. 그러나 용범의 휴대폰은 전원이 꺼진 상태였다. 그는 이미 해수의 수를 꿰고 있었고, 함정에 말려들지 않겠다는 의지의 표현이었다.

해수는 급히 영길에게 전화를 걸었다. 일단은 잡아들여야 했다.

"선배! ANA 방송국 이용범 국장, 긴급체포 부탁해."

"갑자기 무슨 소리야?"

"김준우, 강은조 사건의 범인이 이용범이야!"

"뭐?"

"시간 없어! 빨리!"

해수는 전화를 끊고는 집으로 차를 돌렸다. 용범이 눈치챘다면 보험 없이 도주할 리 없다. 인질을 잡아둘 것이 분명했다.

해수는 도윤에게 전화를 걸었다. 그러나 어쩐 일인지 아이의 휴대폰은 꺼져 있었다. 해수는 초조함을 감추지 못한 채 경자에게 전화를 걸었다.

"엄마, 지금 도윤이 어디 있어?"

"어디는 어디야, 학교 갔지."

"도윤이 학교 안 갔어 엄마. 오늘 개교기념일이라고."

"그래? 이상하네… 아까 학교 간다고 나갔는데?"

"일단 알았어. 끊을게."

"아, 충전기도 없는데…."

도윤은 꺼져버린 휴대폰을 만지작거리며 한숨을 쉬었다. 그러다 자신을 막아선 상대를 보고 고개를 갸우뚱거렸다. 어디서 본 얼굴인데 기억이 나지 않았다.

"나 기억해?"

"아니요."

"그때 너희 집 앞에서 만났는데, 엄마 친구라고."

순간 도윤은 할머니 가게 앞에서 마주쳤던 불쾌한 남자를 떠올렸다.

"네, 기억나네요."

"나랑 같이 어디 좀 가자."

"싫은데요."

"사람이 좋은 일만 하고 살 수 있나."

용범은 비죽 웃으며 도윤의 옆구리에 칼끝을 겨눴다. 그 차가운 감촉에 도윤은 말없이 시선을 돌렸다. 골목길에는 창문을 굳게 닫은 차들만 지나갈 뿐이었다.

"어때? 이제 마음이 좀 달라졌니?"

"아저씨를 따라가면 죽일 건가요?"

도윤은 말간 눈으로 용범을 마주 봤다. 용범은 문득 그 눈빛이 익숙하다고 생각했다. 처음에는 당연히 해수를 닮았다고 생각했지만 느낌이 달랐다. 그러고 보니 감정 없는 그 눈빛은 흡사 태은의 그것과 같았다.

"친구 아들을 죽일 리가 있나. 그냥 궁금한 게 있을 뿐이야. 너랑 네 아빠, 그리고 네 엄마에 대해서."

도윤은 경계심을 놓치지 않고 머리를 굴려봤다. 하지만 딱히 좋은 생각은 떠오르지 않았다.

"약속하지. 원하는 대답을 들으면 널 보내줄 거야. 어때?"

도윤이 고개를 끄덕이자 용범은 그를 차에 태웠다. 마침 골목을 지나던 태은이 이 장면을 목격했지만 용범을 막을 방법은 없었다. 물리적으로 불가능한 일이었다. 그렇다고 잠자코 지켜볼 순 없었다. 태은이 아는 한 용범은 무슨 짓이든 벌일 사람이었다. 그렇다면 이를 막을 수 있는 사람은 해수뿐이었다.

"태은아, 네가 여기 웬일이야?"

헉헉대며 경찰서로 들어서는 태은에게 해수가 물었다.

"이거요. 이거 드리려고 왔어요. 비밀번호는 1931이에요."

태은이 내민 것은 태블릿 PC였다. 해수는 태은이 불러준 숫자를 눌러 잠금을 풀었다. 그러자 바탕화면에 '킬에이저'의 서명이 보였다. 킬에이저의 태블릿이라니. 해수는 부지런히 태블릿을 뒤졌다. 그러자 자신에게 보내온 사진들을 포함한 살인 사건 자료들이 쏟아져 나왔다. 해수는 놀라움에 잠시 말을 잊고 태은을 쳐다봤다.

"이용범 국장님 거예요."

태은은 용범을 아빠라 부르지 않고 국장님이라 불렀다.

"고마워 태은아. 근데 너, 우리 도윤이 못 봤니?"

"도윤이 지금 같이 있어요. 이 물건의 주인이랑 같이요."

도윤의 목숨이 위험하다는 말은 차마 할 수 없었다. 한 번도 용범을 아빠라고 생각한 적 없었지만 어쩐지 그 말을 입에 올리는 건 꺼림칙했다.

　태은이 짐작한 대로 용범은 착실하게 도윤을 해치울 준비를 하고
있었다. 인적 없는 뚝방길에서 도윤은 몸이 묶인 채로 발버둥쳤다.
용범이 도윤의 발치 아래로 담배를 비벼 껐다. 그러고는 도윤의 눈
높이에 맞춰 앉아 얘기를 시작했다.

　"그거 알아? 내가 네 나이 때 말이야, 네 엄마를 내가 죽여버리려
고 했었어. 왜냐하면, 방해가 됐거든. 근데 내가 왜 안 죽였는지 알
아? 그러면 가질 수가 없겠더라고."

　"보내주세요. 약속하셨잖아요."

　도윤은 침착하게 협상을 시도했다. 울면서 징징대봐야 얻을 게
없어 보였다.

　"좋아. 약속은 중요하지. 근데 네 엄마가 그러더라. 내가 사이코
패스라고. 사이코패스에게 약속 따위 의미가 있을까?"

　"그렇지만… 원하는 게 있다면 무슨 짓을 해서든 가져야겠죠. 그
게 사이코패스니까."

　"그래서?"

　"궁금한 게 있다면서요. 날 죽이면, 그 답은 누가 줄까요?"

　도윤은 제법 엄마처럼 굴어봤다. 무섭다고 벌벌 떤다면 절대로
도망칠 수 없을 것 같았다. 그의 태도가 우스웠는지 용범이 큰 소리
로 웃어댔다. 확실히 그는 즐거워 보였다.

　"그럼 대답해봐. 너, 네 아빠, 그리고 네 엄마, 이 중에서 누굴 없

애버려야 내가 강해수를 가질 수 있을까?"

용범은 유희를 즐기듯 쪼그려 앉아 묶여 있는 도윤을 조롱했다. 그러나 그의 방심을 틈탄 도윤의 발차기로 바닥에 나동그라졌다. 용범은 가슴을 부여잡고 일어서며 도망치려는 도윤의 뒷모습을 봤다. 역시나 결박된 몸이 자유롭지 못했다. 도윤은 죽을힘을 다했지만 몇 걸음이면 따라잡힐 거리였다.

"역시, 너부터 없애야겠다."

용범은 섬뜩한 미소를 흘리며 도윤을 따라붙었다. 도윤은 자신을 결박한 밧줄을 풀어내며 앞만 보고 달렸다. 하지만 얼마 못 가 헉헉대며 숨을 몰아쉬었고, 용범의 손아귀에 붙잡히고 말았다. 이윽고 둘의 몸싸움이 시작되었다. 용범은 기어이 승기를 잡아 도윤을 완벽하게 제압했다. 그런데 도윤의 급소를 향해 칼끝을 겨누던 용범이 갑자기 움직임을 멈췄다.

"너, 해수 닮았다."

용범은 도윤의 몸을 찍어 누른 채로 얼굴을 찬찬히 뜯어봤다. 도윤은 자신을 죽이려는 용범이 두려웠지만 한편으로 자신에게서 해수의 흔적을 찾아내려는 그의 행동이 역겹기 그지없었다. 그러나 두려움에서도 역겨움에서도 벗어날 수 없었다. 어느 쪽이건 행복한 결말은 아니었다.

타앙—

총소리가 울린 건 그때였다. 어깨에 총알이 박힌 용범이 중심을 잃고 옆으로 고꾸라졌다. 도윤은 상황을 파악하려 고개를 돌리다

총구를 겨누고 있는 해수를 발견했다. 총을 든 해수의 모습은 용감해 보였지만 그녀는 그 어느 때보다 두려운 마음으로 간신히 버티고 있었다. 한때는 소년이었던 작은 괴물이 어른의 모습으로 나타나 그때의 소녀를 마주했다. 두려움에 사로잡혀 소년의 살인을 외면했던 소녀는 이제 안다. 눈앞의 괴물보다 무서운 건 자기 자신이라는 걸. 비겁해지고 싶은 욕망을 이겨내지 못하면 그 누구도 이길 수가 없었다.

타앙—

해수는 다시 한번 방아쇠를 당겼다. 피를 흘리며 해수에게 달려들려던 용범은 그대로 고꾸라져 일어나지 못했다.

"엄…마…."

도윤은 눈을 뜨자마자 해수를 찾았다. 그러나 하얀 천장에 떠오른 얼굴은 엄마가 아니라 태은이었다.

"선배님 여기 없어."

"이태은?"

도윤은 말간 눈으로 태은을 올려다봤다. 태은도 그런 도윤의 얼굴을 찬찬히 뜯어봤다. 갖고 싶은 얼굴이었다. 자신은 결코 가질 없는, 한때는 가졌지만 돌아갈 수 없는 순수함이 아직 남아 있었다. 순수함을 되찾을 수 없다면 그걸 가진 사람을 소유해야 할까? 태은은 말도 안 되는 상상을 하며 쓰게 웃었다. 해수를 향한 용범의 집착도 이런 거였을까? 하지만 그럴 리가 없었다. 그런 짐승과 나를 비교하다니. 태은은 자신을 나무라며 도윤에게서 시선을 거두지 못했다.

한편, 해수의 총에 맞은 용범도 도윤과 같은 병원에서 치료를 받고 있었다.

"킬에이저의 이름으로 약속했지? 내가 널 찾아내면 죄를 인정하겠다고."

해수는 차분히 용범을 추궁했다.

"아직은 아니지. 증거도, 추론도 없이 날 살인범으로 몰겠다고?"

용범은 그 와중에도 기세 좋게 이죽거렸다.

"그럴 리가."

"그럼 어디, 강해수의 시나리오 들어나볼까?"

"이용범 넌 알고 있었어. 애들이 먹는 약에 문제가 있다는 걸 말이야."

용범은 조용히 해수의 다음 말을 기다렸다.

"네 목표물이 김준우가 된 순간부터 넌… 김준우를 어떻게 죽일지 완벽한 계획을 세우고 있었을 거야. 그 아이를 따라다니면서 수없이 계획을 변경했을 거고. 그러다 넌 윤경선, 아니 하승리를 발견했겠지."

"그래서?"

"하승리는 하승리대로 너에 대한 복수를 계획하던 참이었고…

그 만남은 우연이 아니라 하승리의 계획이었지만 너한테 그건 중요하지 않았을 거야. 네 눈에 하승리는 여전히, 네가 써먹기 좋은 경선이었을 뿐이니까."

해수는 말을 이어가는 동안에도 용범의 기색을 살폈고, 그는 속내를 들키지 않으려 시종일관 무표정했다.

"넌 하승리를 이용해서 준우한테 덫을 놨어. 그리고 준우가 약을 훔쳐 먹게 시켰어. 준우의 멘탈이 계속 망가지도록. 그래서 여차하면 자살로 위장하려고."

"네 말대로라면 내 딸이 먹는 약에 문제가 있다는 걸 내가 알고 있었다는 건데. 이 세상에 어떤 아빠가 그런 약을 자식이 먹게 내버려둘까?"

"너는 이 순간까지도 태은이를 이용하는구나."

나쁜 새끼. 해수는 터져 나오려는 욕을 간신히 삼켰다. 용범은 눈을 번뜩이며 해수의 심기를 한 번 더 건드렸다.

"그래, 약속은 약속이니까. 내가 죽였다는 건… 인정할게. 그렇지만 네가 놓친 게 있어."

"…?"

"태은이, 아니 이태은은 한 번도 나한테 딸인 적이 없었어."

용범은 태은이 자신의 친딸이 아니라며 실소했다. 말하자면 아버지로서 태은을 위해 한 일은 아무것도 없다는 뜻이었다. 해수는 뇌가 하얗게 표백된 기분에 잠시 어지러움을 느꼈다. 범행 동기를 밝히는 것도 중요하지만 그의 진술이 사실인지도 확인해야 했다.

태은이 용범의 친자가 아니라는 사실을 확인해줄 사람은 하경뿐이
었다.

해수는 그길로 병원을 나와 태은의 집으로 향했다. 용범의 체포
와 동시에 압수수색이 한창 진행되고 있었다. 거실로 들어서자 소
파 한복판에 망연자실해서 앉아 있는 하경이 보였다.

"안 그래도 연락드리려고 했는데 잘 오셨어요."

기영이 반색하며 해수에게 다가왔다.

"무슨 일인데?"

"태은이 방에 벽장이 있는데 열어주지를 않네요. 선배가 설득 좀
해보세요."

기영의 말에 해수는 하경을 돌아봤다. 완전히 넋이 나간 모습이
었다. 해수는 새삼 하경이 가여워 가만히 안아줬다. 감정이 북받치
는지 하경이 어깨를 떨었다.

"나도 그런 적 있어요. 뭐가 나쁜 건지 아는데, 얼마나 나쁜지도
아는데, 차마 말하지 못했어요. 내가 다치는 게 싫어서."

해수는 하경의 어깨를 다독이며 그녀를 위로했다.

"누구나 용감한 사람일 수는 없어요. 더군다나 가족인데 어떻게
그래요."

순간 하경이 눈물을 떨구더니 입에서 울음이 새어 나왔다. 결국
하경은 벽장 문을 열어줬고 경찰들이 기다렸다는 듯 안으로 들어갔
다. 벽장의 비밀번호도 태은이 알려준 태블릿 비밀번호와 같을 거
라 생각했지만 해수는 하경이 스스로 그 문을 열도록 도왔다. 혹여

라도 공범이라는 의심을 살까 하는 마음에서였다.

"강은조 살해한 흉기, 찾았습니다! 김준우 살해 당시 촬영한 사진도 확보했고요!"

안에서 들리는 외침에 하경이 풀썩 주저앉았다. 해수는 하경을 침실에서 쉴 수 있게 배려하고는 증거물 쪽으로 향했다.

한 평 남짓한 벽장 안에 살인자의 트로피가 즐비했다. 범죄 현장이 자극적인 각도로 촬영되어 있었고, 범행 도구는 빠짐없이 유리 진열대에 가지런히 놓여 있었다. 해수는 망연한 눈빛으로 피 묻은 흉기들을 바라봤다. 그러다 망치로 얻어맞은 듯 표정이 굳었다. 증거보관실에 있어야 할 테니스 라켓이 거기에 있었다.

의문에 휩싸였던 해수는 비로소 깨달았다. 지금 눈앞에 있는, 피한 방울 없이 깨끗한 저 라켓이야말로 지호가 사물함에서 훔쳐낸 진짜 은비의 라켓이라는 사실을. 준우를 죽이는 데 썼던 흉기는 은비의 물건처럼 보이도록 준비한 복제품이었다.

"태은이, 그 사람 친딸 아니에요. 그이랑 결혼하기 전에 낳은 아이예요. 애 아빠는 죽었고…."

해수가 가족사에 대해 묻자 하경이 숨김없이 사실을 털어놓았다.

"그렇지만 한 번도 태은이를 딸로 여기지 않은 적이 없었어요. …적어도 내 눈에는 그렇게 보였어요. 그런데 어느 날 태은이가 먼저 묻더라고요. 아빠가 친아빠 아니냐고."

해수는 새삼 태은의 상처가 느껴져 가슴이 아팠다.

"그래도 아빠 노릇 하니까 괜찮다고 생각했어요. 아빠 없는 아이로 키우고 싶지 않았으니까요."

"혹시 이용범 씨에게 친자식이 있나요?"

하경이 조금 진정되자 해수는 자신이 세운 가설을 확인하고 싶었다.

"그걸 어떻게 아세요?"

"김준우 사건, 그리고 강은조 사건, 혹시 그 아이를 위해서인가요? 고은비, 그 아이를 위해서?"

"전 국민을 경악하게 했던 명문고등학교 살인 사건의 범인이 어제 저녁, 긴급체포 됐습니다. 체포된 살인범은 국내 유명 방송국의 임원으로 밝혀져 더 큰 충격을 주고 있습니다."

테니스 장비를 챙기던 은비는 TV에서 나오는 뉴스를 보고 있었다. 관심 있게 지켜보던 은비는 때마침 거실로 나오는 승리에게 물음을 던졌다.

"이태은 아빠 방송국 임원이라 그랬지 엄마?"

"응."

"방송국은 몇 개 없는데 방송국 다니는 사람은 많은가 봐. 엄마가 그랬잖아. 우리 아빠도 살아계실 때 방송국 다녔었다고."

"그래, 그랬지."

딸의 물음에 대꾸하는 승리의 목소리가 희미하게 떨렸다. 그러나 승리는 최대한 밝게 웃으며 자신의 불안을 감췄다.

"우리 딸, 준비 다 됐어?"

"응."

"조심히 다녀와."

은비는 승리의 배웅을 받으며 집을 나섰다.

"우리 엄마, 복수 끝났네."

자신의 집 높은 담벼락을 올려다보며 은비가 중얼거렸다.

"나 보기 싫겠다 너."

태은은 침대에 걸터앉아 도윤의 환자식을 대신 먹었다. 도윤은 입맛이 없었고 태은은 어쩐지 허기가 졌다.

"왜?"

"그렇잖아. 내 아빠라던 사람이 그런 짓을 했는데."

"너라는 애는 알다가도 모르겠다."

"뭐가?"

"세상 독한 애 같은데 알고 보면 물러터져서."

"물러터졌으니까 독하게 굴지. 독한 껍질조차 없음… 버틸 수 있겠어?"

"그것도 그렇네."

도윤이 씁쓸하게 웃었다.

"약, 어디 숨겼어?"

태은이 물었다.

"뭐?"

도윤은 짐짓 딴청을 피웠다.

"하승리한테 더 받았잖아. 그거 어됐냐고?"

"내가 그걸 말해줄 것 같아 너한테?"

"할 수 없네 그럼. 포기할 수밖에."

"무슨 소리야?"

"알잖아. 우리 집 망한 거. 살인자의 집이니 이사는 당연한 거고. 이런저런 소송이랑 재산 분할 문제 엮여서 예전처럼 돈 주고 클리닉을 받을 수가 없거든."

태은은 그보다 더 불쌍할 수 없는 표정으로 낙담했다. 지켜보던 도윤이 말없이 손을 내밀었다. 앰풀도 함께였다.

"이거."

태은이 도윤을 빤히 쳐다보다 웃음을 터뜨렸다. 도윤은 영문을 몰라 어리둥절할 뿐이었다.

"역시 넌, 착해."

태은이 웃음을 지우지 못하고 연신 피식거렸다.

"뭐야? 너 나 속인 거야?"

"반만."

"…?"

"집이 망했다는 건 뻥이고, 이사 가는 건 진짜야. 클리닉은 더 이상 받을 수 없겠지만."

"망한 게 아니라면 클리닉은 왜?"

"소식 못 들었어? 에이스클리닉, 영업 정지래. 네 엄마가 한 건해냈다던데?"

"그래?"

"아무튼 고맙다 김도윤. 이건 답례."

태은은 도윤이 준 앰풀을 손에 꼭 쥐고는 그의 입술에 가볍게 제입을 맞췄다. 순간 도윤은 한 번도 느껴본 적 없는 설렘에 두 뺨이달아올랐다. 몇 달간 봉인됐던 감정의 폭풍이 한꺼번에 밀려왔다.태은이 떠나자 도윤은 이유도 모른 채 펑펑 울었다.

───

"30년 전, 친구를 죽인 한 소년이 있었습니다. 그 소년은 자신의죄를 다른 소녀에게 덮어씌우고 유유히 법망을 빠져나갔습니다.그리고 더 큰 범죄자가 되어 연쇄살인이라는 끔찍한 범죄를 저질렀습니다."

해수가 스튜디오 중앙으로 걸어 나가자 화면에 30년 전 용범이저질렀던 살인 사건 기사가 떠올랐다. 기사는 경선을 범인으로 지목했고 용범의 흔적은 어디에도 없었다.

"만일 그때 그 소년이 제대로 된 법의 심판을 받았다면, 미성년이라는 이유로 그의 부모가 감싸지 않았다면, 연쇄살인마 이용범은 어떤 인생을 살게 됐을까요?"

해수는 자세를 가다듬고는 카메라를 똑바로 쳐다봤다.

"소년범. 종종 사회의 공분을 자극하는 이름이죠. 어른들조차 상상하기 힘든 잔인한 범죄를 서슴지 않고 저지르면서도 아직은 미성년이란 이유로 처벌이 유예되는 소년범. 우리 사회가 소년법이라는 관용을 베풀며 미성년을 보호하는 이유는 그들의 인격이 아직 완성되지 않았다고 보기 때문입니다. 그러니까, 이들을 보살펴야 할 어른들에게 근본적인 책임이 있다는 것이 법의 취지죠."

해수는 숨을 고르고는 차분히 말을 이었다.

"하지만 막상 눈앞에서 한 생명이 죽었는데, 청소년이라는 이유로 집에 돌아가는 범인을 보면 피가 끓어오르는 것 또한 어쩔 수 없는 일입니다. 아무리 법이 그렇다 해도 마음으로 납득하기 쉽지 않다는 이야기입니다. 그렇다면 정말, 책임은 오로지 어른들에게만 있는 걸까요?"

해수가 질문을 던지자 화면에 '킬에이저'라는 자막이 떠올랐다.

"끔찍한 살인마가 자신의 존재감을 드러내기 위해 보낸 메일에서, 그는 자기 스스로 이름을 킬에이저라고 정했습니다. 킬에이저. 사람을 죽인다는 의미의 '킬'과 '틴에이저'의 합성어겠죠. 틴에이저라는 건강한 단어에 킬이라는 자극적인 단어를 붙인 건 분명, 범죄를 저지를 수 있는 나이가 따로 있지 않음을 시사합니다. 어른과 같은 무게의 범죄를 저지를 수 있는 나이, 오늘은 '킬에이저'라는 이름을 통해 한때는 청소년이었던 미숙한 어른들과 그들의 손에 길러지는 이 땅의 미성년들에 대해 이야기하려 합니다."

해수는 숙연한 마음으로 방송을 마쳤고 이에 대한 반응은 뜨거웠다. 방송이 끝나기도 전에 주제에 대한 갑론을박이 인터넷 커뮤니티마다 열띠게 펼쳐졌다. 해수는 스태프들에게 인사한 뒤 방송국을 나섰다. 이제 경찰서로 향할 차례였다. 비록 미숙한 청소년기의 일이었지만 그녀 역시 대가를 치러야 했다. 범죄 사실을 숨겼으니 이를 고백하고 경찰직에서 물러나야 하는 것이다.

하경에게서 전화가 온 건 그때였다. 해수는 근황을 물어보려 했지만 하경이 다급한 목소리로 외쳤다.

"태은이! 태은이를 말려주세요!"

"네…?"

"일기를 봤는데 갚아주겠대요. 태은이, 다 알고 있어요!"

───────────

태은은 승리의 집 부근에 진을 치고 은비가 나오기를 기다렸다. 잠시 후 은비가 모습을 드러내자 주머니 안에 든 앰풀을 꺼내 단숨에 마셨다.

"고맙다, 김도윤."

태은은 약 기운이 도는 걸 느끼며 은비의 앞을 가로막았다. 은비가 인상을 쓰다가 이내 빈정대기 시작했다.

"와, 대단하다 이태은. 살인자의 딸이란 소리 무섭지도 않은가 봐? 내가 너라면 그 사실을 아는 사람 누구도 만나고 싶지 않을 것 같은데."

"그래? 아닌 것 같은데?"

"뭐라는 거야?"

"너야말로 살인자 딸이잖아."

태은의 일갈에 은비의 얼굴이 하얗게 질렸다.

"뭐 놀라는 척이야, 다 알고 있으면서? 살인자 이용범, 네 친아빠 잖아."

"닥쳐."

"난 이래서 네가 좋더라. 고은비, 넌 정말이지 대놓고 속물이거든."

"꺼져."

은비는 태은을 밀치며 돌아서려 했다. 하지만 태은이 순순히 놓아주지 않았다. 두 사람의 실랑이는 어느새 몸싸움으로 번졌다. 그 와중에 은비의 보청기가 바닥에 떨어졌다. 은비는 치부를 들켰다는 생각에 얼굴이 빨개지며 보청기를 향해 손을 뻗었다. 하지만 태은이 이를 놓치지 않고 보청기를 밟아 으깨버렸다.

"허접한 보청기 없으면 누가 뭐라는지 듣지도 못하는 주제에!"

"웃기지 마. 네 더러운 입 모양만 봐도, 무슨 더러운 소리를 떠들어대는지 싹 다 알 수 있으니까."

"그래, 볼 수 있다면 말이야. 하지만 눈을 가려버리면, 누가 뭐라 떠드는지 넌 알 수가 없지."

태은이 은비의 등 뒤에서 그녀를 덮친 채 한 손으로 눈을 가렸다. 은비가 몸부림쳤지만 독이 오른 태은의 힘을 당해내지 못했다.

"무슨 짓이야?"

"생각해봤어. 이용범은 어떤 사람인지, 왜 김준우랑 강은조를 죽였는지 말이야."

"나랑 상관없는 일이야."

"그건 안 될 말이지. 대단하신 그 아빠는, 오로지 딸 때문에 사람을 둘이나 죽였는데."

"그만둬."

"딸의 남자친구 김준우. 아빠 이용범은 김준우가 너무 쓰레기같이 굴어서 죽였어. 이렇게 예쁘고 사랑스러운 딸 옆에 두기에는 너무 더러운 자식이었으니까. 그래서 아빠 이용범은 딸의 남자친구를 죽였지. 자신의 딸, 고은비가 보는 앞에서 말이야."

"아니야!"

은비는 놀란 나머지 저항하는 것도 잊은 듯 보였다. 그러나 부정한다고 있었던 일이 사라지는 건 아니었다. 태은이 추궁하는 사이 은비는 준우가 죽어가던 그 시간을 떠올렸다. 마스크를 쓴 용범은 테니스 라켓으로 준우를 후려쳤고 준우는 피를 쏟으며 쓰러졌다.

"내 딸한테 빌어."

"네…에?"

"내 딸한테 빌라고!"

준우는 영문을 몰라 더욱 혼란스러웠다. 그러나 뭐가 됐건 시키는 대로 하는 게 낫겠다고 생각했다. 일단 빌기로 마음먹고 몸을 추슬렀다. 그러다 손에 닿은 휴대폰의 감촉에 묘책을 떠올렸다. 긴급 통화로 전화 연결을 시도한 것이다.

"태은아 내가 잘못했어. 제발, 제발 살려줘…."

준우는 112에 전화를 건 상태로 태은의 이름을 부르며 울먹였다. 용범의 요구를 들어주는 한편, 증거를 남기기 위해 태은의 이름을 연거푸 불러댄 것이었다.

용범이 그런 준우의 뺨을 후려치며 고성을 질렀다.

"살려달라고 빌지 말고 용서를 빌라고 이 새끼야!"

"내가 잘못했어. 내가 죽일 놈이야. 태은아! 태은아, 제발 살려줘!"

준우는 몸부림치며 용서를 빌었다. 용범이 말한 '내 딸'은 은비였지만 그걸 알 리 없는 준우는 태은의 이름만 불러대고 있었다. 그러다 용범의 뒤에서 나타난 그림자를 보고 그대로 얼어붙었다.

"어…?"

준우는 순간 헛것을 본 줄 알았다. 왜 태은이 아니라 은비가 있는 건지 이해할 수 없었다.

"내 딸에게 사과하랬더니 이태은에게 빌어? 너 같은 새끼는 살 가치가 없어!"

용범이 테니스 라켓을 벽에 세게 내려쳤다. 라켓은 날카로운 면을 드러내며 흉기로 돌변했다. 용범은 주저 없이 그 날카로운 끝으로 준우의 심장을 향해 찔렀다. 은비는 가슴팍에서 쏟아져 흐르는 피를 보며 묘한 기분에 휩싸였다. 무서움이나 놀라움이 아니라 짜릿함이 온몸에 퍼졌다. 준우는 자신이 키스를 잘한다고 했지만 키스를 하면서 한 번도 설레거나 짜릿했던 적이 없었다. 그런데 지금은 흥분돼 미칠 것만 같았다. 준우는 죽어서야 그녀에게 쾌락을 주는 존재였던 것이다.

"말도 안 되는 소리 하지 마."

은비는 태은에게 말려들지 않겠다는 각오로 도리질했다.

"이거 왜 이래? 너도 알고 나도 아는 얘기, 우리끼리 되짚어보자는데."

태은이 은비를 놓아줄 생각이 없는 모양이었다.

"다 끝난 얘기야."

"아니, 나한테는 이제 시작인데?"

태은이 눈빛을 반짝이며 주사기를 꺼냈다. 은비는 위협을 느끼며 뒤로 물러섰다.

"이 안에 든 게 뭔지 알아? 네 엄마가 만든 약이야."

태은은 주사기를 들어 은비의 목을 찌르려 했다. 그러나 강한 힘에 저지되었고 주사기는 바닥에 굴렀다.

"상관하지 마! 상관하지 말라고!"

태은은 자신을 제압하는 해수에게 절규했다. 그러자 해수가 사정없이 태은의 뺨을 쳤다.

"정신 차려 이태은! 너 망가지면 네 엄마 죽어."

태은은 눈물이 핑 돌았다. 눈물이라니. 몇 년 만에 올라온 감정인지 알 수 없었다.

"이제 좀 진정이 되니?"

"네, 선배님."

"그 선배님 소리 오랜만에 듣는다."

해수는 당돌했던 태은의 첫인상을 떠올렸다.

"엄마한텐 오늘 일, 없던 걸로 해주세요."

태은은 자기 말만 하고는 일어섰다. 말투는 당찼지만 그 뒷모습은 한없이 여려 보였다. 해수는 무슨 말이든 해서 그녀를 위로해주고 싶었다.

"이용범이 준우를 죽인 건 태은이 너 때문이었어. 널 괴롭혔기 때문에 죽였던 거야, 김준우를."

태은은 기가 차서 헛웃음을 쳤다.

"애써 거짓말하실 것 없어요. 그런다고 위로가 되는 건 아니니까. 그보다는 선배님의 진짜 답을 듣고 싶어요. 아빠란 그 사람, 진짜 원하는 게 뭐예요?"

해수는 거짓된 위로를 지적하는 태은을 보며 민망함을 느꼈다. 여전히 어린애 취급을 한 데 대한 반성이었다.

"제 생각과 같은지 궁금해서 그래요."

태은이 해수의 대답을 채근했다.

"이상한 이야기 같지만 이용범이 원한 건… 날 자기 통제하에 두는 거야. 살인 사건을 일으킨 것도 존재감을 드러내고 싶어서였지.

준우를 죽인 건 십몇 년간 포장해온 결혼생활에 오점을 남겨서가
맞아. 태은이 널 건드렸다는 걸 참을 수 없었을 거야. 일반적인 아
빠랑은 다른 의미겠지만."

"…"

"은조를 죽인 건 그 아이가 목격자여서겠지. 은조는 준우가 죽는
장면을 봤어. 그래서 네 이름표를 손에 넣을 수 있었던 거고. 네 이
름표를 떨어뜨려둔 건….."

"더 듣고 싶지 않아요. 이젠 재미없어요."

태은은 자리를 떠났고 해수는 잡지 않았다. 진실의 반쪽만 알려
줬을 뿐인데 영리한 아이는 모든 걸 다 알고 있었다. 용범의 살인
행각은 모두 사실이지만 그를 조종한 건 결국 은비였다.

은비는 자신이 용범의 딸이라는 사실을 알게 된 후로 태은을 괴
롭히는 데 집착했다. 준우를 이용해 태은의 성폭행 사건을 주도한
것도 은비였다. 그 일로 태은이 자살이라도 해주길 바랐지만 뜻대
로 되지 않자, 준우와 짝을 이뤄 선거에 출마해 그녀를 방해하려던
게 원래의 계획이었다. 하지만 소문이 좋지 않았던 준우는 생각보
다 쓸모가 없었다. 앰풀을 내놓지 않으면 태은의 성폭행을 사주했
다는 사실을 폭로하겠다며 협박하기도 했다. 심지어 은비의 체크
카드를 멋대로 써버리는 일도 있었다.

은비는 그런 준우를 제거해야겠다 마음먹고는 그를 용범의 먹잇
감으로 던져줬다. 일이 틀어져도 잡혀가는 건 용범이지 그녀가 아

니었다. 만일 은조가 그 장면을 목격하지 않았더라면 그녀는 살 수도 있었을 것이다.

"증명할 수 있어요?"

해수가 자신의 프로파일링 결과를 털어놓으려 은비를 만났던 날 그녀가 던진 질문이었다. 그 모든 걸 은비가 조종했다고는 하나 증명은 쉽지 않았다. 준우에게 태은의 성폭행을 지시한 것도, 용범에게 준우를 없애달라 부탁한 것도, 은조의 살해를 교사한 것도, 상황을 그렇게 만들어갔을 뿐이지 구체적으로 요구한 바가 없었다. 그저 태은이 혼자 오가는 시간대를 흘리거나, 준우는 죽어 마땅한 놈이라고 푸념하거나, 은조가 범행 장면을 목격했다며 울음을 터뜨리는 것만으로도 그녀가 원하는 대로 흘러갔다. 이걸 법적으로 증명할 수 없다면 은비의 죄를 묻는 건 불가능했다. 그렇지만 진실을 알면서도 덮어둘 순 없었다. 그렇다면 지금부터 뭘 해야 할까. 고은비를 막기 위해서. 그리고 이태은, 저 아이를 위해서.

해수는 멀어지는 태은의 뒷모습을 보며 생각했다. 저 아이가 이 모든 사실을 모른 체하는 건 현실적으로 은비를 벌하기 어렵다고 생각해서일까, 아니면 자기만의 방식으로 해결을 보고 싶어서일까?

"피고 이용범은 미성년자를 잔인하게 살해한 점, 그리고 살인 과정을 대중에게 공개함으로써 피해자의 명예를 실추시키고 사회적으로 공포심을 조장한 점, 그리고 방송국 임원이라는 본인의 지위를 이용해 수사를 교란시킨 점, 이후 어떤 반성도 하지 않는 등 그 죄가 상당히 무겁다고 판단하는바, 피고 이용범에게 무기징역을 선고한다."

피고석의 용범은 여전히 거만한 웃음을 지어 보였다. 취재 열기가 뜨겁다는 사실에 만족감을 느꼈고 자신에게 내려진 형량을 일종의 트로피처럼 여겼다. 그러나 해수는 아무래도 좋았다. 이제 다 끝났으니 말이다.

용범이 재판을 받는 동안 해수는 자신의 죄를 고백하고 직위를 내려놓았다. 영길은 공소시효가 지났다며 사회에 헌신할 것을 주문했지만 해수는 이를 거절했다. 스스로 자격이 없다고 생각한 것이다. 다만 이용범 같은 괴물이 더는 자라나지 않도록 일조하겠다고 다짐했다. 해수는 프로파일러로서 자신의 경험을 책과 강연에 녹여내 세상에 속죄하고 싶었다. 도윤과 조용히 살고 싶었고, 다시는 복잡한 사건에 깊이 연루되고 싶지 않았다. 이제 남은 것은 사직서를 제출하는 일뿐이었다.

하지만 세상일은 언제나 뜻대로 되지 않는 법. 해수는 이제 막 그 사실을 깨달은 참이었다. 해수의 시선은 '킬에이저'가 보낸 메일에 고정되어 있었다.

"킬⋯에이저?"

해수는 믿을 수 없는 메시지를 보며 잠시 혼란에 빠졌다. 그러나 정신을 수습하기도 전에 기영에게서 전화가 들이닥쳤다.

"선배님, 비상이요! 한강공원에서 교복 입은 시신이 발견됐어요!"

기영의 외침에 해수는 다시 한번 킬에이저라는 네 글자를 떠올렸다. 그녀가 아는 한 킬에이저는 용범 하나뿐이었다. 그러나 세상엔 여전히 같은 유형의 범죄가 넘쳐나고, 같은 이름의 범죄자 또한 끝없이 나타날 것이다.

해수는 사직서를 구겨 쥐고는 차에 올라 경광등을 꺼냈다. 다시 출동할 시간이었다.

아빠가 사이코패스라면, 넌 뭘 할래?

열한 살 생일날 아침, 태은이 거울 속 자신에게 물었다. 한심하지만 스스로 묻고 스스로 답을 찾아야 했다. 이 어려운 질문은 누구에게도 할 수 없었다. 답을 줄 수 있는 사람은 오직 자신뿐이었다.

태은이 아빠를 사이코패스라고 생각하는 이유는 간단했다. 세 식구가 함께 갔던 캠핑장 숲에서 용범이 사람 죽이는 장면을 목격했던 것이다. 그는 상대의 몸을 수없이 난도질한 뒤 불을 붙였고, 태은은 숨죽이며 그 장면을 몰래 지켜봤다.

아빠가 살인자라면, 어떻게 할 거냐고?

태은은 망설이는 자신을 몰아세웠다. 돌아오는 답은 간단했다. 죽여 없애야지. 악을 죽이는 건 죄가 아니라 착한 일이니까. 물론 착한 일 따위에 대한 강박은 없었다. 다만 평범한 일상을 살아가는 데 유용한 포장지가 된다는 것만은 분명했다.

어쨌거나 답을 찾았으니 실행에 옮겨야 했다. 아빠를, 아니 살인자 이용범을 없애야 했다. 태은은 결심하면 반드시 실행에 옮기는 아이였다.

태은은 계획을 세웠다. 열한 살 이태은의 키는 158센티미터. 아빠, 아니 이용범의 키는 183센티미터. 굳이 몸무게까지 확인하지 않더라도 체급 싸움은 어림도 없다는 걸 자신도 알고 있었다. 그렇다면 어떻게 죽일까. 자고 있을 때 칼로? 음식에 약을 타서? 고민하던 태은은 일단 공부를 시작했다.

용범의 일상은 규칙적이었다. 새벽 다섯 시에 일어나 하경을 깨우지 않고 공진단을 먹은 뒤 조깅에 나서는 것이 하루의 시작이었다. 조깅하는 동안은 그의 일과 중 드물게 혼자 있는 시간이었다. 말하자면 죽이기에 적당한 시간 중 하나였다. 다만 어린 태은이 그를 따라잡기에는 체력적 한계가 있었다. 게다가 사람들 눈에 띄는 공개된 장소라는 점에서 그를 죽이기에는 무리였다.

운동이 끝나면 용범은 항상 반신욕을 하고 하경이 차려놓은 아침밥을 먹었다. 욕조에 헤어드라이어를 넣어 감전사시키는 방법을 상상했지만 역시 말도 안 되는 일이었다. 용범의 알몸을 보는 역겨움을 감수해야 하거니와, 드라이어를 던져넣기도 전에 용범에게 내동댕이쳐지거나 뺨을 맞을 게 뻔했다. 그렇다고 음식에 독을 타는 건 더 위험한 일이었다. 용범은 물론이고 엄마와 자신까지 위험에 노출될 수 있었다. 독을 쓰는 건 신중해야 했다.

매일 출퇴근을 자동차로 하니 영화에서처럼 브레이크를 고장 내거나 다른 방식으로 교통사고를 유발하는 방법도 생각해봤다. 그러나 빌어먹을 권위주의에 사로잡힌 용범은 당시까지만 해도 절대 자신이 운전하는 법이 없었다. 항상 기사를 대동하고 다니니 교통사고로 죽이려면 불쌍한 김 씨 아저씨가 같이 죽어줘야 했다. 그러나 김 씨 아저씨는 죽어야 할 이유가 전혀 없었다.

이용범이라면 어떤 방법을 택할까? 열한 살 태은은 원점으로 돌아가보기로 했다. 문득 그가 시신에 라이터를 던지며 중얼대던 말이 떠올랐다. 다 태워버리면 모든 증거가 사라진다고.

생각해보니 좋은 방법이었다. 태은은 그에게 배운 대로 용범을 죽이기로 마음먹었다. 방법이 정해지자 이후에는 쉬웠다. 엄마가 외출한 사이, 회식을 마치고 돌아온 그가 세상모르고 잠들어 있었다. 태은은 그의 방문을 걸어 잠그고 거실 카펫에 불을 붙인 뒤 밖으로 도망쳐 나왔다. 그러나 애석하게도 용범을 죽이는 데 실패했다. 어렵게 구한 보물 1호가 뒤늦게 생각나는 바람에 제 손으로 불을 꺼버렸던 것이다.

하경은 그날의 태은을 아빠를 구한 영웅으로 기억했지만 용범은 알고 있었다. 태은이 자신을 죽이려 했다는 사실을. 그때부터 용범은 태은을 특별하게 대했다. 더없이 다정한 아빠의 가면을 쓰고 폭행과 폭언으로 태은을 제압했다. 그날 이후 태은은 묵묵히 그의 폭력을 견디며 때를 기다렸다. 자신과 엄마의 인생에서 이용범을 없애버릴 그날을.

스무 살이 된 태은은 지난날의 실패를 복기하며 이맛살을 찌푸렸다. 지금 눈앞에 열한 살 태은을 비웃기라도 하듯 죄수복 차림의 용범이 비죽 웃고 있다.

망할 사이코패스 자식, 그때 죽였어야 했는데.

자신이 대한민국 3대 사이코패스로 불리고 있다며 허세를 떠는 이용범을 보며, 태은은 나가는 길에 교도관을 만나야겠다고 생각했다. 앞으로 저 인간에게 들어갈 신문이나 잡지가 있다면 그와 관련된 기사는 모조리 오려내라고 할 것이다. 종신형을 살며 자신의 무용담을 곱씹을 인간에게 줄 수 있는 가장 큰 형벌은 더 이상 자신에게 도취될 수 없도록 거울을 깨버리는 것이다.

"넌 항상 날 실망시켰어. 난 네가 나같이 될 줄 알았는데."

용범은 태은을 보며 이죽거렸다. 자신을 죽이는 건 고사하고 준우에게 속수무책으로 당했다며 조롱하는 것도 잊지 않았다.

"내가 실망시키지 않았다면 이용범, 그쪽은 지금 교도소가 아니라 납골당에 있었을 걸요?"

태은은 맞받아친 뒤 한마디를 더 보탰다.

"그리고 내가 그쪽을 닮을 이유는 없죠. 고은비라면 모를까."

"안 그래도 궁금했지. 넌 도대체 언제 눈치챈 거야? 은비의 존재에 대해서?"

"궁금증은 궁금증으로 남겨두세요. 추리하는 재미라도 있어야 남은 인생을 버틸 수 있지 않겠어요?"

"잘 모르나 본데 나 모범수야. 가석방 노리고 있거든."

어쩌면 그의 말대로 세상은 또다시 용범에게 속을지도 모른다.

"그럼 그때 알려줄게요. 모범수가 돼서 나오면, 그때."

태은은 용범을 뒤로한 채 면회실을 나왔다.

은비가 준우 사건에 연루됐다는 걸 감지한 건 112 신고 전화를 듣게 된 순간이었다. 죽어가던 준우는 자신의 이름을 부르며 용서를 빌었다. 하지만 태은은 결코 그 현장을 목격한 바 없었다. 그렇다면 준우는 왜 내 이름을 불렀을까? 태은이 내린 결론은 간단했다. 용범은 자신의 딸을 앞세워 용서를 강요했을 것이고, 은비가 그의 친딸이라는 걸 모르는 준우는 당연히 태은의 이름을 불렀을 것이다.

밖으로 나가려던 태은은 일순 걸음을 멈췄다. 은비가 마주 오고 있었다. 두 사람은 약속이나 한 듯 말을 섞지 않고 스쳐 지나갔다. 사이코패스는 태어나는 걸까, 아니면 만들어지는 걸까? 태어난다면 은비가, 만들어진다면 내가 살인마가 되는 걸까?

태은은 새삼스러운 얼굴로 휴대폰을 꺼내 '킬에이저'를 검색했다. 그의 이름으로 새로운 살인 예고장이 도착했다는 기사가 화면을 가득 채우고 있었다.

킬에이저

초판 1쇄 인쇄 2024년 7월 26일
초판 1쇄 발행 2024년 8월 8일

지은이　　신아인

총괄　　　김명래
책임편집　김명래
디자인　　301페이지 이정현
책임마케팅　김서연, 김예진, 김소희, 김찬빈, 박상은, 이서윤, 최혜연, 노진현, 최지현

마케팅　　유인철
경영지원　백선희, 권영환, 이기경
제작　　　제이오
교정·교열　손현미

펴낸이　　서현동
펴낸곳　　㈜오팬하우스
출판등록　2024년 5월 16일 제2024-000141호
주소　　　서울특별시 강남구 테헤란로 419, 11층 (삼성동, 강남파이낸스플라자)
이메일　　info@ofh.co.kr

ⓒ신아인 2024
ISBN 979-11-988393-3-6 (03810)

한끼는 ㈜오팬하우스의 출판브랜드입니다.